光文社文庫

# 黒猫の小夜曲《セレナーデ》

知念実希人



光　文　社

# 黒猫の小夜曲《セレナーデ》　†　目次

# プロローグ

僕はネコだ。まだ名前はにゃい。……もとい、ない。

まあ、そうは言ってみたものの、実のところ僕はただのネコではなかったりする。僕の外見はたしかに、しなやかなボディと艶《つや》のある毛並みを持つオスの黒猫に見えるだろう。だけど、僕の本質は高位の霊的存在なのだ。人間は僕のような存在のことを、『天使』、『悪魔』、『死神』、『妖怪』エトセトラエトセトラ、好き勝手な名称で呼ぶ。

まあ、人間などにどう呼ばれようと僕は構わないんだけどね。

名前も偉大なる『我が主様《あるじさま》』からいただいた、とても麗《うるわ》しい真名《まな》があるのだけど、地上のどんな生物もその名を発音できなければ、聞き取ることもできない。だから地上にいるいまの僕には、ある意味名前がないと言える。

さて、僕がなんでこんな地上で這《は》い回っているかというと、……実のところ僕自身にもよく分からなかったりする。いったいなんで、僕はこんなひどい扱いを受けているんだろう？

僕はもともと『道案内』だった。人間は命を失うと、肉体に閉じ込められていた『魂』が解放される。その魂を『我が主様』のもとまで導くのが、僕たち『道案内』の誇り高い仕事だ。

ただまれに、生前に遺《のこ》した強い想い（僕たちはそれを『未練』と呼んでいる）に縛られ、『我が主様』のもとへ行くことを拒む魂がいる。僕たちはそのような地上に縛り付けられた魂を、人間の言葉を借りて『地縛霊《じばくれい》』と呼んでいた。

人間の魂はとても脆弱《ぜいじやく》だ。肉体という鎧《よろい》から解き放たれて、剝《む》き出しになった魂が地上にとどまり続ければ、やがて潮風に鉄が錆《さ》びつくように劣化し、そしてついには消滅してしまう。魂を消滅させてしまうことは、『道案内』にとっては恥以外のなにものでもなかった。だから僕たちは、必死に地縛霊たちを『我が主様』のもとへ行くように説得するのだが、一度『未練』に縛られた彼らは、なかなか説得を受けいれない。

そして、僕が担当していた二十一世紀の日本という地域は、残念なことにかなり魂が『地縛霊化』する確率が高かった。

この問題を解決する方法のテストとして、少し前に同じ『道案内』をしていた友達が、犬の姿を借りて地上へ降りた。地上の物質にほとんど干渉できない霊的存在である僕たちに物理的な体を与えることで、もっと積極的に地縛霊化を防がせようという試みだった。

なかなか優秀な（僕ほどではないけどね）彼は、いろいろあった末に、見事地縛霊と化しそうだった数人を救うことに成功した。

まあ、それは喜ばしいことなのだが、そこで一つのプロブレムが持ち上がった。友達の成功に気を良くした僕の直属のボスが、さらに地上へ『道案内』を送ろうと言い出したのだ。

けれど、その話を聞いたときも僕は特に気にしてはいなかった。僕は無数にいる『道案内』の中でも特にすぐれた存在だ。そんなくだらないテストに指名されるはずがない。そう確信していた。確信していたのに……。

電柱の陰で身を小さくしていた僕は、すぐ近くにある水たまりを覗《のぞ》き込む。純粋な霊的存在だったときは、地上のどんな物質にも僕の姿が映るようなことはなかった。しかしいま、水面には不機嫌そうな表情を浮かべた黒猫が映り込んでいる。

「んにゃぁ……」喉《のど》からなんとも情けない声が漏れた。

『君に地上に降りてもらうことになったよ』

僕はボスのセリフを思い出す。霊的存在が使う言語である『言霊《ことだま》』で発せられたその言葉を聞いた瞬間、僕の思考はショートした。

『ちょ、ちょょっと待って下さい。ジャスタモーメント。なんで僕がそんな役目を!?』

我に返った僕が慌てて食ってかかると、ボスはどこか楽しげに揺れた。

『次に地上に降ろすなら、ぜひ君をという推薦があったんだよ』

『推薦!?　いったい誰が!?』

『それは内緒だよ』ボスはからかうように言霊を飛ばしてきた。

『いくらボスの命令とはいえお断りします。僕は高貴な「道案内」であり、あんなダーティーな地上に降りるなんてあまりにも……』

『「我が主様」のご許可もすでにいただいている』

必死に拒否しようとした言霊を遮《さえぎ》られ、僕は啞然《あぜん》とした。

あくまで直属の上司でしかないボスの命令なら、ちょっとしたペナルティを覚悟すれば拒絶することもできる。けれど、僕たちの創造主である『我が主様』の言葉は絶対だ。僕たちは『我が主様』の御心《みこころ》をなすために生み出され、存在しているのだから。

『ということだ。地上での任務、引き受けてくれるな』

嬉《うれ》しそうに確認してくるボスに向かって、僕が発することができる言霊は一つだけだった。

『……「我が主様」の御心のままに』


そんなこんなで、僕は数十分前に黒猫の体を借りて、この地上に降臨したのだ。けれど……。

僕は電柱の陰から首を覗かせ、雲一つない晴れ渡った青空を見渡す。

……やっと諦《あきら》めたか。大きく安堵《あんど》の息を漏らした瞬間、「カァー」という野太い声が僕の鼓《こ》膜《まく》を揺らした。しっぽの毛が逆立ち、大きく膨れる。

おそるおそる振り返ると、すぐ背後にそびえ立つブロック塀の上に、『それ』はいた。漆黒《しっこく》の翼を持つ猛禽《もうきん》、二羽のカラスが。

『お、落ち着こう。少しクールダウンしよう。たしかに君たちの巣を壊したのは僕のミスティクだ。けれど、決してわざとやったわけでは……』

僕はずりずりと後ずさりながら、必死に言霊を飛ばす。

そう、数十分前から僕は、このカラスたちに追いかけ回されていたりする。まあ、彼らが怒るのも理解できる。けれど、それは僕の責任ではない。ボスが悪いのだ。

僕が地上に降ろされた場所、それがなんと、このカラスたちの巣の真上だった。

はじめて経験する肉体の感覚にパニックになった僕は、彼らの巣の上で大暴れしてしまい、巣ごと木の上から地上へと落下してしまった。

かくして僕は、怒り狂ったつがいのカラスに追いかけ回されるはめになったのだ。

肉体の操作という初めての経験に四苦八苦しながら、上空から襲いかかってくるくちばしから逃げ回っているうちに、いつの間にか山林を抜け市街地へと入り込んでいた。

狭い路地を必死に走り回って、なんとか逃げ切れたと思ったのに……。

僕は身を低くしながら、カラスの次の行動を待った。カラスは首をかしげながら、小さなガラスボールがはまっているような、感情の読めない目で僕を見下ろす。

もしかして、言霊での説得が効いたのだろうか？

次の瞬間、「カァー！」とひときわ高い鳴き声を上げると、オスのカラスが羽を大きく広げブロック塀から落下してきた。鋭いくちばしが迫ってくる。

ああ、やっぱり獣に説得なんてナンセンスだった。しかたがない、これは『正当防衛』というやつだ。

僕は四本の足を深く曲げると、迫ってくるカラスに向かって思い切りジャンプした。数十分追いかけ回されたおかげで、この体にもだいぶ慣れてきている。

「んにゃあ！」

くちばしが顔に当たる寸前、僕は思いきり前足を振り抜いた。肉球に痺《しび》れるような感触が走る。空中で大きくバランスを崩したカラスは、「くわっ！」と悲鳴を上げると、逃げるように飛び去っていった。

「にゃああん！」『やった！』

空中で鳴き声と言霊で歓声を上げた瞬間、僕の目の前に黒い塊《かたまり》が迫ってくる。オスに続いて、メスのカラスが二の太刀《たち》を浴びせかけてきたのだ。

ネコ歴わずか数十分の僕に、その攻撃を避けるほどの身体操作は不可能だった。体当たりを受けた僕は、空中で必死に身をひねりなんとか足から着地した。

慌てて顔を上げると、数メートル先に着地したメスのカラスがにらんでいた。空に逃げたオスのカラスも、上空で大きな弧を描くと再びこちらに向かってきている。

逃げるが勝ち！　一瞬でそう判断した僕は、身を翻《ひるがえ》してアスファルトを蹴《け》ると、再び全速力で逃げはじめた。背後から怒りのこもった鳴き声が聞こえてくる。

これは良くない。このままだと、本当に殺されてしまうかもしれない。『我が主様』の崇高なるオーダーを受け地上に降りたというのに、わずか数十分で殺されてしまっては、いくらなんでも申し訳が立たない。これというのも……。

『これというのも、全部ボスが悪いんだ！』

僕は走りながら言霊で悪態をつく。ネコの体は長時間の疾走に適していないのか、呼吸が苦しくなってきた。足は重く、アスファルトを蹴り続けてきた肉球が痛む。

『……こっち』

唐突にそんな声が、いや言霊が聞こえてきた。僕は慌ててその場で急停止する。

『すぐ右にある門をくぐって。早く』

再び言霊が聞こえてきた。カラスの羽音はすぐ背後まで迫っている。迷っているひまなどない。僕は指示どおり、すぐ右手にある鉄柵《てっさく》状の門の下をくぐった。

後ろで「カァー！」という甲高《かんだか》い声が聞こえてくる。見ると、二匹のカラスが鉄柵の向こう側で僕をにらんでいた。僕を攻撃しようとして、その柵に阻《はば》まれたらしい。

カラスはすぐに羽ばたいて飛び上がり、柵を越えようとする。

『こっちよ。正面の穴に飛び込んで』

三度聞こえてくる言霊。僕は考える前に走り出すと、民家の壁に開いた小さな穴から、床下に滑り込んだ。暗く湿った空気が体を包み込んでくる。かび臭《くさ》い土の上にへたり込むと、僕は必死に酸素をむさぼった。

外からカラスの怒りに満ちた鳴き声が響く。どうやら、ここまでは来られないようだ。

『……助かったよ。ありがとう』大きく息を吐いた僕は、すぐ隣に視線を向ける。

『どういたしまして』

そこには、ソフトボールほどの大きさの、淡く輝く光の塊。地縛霊と化した魂が、ふよふよと浮かんでいた。

『あなた、普通のネコじゃないわよね』

僕の隣に浮かぶ魂は、揺れながらかなり流暢《りゅうちょう》な言霊を飛ばしてくる。肉体から出た魂は、一応は言霊を操る能力を持つが、スムーズに使いこなすことは珍しい。おそらく、ある程度の期間を地縛霊として漂っているうちに、ここまで流暢に使えるようになったのだろう。

僕は目の前の魂をまじまじと観察する。見たところ、そこまで劣化している様子はない。魂が劣化するスピードにはかなり個体差があるのではっきりしないが、五年以上漂っているということはないだろう。地縛霊になってから数ヶ月から二、三年というところかな。

『なんでそう思うんだい？』

僕は慎重に訊《たず》ねる。基本的に人間に僕たちの存在を知られることはタブーだ。だからこそ、僕はわざわざこんな獣の体を借りて地上に降りたのだ。

『だって、「ボスのせいだ！」なんて叫びながら走り回っているんだもん。普通のネコのわけないじゃない』

至極もっともな指摘に、ぐうの音《ね》もでなくなる。言い訳すると、普通に発せられた言霊は、肉体が遮蔽物《しゃへいぶつ》となって人間には聞こえないのだ（まあ、こちらが意識的に肉体の奥にある魂に語りかければ、聞こえさせることもできるけど）。目の前の魂に聞こえたのは、肉体をもっていないからだ。

僕は誤魔化そうと、舌で体を舐《な》めて毛繕《けづくろ》いをする。なぜか気持ちが落ち着いてきた。

『ところで、君は「地縛霊」だよね？』
二、三分掛けて毛繕いを終えた僕は、気を取り直して言霊で話しかける。
『地縛霊？』

『そう。この世の「未練」に縛られて、僕たちの案内を拒否する魂のことだよ』

『「僕たちの」って、あなた、「我が主様」のもとに行くぞ、とか言ってくる奴らの仲間なわけ？』

魂はどこか不愉快そうに揺れた。

『うん、そうだよ。僕は君のような「地縛霊」をできるだけ減らすために、こんな姿になって地上に降臨したんだ』

胸を張った僕は、いいアイデアを思いつく。

『そうだ、助けてくれた礼に、まず君を未練から解放してあげよう』

『未練？　解放？』

『そう。僕が命じられたオーダーは、君みたいな地縛霊を「未練」から解放して、地上にとどまらなくてもいいようにすることなんだ。だから僕に君の「未練」を教えてよ。そうすれば、「道案内」の中でも特に優秀な僕が、見事それを解消してあげるからさ』

最初はどうなることかと思ったけど、地上に降りてわずか一時間もしないうちに最初の仕事に入れるなんて、なかなか幸先《さいさき》がいいじゃないか。この調子なら、ぱっぱとオーダーを果たして、またすぐに『道案内』に復帰できるはず。

『……分からないの』

魂は弱々しく言霊を放つ。僕は「にゃあ？」と首をかしげた。

『だから、私全然おぼえていないの、生前のこと。自分が誰で、どんな人生を送って、なんで死んだのか』

『にゃんだよそれ⁉』僕は思わず言霊で叫んでしまう。

『そんなこと言われても、覚えていないものはしかたがないでしょ』魂は不満げに点滅した。

魂が記憶喪失、こんなことがあるのだろうか？　人間のメモリーというものは脳だけでなく、魂にも刻まれるものだ。だから、肉体が滅びて魂という霊的存在になっても、普通は生前の記憶を持っている。ただ、たしかに大きな事故などで衝撃的な死を迎えた魂がパニック状態に陥って、導くのに苦労するケースもあるから、そういうことがないとは言い切れないけれど……。

『とくに「未練」があるわけじゃないなら、君はなんでこの地上にとどまっているわけ？』

『記憶がないからよ。自分が誰なのかも分からないで成仏するなんて嫌でしょ』

成仏？　ああ、この国の人々は、『我が主様』のもとへ行くことをそう表現するんだっけ。

さて、これは困った。そうなるとこの地縛霊を『我が主様』のもとに向かわせるためには、記憶を取り戻さなければならないということだろうか。どうすればそんなこと……。

『あっ、そうだ。ねえ、私を生き返らせてくれない？　そうすれば、なにか思い出せるかも』

『……なにナンセンスなことを言っているんだ、君は。そんなことできるわけがないじゃないか。君の魂をおさめる「器」がないんだから』

『ということは、「器」ってやつさえあればいいわけ？』間髪《かんはつ》を容れずに魂は訊ねてきた。

『まあ、魂が入っていない肉体の「器」があれば、可能かもしれないけどね。ただ、そんなものどこにあるって……』

『ついてきて』

僕の言霊を遮ると、魂は海の中を漂うクラゲのような動きで、さっき僕が入ってきた隙間《すきま》から外に出て行く。僕は「んにゃ？」と鳴くと、しかたなく魂の後を追った。

カラスがいないことを確かめながら外に這い出すと、魂は手を離れた風船のように、民家の屋根の上へと浮き上がっていた。

あそこまで行かないといけないのか……。まだ肉体の操作に多少の不安を覚えるが、このネコという獣はかなり高い運動能力を持っているようだ。たぶんなんとかなるだろう。

僕はそれほど広くない庭に生えている木に近づくと、爪《つめ》を出してその幹に食い込ませた。

「にゃにゃー！」

気合いの声を出しながら、一気に木をよじ登っていく。二階の高さまで上った僕は、体のバネを使って木から屋根へと飛び移り、黒いタイルの上に見事着地した。

さすがは僕だ。まだネコになって一時間ほどだっていうのに、ここまで出来るなんて。

満足しながら顔を上げると、魂は数メートル先に漂っていた。僕は軽く傾斜のかかった屋根の上を歩いて行く。数メートル進むと、この家の二階部分の出窓があった。どうやらこの家は二階建てらしい。

『窓の中を見て』

魂が言霊を飛ばしてくる。僕は窓枠に前足を掛け、中を覗き込んだ。デスク、本棚、テレビ、ベッドなどが置かれた八畳ほどの部屋。可愛《かわい》らしい小物などが多く置かれたインテリアからすると、たぶん若い女の部屋なんだろう。なぜか部屋にはベッドが二つ置かれている。

僕は目を細めて、部屋の隅に置かれたベッドを見る。普通の家に置かれるようなものではなく、よく病院などに置かれているベッド。その上には若い女が横になり、目を閉じていた。薄く茶色に染められた長い髪、それほど高くないが形のいい鼻、薄い桜色の唇、涼やかな目元。長年『道案内』として人間を見てきた僕には、彼女が『なかなかキュート』と言える顔をしていると判断できた。年齢は二十代の半ばといったところだろうか？

こんな昼間なのに眠っているのか？　……いや、違うな。

目を凝らした僕は、女の鼻に細いプラスチック製のチューブが差し込まれていることに気づく。あれは意識のない人間の胃に、直接栄養を注ぎ込むために使われるもののはずだ。ということは、この女はある程度の長期間、昏睡《こんすい》状態にあるんだろう。『道案内』という職業柄、僕の主な仕事場は病院だった。そのため、人間の病気についてはかなり詳しく知っている。

『そのレディがなんなんだい？』僕は魂に訊ねる。

『その子ね、二ヶ月ぐらい前に事故にあって、それ以来昏睡状態なの。なんだか、脳には大きな障害とかないんだけど、意識が戻らないんだって』

『……よく知っているね』

『私、この街をふらふらしながら、人の噂とか聞いているからね。結構情報通なんだ』

……変わった魂だな。

『それで、あの体、私が借りることできないかな？』

「にゃ？」わけの分からないことを言われ、僕は首をひねる。

『さっき「器」が必要だって言っていたじゃない。だから、彼女の体を「器」にして、ちょっと生き返りたいなぁ、とか思ったりして』

『そんなことできるわけないだろ』

『なんでできないの？　いまは誰も使っていないんだから、一時的に借りたっていいじゃない』

『あの体は君のものじゃない。あのボディには他の魂が宿っているんだ』

『本当にそう？　二ヶ月も昏睡が続いているんだから、魂が消えちゃっているんじゃないの？』

『そんなことはないよ。完全に肉体が「死」を迎えない限り、魂が肉の檻《おり》から出て行くことなんてないんだ』

僕は説明しながら目を凝らす。ネコとしての目ではなく、霊的な目を。女の体の奥底に、かすかに魂の輝きが見て取れた。

『やっぱり、あのボディの中には魂があるよ。体の奥底で殻に閉じこもって眠っている。きっと、その事故にあった時に強い精神的なダメージを負ったせいで、眠り続けているんだ』

『ということは、いまはその魂、体を使わないんでしょ。その魂の目が覚めるまで、私が間借りしてもいいじゃない。そういうことできないの？』

魂が眠りについている間、体を間借りする？　ネコの肉体に封じられているとはいえ、僕は高位の霊的存在としての能力を残している。魂を『器』に入れることぐらいできるだろう。ただ、片方は眠っているとはいえ、一つの体に二つの魂を封じ込めることが可能だろうか？

『出来るかもしれないけど、なんでわざわざ僕がそんなことをしないといけないんだよ？』

『だってあなた、私を成仏させたいんでしょ。その子の体を使って生き返ったら、自分が誰だったか思い出せるかも。それに、少しの間だけでも生き返ることができれば、「未練」ってやつもなくなるかもしれないしさ』

少しの間だけ生き返れば、未練が消えて『我が主様』のもとに行ける、か。もし成功すれば僕の手柄になって、『道案内』に戻るのに一歩近づけるかもしれない。ただなあ……。

僕が口の中でにゃむにゃむ言いながら迷っていると、魂は催促《さいそく》するように揺れた。

『私が生き返ったらあなたのサポートできるわよ。私、けっこう長い間この街を彷徨《さまよ》っていたから、私以外の、なんだっけ……地縛霊っていうのがどこにいるかも知っているし。あなたにご飯もあげられるわよ』

『ご飯？』

『あれ、あなたってご飯を食べなくても大丈夫なの？　お腹《なか》減っていない？』

そう言えば、さっきからなにやら腹のあたりが寂しく感じる。もしかしたら、これが『空腹』という感覚なのだろうか？

『私を生き返らせてくれたら、ここに住まわせてあげられるわよ。そうすれば食事や寝床の心配はなし。その方があなたのお仕事がスムーズに進むんじゃない』

僕が迷っているのを見て、魂は追い打ちをかけるように言霊を飛ばしてくる。

たしかに、仕事をするにあたってベースキャンプを持つのは悪くない。失敗したとしても器に入れないだけで、この魂が致命的なダメージを受けるようなことはないだろうし……。

『……わかった、やってみるよ』

僕がそう言霊を発すると、魂は嬉しそうに輝きを強めた。

『ただし、成功したとしても長くは持たないよ。君はあのレディの本当の魂じゃない。彼女の本当の魂が覚醒《かくせい》すれば、君はおそらく体外に押し出される。さっき見たところだと、その体で君が活動できるのは二、三ヶ月がいいところだ。それでもいいね』

『二、三ヶ月ね。……分かった』

魂はガラス窓をすり抜け部屋の中へと入っていく。女の体に魂が近づいたのを確認した僕は精神を集中させ、魂を『器』の中へと導きはじめた。

魂が『わ、わわ！』と、焦りの滲《にじ》んだ言霊を発する。

『抵抗しないで力を抜いて。リラックスするんだ』

僕の言霊を聞くと、魂は不安げに揺れつつも僕のコントロールに身をゆだねた。

「にゃあああー！」僕は思い切り声を上げる。その瞬間、女の体に魂が吸い込まれていった。

さて、成功したのだろうか？　僕は女に視線を注ぐ。かすかに、その体が動いた。

「うわあ！」

次の瞬間、女は悲鳴のような声を出すと、勢いよく上半身を起こした。大きく咳《せ》き込みながら、鼻に差し込まれていたチューブを両手で引き抜きはじめる。数十センチあるチューブを強引に引き抜きおえると、今度は激しくえずきはじめた。

混乱しているのか、激しく頭を振ったあと、女はきょろきょろと室内を見回す。

さて、いま女の体を操っているのは、あの魂なのだろうか？

僕が様子をうかがっていると、女は緩慢《かんまん》な動きでベッドから降り、こちらに向かって歩きはじめた。二ヶ月も寝たきりだったので、かなり筋力が落ちているのだろう。その動きはぎこちなく、いまにも転びそうだった。

窓際までやってきた彼女は、震える手を伸ばして窓を開ける。僕は前足に力を込めると、ジャンプして出窓の窓枠に乗った。

『どうだい？』

彼女に向けて言霊を飛ばしてみる。霊体に直接話しかける言霊は、狙った相手だけに聞かせることができるから便利だ。女は重度の二日酔いのような表情でうなずいた。

「成功したみたい。けれど、すごく体調悪い……」

『ボディを持つのは久しぶりだろうし、そのボディ自体もかなりの期間動いていなかったからね。まあ、たぶんすぐに慣れるよ』

　僕は窓枠から、すぐ近くにあったデスクの上に飛び移る。デスクの端に運転免許証が置かれていた。そこには『白木麻矢《しらきまや》』と名前が記されている。

『どうやら、そのボディの名前は「白木麻矢」っていうらしいね』

「ああ、そうなんだ。それじゃあ、いまの私は麻矢ちゃんね」

　彼女は弱々しい口調ながら、おどけるように言う。

『それはそのボディの名前で、君の本当の名前じゃないよ』

「いいじゃない、当分この体を借りるんだから、ついでに名前も借りても。ああ、そう言えばあなた、名前はなんて言うの？」

『ん？　僕の名前は……』

　僕は言霊に自分の真名をのせる。その瞬間、自らを麻矢と名づけた女の眉根《まゆね》が寄る。

「えっと……、いまの変な音、なに……？」

『変な音とは失礼な。地上の生物では僕の名前は聞き取れないんだよ』

「そうなんだ。それじゃあ、ここで使う名前をつけないとね。えっと黒猫だから……『クロ』っていうのはどう？」

『適当すぎる！』僕は目を剝き、「にゃおん」と抗議の声を上げる。

「え、だめかな、可愛いと思うけど」麻矢は小首をかしげた。

『もっと高貴な僕に似合う、かっこいい名前にしてよ。僕の毛のカラーにちなむなら、たとえば……ブラックサンダーとか』

「たしか、そんな名前のお菓子があったはずだけど……」

『そ、それじゃあ、ブラックタイガー……』

「それって海老《えび》の名前だった気が……」

寒々しい沈黙が部屋を満たす。

「えっとね、名前に『ブラック』とか入っているの、微妙にださいと思うよ。というか、君って言葉の端々に変な英語が入っているよね。それ、なんか変と言うか……」

麻矢に指摘され、しっぽが垂れ下がる。たしかに僕は外来語を多く使う。その方がなんというか……ナウいと思っていたからだ。以前はもっと頻繁に使っていた。ただ近頃、友達たちやボスに『それ、かっこ悪いからやめた方がいいぞ』という、不本意きわまりない指摘を多く受け、これでもかなり減らしているんだ。

……なんでみんな、僕のハイセンスな言葉づかいを理解できないのだろう？

『……もう「クロ」でいい』

僕がふて腐れつつ言霊を飛ばすと、麻矢は満面の笑みを浮かべ手を伸ばしてくる。

「それじゃあ、よろしくクロ」

僕は差し出された手に肉球で触れた。その時、部屋のドアがゆっくりと開く。

「麻矢、体を拭《ふ》く時間よ」

両手でたらいを持った中年の女が、部屋に入ってきた。おそらくは「白木麻矢」の母親が、眠り続ける娘の体を拭くためにやってきたのだろう。

部屋に入ってきた女は、デスクの前で握手をする僕たちを見て、凍りついたように動きを止めた。その手からたらいが落下し、中に入っていた湯がまき散らされる。僕は前足をびびっと震わせて、飛んできた水滴を払った。

「麻矢！」女は叫ぶと、麻矢に駆け寄り、抱きついた。

麻矢が少し困ったような笑みを浮かべ、肩を震わせる女の背中を撫《な》でるのを眺めながら、僕は前足をペロペロと舐める。

さて、それじゃああらためて自己紹介をしよう。僕はネコの体に宿った高位の霊的存在だ。名前はクロとなったらしい。

# 第一章　桜の季節の遺言状《ゆいごん》

## 1

屋根の上をてくてくと歩いて窓に近づくと、僕はジャンプして開いた窓から室内へと入る。出窓から床に跳び降りると、柔らかいカーペットと肉球が衝撃を打ち消してくれた。

首もとからカチャという音が響く。首輪が鳴ったのだろう。三日前に麻矢がくれた、なかなかファッショナブルな赤い首輪には、『クロ』と刻まれた小さなプラスチック製の名札がぶら下がっている。

「あ、お帰り、クロ」

上方から掛けられた声に、僕は「にゃあ」と一声鳴いて返事をする。寝間着姿の麻矢が僕を見下ろしていた。

「朝のお散歩は終わったの？」

『うん、町内を一周してきてお腹がすいた。とりあえずカリカリ』

「はいはい」

麻矢は苦笑すると、デスクの抽斗《ひきだし》から袋を取り出し、その中身を僕用の皿の中に入れていく。小さな粒状の餌《えさ》が、からからと食欲を誘う音を立てながら落下していった。麻矢が皿をカーペットの上に置くと、僕はそれに顔を突っ込み、カリカリを舌で搦《から》めとりながら口の中に運んでいく。咀嚼《そしやく》するたび小気味いい音とともに、濃厚な旨味が舌の上に広がっていく。

数十秒掛けてカリカリをすべて胃の中に押し込んだ僕は、大きくげっぷをした。

「美味《おい》しかった？」

『うん、なかなかの味だった。ごちそうさま』僕は口の周りを舐めながら言霊を飛ばす。

この地上に降りてから一週間、僕は白木家のペットとしての地位を固めていた。

一週間前、二ヶ月以上の昏睡から覚めた麻矢とともにいた僕を見て、麻矢の母親は「このネコのおかげで娘が目覚めたのかも」とでも思ったらしく、麻矢の「この子を飼いたいんだけど」との提案に積極的に賛成してくれた。そうして、寝床と餌の心配がなくなった僕はこの一週間を、ネコとしての行動をマスターすることにあてた。すでに走る、ジャンプする、爪を出すなどの基本動作に加え、舌による全身の毛繕い、排泄《はいせつ》後の砂かけ、そしてこの街のネコたちが集まる集会への参加まで完全にこなしている。

「もうネコには慣れた？」

『うん、もちろんだよ。ところで麻矢の方はどう？　その体での生活には慣れた？　あと、自分が誰か思い出したかな？』

「うーん、この体には慣れてきたかな。かなり筋力が落ちているけど、昏睡の間もご両親がしっかりリハビリしてくれていたみたいだから、日常動作に問題はないよ。ただ、本当の自分が誰なのかの方はなんとも……」

『このまま白木麻矢をやっていけそう？』

「それはなんとかなりそう。えっとね……、事故の衝撃で記憶が曖昧《あいまい》になっているってことにしているから。銀行でＯＬやっているらしいけど、そっちも当分休みってことにしたし。そのうえでご両親と話したり、この部屋にあるものを見て少しずつ情報収集しているところ」

麻矢の口元に力がこもる。この家には麻矢の他に、『白木麻矢』の両親が住んでいた。彼らをだましていることに、罪悪感を感じているのかもしれない。

『べつに後ろめたく思う必要はないと思うよ。あと二、三ヶ月すれば、本当の「白木麻矢」が目を覚ますだろうしね。それまで君がその体を使うことで、リハビリにもなるよ』

「……そうだよね」麻矢はどこか寂しげな笑みを浮かべた。

『それより、僕はそろそろ「仕事」にかかろうかと思っているんだ』

「お仕事？」

『地縛霊の「未練」を解決して、「我が主様」のもとに導く仕事だよ。その手伝いをするかわりに、一時的に生き返らすっていう約束だったろ』

「ああ、そう言えば……」

『まさか忘れてたとか？』

僕が目を細めると、麻矢は胸の前で両手を振りながら「そんなわけないじゃない」と言う。しかし、その笑顔が引きつっていることを僕は見逃さなかった。

『とりあえず、今日にでも手近な地縛霊のところに案内して欲しいんだけど』

「うん、そうね。リハビリとして無理しない範囲で歩いた方がいいって言われているし。それじゃあ、もうちょっとしたら行こうか」

麻矢は手を伸ばして僕のあごの下を指でこする。まったく、馴《な》れ馴れしいな。本来、僕は人間が気軽に触れていいような存在じゃ……。あ、そこ……。

なぜか僕の意思とは関係なく、喉からごろごろごろごろと音が鳴りはじめる。

「あ、ここが気持ちいいんだ。撫でて欲しいんだ」

麻矢は勝ち誇るような口調で言う。いや、べつに撫でて欲しいというわけでは……。

ああ、そこをもっと……。ごろごろごろごろ。


『まだなのかい？』

ブロック塀の上を歩きながら、僕はわきの歩道を歩く麻矢に言霊を飛ばす。

「もう少しよ」

麻矢は少々息を乱しながら答えた。一週間前よりは体力が戻ってきているとはいえ、長期間寝たきりだった体だ。普通に歩くのも大変なのだろう。家からすでに二十分ほど歩いていた。

ブロック塀の上から僕はあたりを見回す。遠くまで住宅街が広がり、その奥に丘が見えた。自然に口の端が上がる。あの丘の上にある洋館には、ちょっとした縁がある。

彼もいまごろ、僕と同じように頑張っているのかな。

「なに遠くを見ているの」

もの思いに耽《ふけ》っていた僕は、麻矢に声をかけられ我に返る。

『ん？　いや、にゃんでも……なんでもないよ。ちょっと友達のことを思い出していてね』

「お友達？」

『いや、こっちの話だよ。けれど、このあたりは大きな家が多いね』

「うん、この辺は街で一番の高級住宅地だからね。スーパーも近いし、大きな公園もあるし、治安もよくて……」

麻矢がそう言ったところで、前方の電柱に取り付けられた『痴漢・ひったくり多発！　夜道に注意を！』という看板が視界に飛び込んできた。

「……えっと、比較的治安もいいはずなんだけど」

麻矢は顔を少々引きつらせながら、足を進めていく。ブロック塀が途切れ、眼前に二十メートルほどの長さの橋があらわれた。橋の下にはかなり幅のある川が流れている。

ブロック塀を下りた僕は、今度は橋の欄干《らんかん》に飛び乗り、下を走る川に視線を送る。流れは緩《ゆる》やかで、かなり濁っていた。川の両岸に広がる河川敷《かせんじき》には、背の高い雑草が生《お》い茂《しげ》っている。

『けっこう大きな川だね』

「街の中心を縦に真っ直ぐ走っている川なの。街の外れにある池から流れてきているんだ」

麻矢の説明を聞いた僕は、欄干から下りて麻矢の足下に寄り添いながら橋を渡っていく。橋の向こう側には、片側二車線の大きな車道が横たわっていた。横断歩道の前で麻矢と並んで信号待ちをしていると、目の前を鉄の塊が猛スピードで走って行く。排気ガスの悪臭に咳き込んでしまう。

「そこ、あそこの家のあたり」

「んにゃ？」顔を上げると、麻矢は車道の向こうにある家を指さしていた。ここからは周りを囲むブロック塀が邪魔で、瓦の敷き詰められた屋根がなんとか見えるくらいだが、敷地はかなり広そうだ。塀の上から青々とした葉が生い茂った大樹が顔を覗かせている。たぶん桜の樹だ。

信号が青になり、麻矢とその家の正門前まで行った僕は、観音開きの重厚な扉を見上げた。

『ここに地縛霊がいるのかい？』

「うん、この屋敷の近くに、いつも魂がふわふわ浮かんでいるのが見えていたの」

『なるほどね……。麻矢、ちょっと肩を借りるよ』

僕は麻矢の肩に向かってジャンプすると、そこを足場に三角跳びをしてブロック塀の上に飛び乗った。

「……人の肩をジャンプ台にしないでくれる」

麻矢がなにやらぶつぶつ言っているが、聞こえないふりを決め込んであたりを見回す。思った以上に大きな屋敷だった。広々とした日本庭園が広がり、その奥に平屋造りの屋敷がある。

息を細く吐いて目を凝らす。肉体の目ではなく、霊的な目を。このボディに封じ込められる前は、こんなことをしなくても魂を見ることができたのに、めんどうなことだ。

精神を集中させていると、屋敷の手前に淡い光の塊が漂っているのが見えてきた。

僕は思わず、「にゃあ」と声を上げてしまう。

「見つかった?」麻矢が声をかけてくる。

『ああ、見つかったよ。間違いなく地縛霊だ。ちょっと話を聞いてくる』

「え、中に入るの?」

『あたりまえじゃないか』

「けど、私は中に入れないよ。勝手に入ったら不法侵入になっちゃう」

ああ、そういえば人間は、勝手に土地を売ったり買ったりして、自分のテリトリーを主張しているんだっけ。馬鹿らしい。この地上を自分たちの所有物とでも思っているのかねぇ。

『入れないならしかたがないね。僕だけで行ってくるから、そこで待っていて』

「待っていてって、そんなタクシーみたいな扱い……」

不満げに言う麻矢を無視して、僕は塀の向こう側へと下りる。土のひんやりとした感触が肉球に心地よかった。

きれいに切りそろえられた樹木が生い茂る庭を数メートル進むと、ひょうたん型の小さな池が見えてきた。中には色鮮やかな鯉《こい》が泳いでいる。僕は吸い込まれるように池に近づくと、身をかがめ水面を覗き込んでしまう。その時、十センチほどの小さな鯉が目の前を通過した。

「うにゃあ！」ほとんど無意識に、僕は前足を振り抜いていた。水しぶきが上がるが、鯉は身をくねらして僕の爪を避ける。

くそっ、逃がしたか。今度こそ……。って、僕はなにをしているんだ？

尻をふるふると振りながら、セカンドアタックの準備をしたところで、僕は我に返る。

軽く頭を振ると、僕は再び屋敷に向かって歩きはじめた。視界の隅でちらちらと見える鯉が妖《あや》しく本能をくすぐるが、必死にその誘惑に耐える。

屋敷の前まで行って首を上げると、すぐ目の前に淡くかすんだ光、地縛霊と化した魂が漂っていた。

『さっさと「我が主様」のもとに行くんだ。こんなところにとどまるのはナンセンスだよ。君の体はすでに死んで、もうこの世界に影響を与えることはできないんだからね。いつまでも地上にいたら、君は消滅してしまうよ』

僕が言霊を飛ばすと、魂は逃げるようにふわふわと浮き上がりはじめた。

『ああ、違う違う。待って。ウェイト・ア・モーメント！』

僕は焦って言霊を飛ばす。『道案内』をしていた時のくせで、正論を述べてしまった。

『さっきのは忘れてくれ。えっとだね、君の「未練」を教えてくれるかな。君はもうこの世界に干渉できないけれど、かわりに僕が君の「未練」を解決してあげるからさ』

この説明でいいのだろうか？　初めてだから勝手が分からない。

一度離れていった魂は、ゆっくりと僕の近くへと戻ってくる。

『よし、それじゃあ君の「未練」について語ってくれるかな？』

僕は胸を反らして言霊を飛ばす。

『か……』

魂から聞き取りにくいことこのうえない言霊が漂ってきた。

『ん？　なんて言ったんだい？　よく聞こえなかったから、もう一度』

『か……じき』

かじき？　カジキと言えば、マグロの一種のことだっけ？　たしかカジキマグロのネコ缶もあると、この前麻矢が言っていたような。一回食べて……。いや、そうじゃない！

『もしかして君、……言霊をまともに使えないのかい？』

僕がおそるおそる訊ねると、魂は大きく震えた。おそらく『イエス』の意思表示だろう。頬が引きつる。長いひげが大きく揺れた。

そうだった。言霊を操る能力は、魂によって大きな個体差があるのだ。麻矢のように流暢に言霊を喋《しゃべ》る魂の方が珍しい。この魂のように、ほとんど言霊を操れない魂も多かった。

どうしよう？　いきなりの難題に、僕は身を伏せて両手で頭を抱える。

この魂に干渉して、その記憶を覗き込んでしまおうか？　けれど、肉体から出た魂は、殻に覆われていない卵の中身のようにもろい。弱った魂が高位の霊的存在である僕の干渉を受ければ、致命的なダメージを受ける可能性もある。

僕は目の前に浮かぶ魂を観察する。地縛霊化してから長くは経《た》っていないのか、それほど劣化している様子はないが、その輝きはあまり強くない。強靭《きょうじん》な魂には見えなかった。やはり、この魂の記憶を覗き込むのは危険だ。僕が悩んでいると、魂がふわふわと移動をはじめ、縁側のガラス戸を通過して屋敷の中に入っていった。

なにをやっているんだ？　僕は魂のあとを追ってガラス戸に近づき、中を覗き込む。縁側の奥に見える和室に、女が正座しているのが見えた。年齢は六十歳前後というところだろうか。腰を曲げ、上目づかいに正面を見ている。その目は虚《うつ》ろで、死んだ魚のように意思の光がなかった。魂は女に近づくと、その周りを漂いはじめた。

僕は二、三度まばたきをすると、女の正面に置かれたものを見る。それは仏壇だった。中には厳《いか》つい顔をした初老の男の白黒写真が置かれている。女の夫だろうか？　もしかして……。

『もしかして、君はその写真に写っている男の魂なのかい？』

僕が訊ねると、魂は一瞬輝きを増した。

『ということは、そこにいる女は君のワイフだね？　君の未練は彼女に関係があるのかい？』

僕の質問に、再び魂の輝きが増す。なるほど、それなら……。

「んにゃー！」僕は腹の底から大声を張り上げると、両前足の肉球を勢いよくガラス戸に叩きつけた。ガチャガチャと騒々しい音が響く。

仏壇の前にいた女はびくりと体を震わせると、怯《おび》えを含んだ表情でこちらを見た。その視線が僕の姿をとらえた瞬間、彼女の顔はほころんだ。

「あらあら、どこから来たの」

女は緩慢な動きで立ち上がると、声をかけながら近づいてくる。なんでこの女は僕に話しかけているのだろう。普通、ネコは人語を理解しない。声をかけるなど、ナンセンスじゃないか。まあ、僕は普通のネコじゃないけどね。

「可愛らしいネコちゃんね」

ガラス戸が横に開くと、僕はぴょんと縁側に飛び乗った。女は笑顔で僕の頭を撫でてくる。どうやら僕の愛らしさにめろめろのようだ。きっとそれも、僕の高貴な内面がにじみ出ているからで……。いや、そこじゃなくて、もっと耳の付け根あたりを……。そう、そこ……。

「あなた、クロっていうの。どこのお家《うち》の子かしら。私は菊子《きくこ》、南郷《なんごう》菊子っていうの」

菊子と名乗った女は、僕の首輪についている名札を見ながら言う。しかし、ネコにわざわざ名乗るとは、重ね重ね不思議なことをするものだ。

僕は呆《あき》れつつ顔を上げ、菊子と視線を合わせる。その瞬間、菊子の目が焦点を失った。もちろん、僕が高位の霊的存在としての能力を使ったからだ。肉体に守られている魂にならば、ある程度干渉しても問題ない。

まあ、人間たちの言うところの『催眠術』というものに近いが、僕たちの魂への干渉は、人間の催眠術師なんかよりもはるかに強力で汎用性《はんようせい》が高い。相手の頭に浮かんでいる記憶を余すところなく読み取ることもできるし、行動をある程度操作することも可能だ。極めて干渉を受けやすい魂を持つ人間なら、操り人形のようにその行動のすべてをコントロールすることさえできる（まあ、そこまで干渉を受けやすい人間は、めったにいないけれどね）。

仏壇の前にいたところを見ると、きっと菊子は死んだ夫のことを思い出していたはずだ。その記憶はいま、菊子の魂の表面に浮かび上がっている。それを少し覗かせてもらおう。

僕はその場で香箱座《こうばこずわ》りをすると、ゆっくりと瞼《まぶた》を下ろしながら、菊子と精神の波長をシンクロさせていく。次の瞬間、僕の頭の中に菊子の記憶が流れ込んできた。


「いってらっしゃい」

菊子が声をかけると、玄関で靴を履いた夫、南郷純太郎《じゅんたろう》は「ああ……」とぼそりとつぶやいた。普段どおりの、四十年間続けてきた朝のやりとり。

「今日は遅くなるんでしたよね？」

菊子の質問に、純太郎は無言のまま軽くうなずくと、玄関の扉を開く。扉の外に広がる庭の奥に、満開の桜が見えた。二十年以上前、この家に住みはじめたとき植えた桜の樹は、いまや庭の主のような貫禄を醸《かも》し出している。

「桜、きれいですね」菊子は目を細める。

純太郎は振り返ることなく、再び「ああ……」とつぶやくと、玄関から出て行った。

菊子は閉まった扉に視線を注ぎ続ける。もともとあまりしゃべらない夫だが、近頃はさらに口数が少ない気がする。それに、かなり疲れている様子だ。おそらく仕事が忙しいのだろう。遅く帰ってくることが増えていたし、家でもなにか悩んでいるそぶりを見せることが多かった。

結婚してから四十年、仕事について口を出すことなく、ひたすら家を守ってきた。夫に家の心配をさせることなく仕事に集中させる。それが菊子の主婦としてのポリシーだった。しかし、夫の最近の様子を見ると、その決意が揺るぎそうになってしまう。

この前、娘の明子《あきこ》に相談したが、陽気な娘はぱたぱたと手を振りながら、「お父さんが口数少なくて愛想ないのは昔からじゃない。気にすることないよ」とあしらわれてしまった。

娘の言うことにも一理あった。四十年前、製薬会社の社長の長男で、会社で薬学の研究員をしているという純太郎と会ったとき、菊子は「真面目すぎてとっつきにくそうな人」という印象を持った。おそらく、純太郎と会う者は百人が百人、同じような印象を持つだろう。

これまで誕生日も結婚記念日も、一度も夫に祝ってもらったことがないということを友人に話すと、たいていは夫婦仲を心配される。けれど、四十年間ともに人生を過ごしてきた菊子には分かっていた。夫はただ不器用なだけだと。本当は自分たち家族を愛してくれているのだと。

玄関に下り、扉をわずかに開けて桜を眺めながら、菊子は思い出す。見合いの際、二人だけでホテルの庭を散歩することになったとき、ほとんどしゃべらない純太郎に戸惑った。満開の桜の下で、なんとか話題を探そうとした菊子は、「どんな研究をなさっているんですか？」と水を向けた。すると純太郎は、まるで人が変わったかのように、菊子にはまったく理解できない研究内容について早口で話しはじめた。その目が少年のように輝いているのを見て、菊子は純太郎との結婚を決めた。あの日、頭や肩に落ちた花弁を払うこともせず、自分の研究について語り続けた夫を思い出すたび、菊子の顔はほころんでしまう。

三十年ほど前、急逝した父親のあとを継いで小さな製薬会社の社長になった純太郎は、それからほとんど休みなく働き、会社を大きくしていった。とくに数年前からはジェネリック医薬品とかいう、特許が切れた薬を安く作る事業が好調で、会社は順調に成長を続けているらしい。しかし、会社の規模が大きくなり、従業員が増えていくにつれ、純太郎にかかるプレッシャーが増していくのが、菊子には手に取るように分かった。

本当は会社の経営より、試験管を振って研究するほうが性に合っているのよね。

菊子は以前に住んでいた家のことを思い出す。会社のすぐそばにあったその家の庭には、戦時中に掘られた大きな防空壕があった。純太郎はそれを個人用の研究室に改造して、友人たちと夜遅くまで研究をしていた。

会社を継がなくてはならなくなったとき、きっと純太郎は辛《つら》かっただろう。生きがいだった研究から身を引かなくてはならなかったのだから。けれど、純太郎は一言も愚痴をこぼすことなく、会社のために、そして家族のために、身を粉《こ》にして働き続けてくれた。

もう自分のやりたいことをやってもいいのに……。

扉の鍵をかけ、家の中に戻って朝食の食器を片付けはじめながら、菊子は弱々しく微笑《ほほえ》む。三年前、社長の座は長男にゆずり、純太郎は会長となっている。しかし、経営の一線からは身を引いていいはずなのに、いまも長男のサポートのために動き回っていた。

責任感が強すぎるのも考えものよね。ため息をつくと、菊子は食器を流しで洗いはじめた。

家事を一通り終わらせ、近くに住む長女の明子が連れてきた幼稚園児の孫の面倒をみていると、いつの間にか午後五時過ぎになっていた。

ああ、そろそろ夕飯の支度をしないと。娘と孫を見送ったあと、ソファーに座って休憩していた菊子は、ゆっくりと立ち上がると台所に向かった。

今日は、純太郎さんは遅くなるらしいから、簡単でいいかな。そんなことを考えながら台所に入ったところで、ダイニングに置かれた電話が鳴りはじめた。

「はいはい」菊子は小走りに電話機に近づき、受話器を取り上げる。「はい、南郷ですけど」

「……菊子か」

聞こえてきたのは夫の声だった。

「あら、純太郎さん？　どうかしました？」

「いや……、ちょっとな……」純太郎はぼそぼそと聞き取りにくい声でつぶやく。

「もしかして、早く帰れるようになりました？　夕飯用意しておきましょうか？」

「いや、それはいい。それより、……いま家にいるな？　夕飯は食べたか？」

「もちろんいますけど。いまから夕飯をつくろうと思っていたところですよ」

菊子は首をかしげる。夫が電話で話すのが苦手なのはいつものことだが、今日は普段にもまして歯切れが悪いような気がする。

「それならいいんだ。そのまま家にいてくれ。……伝えたいことがある」

次の瞬間、唐突に電話は切れた。菊子はピーピーと気の抜けた音を出す受話器を眺める。

いったいなにが言いたかったのだろう？　夫の口調は、いつもと明らかに違っていた。なにか重大な決意を秘めているような……。

漠然とした不安が胸のなかに広がっていく。その時、ざーっという音が聞こえてくる。窓の外を見ると、いつの間にか雨が降り出していた。

「あらあら、大変大変」

菊子は慌ててダイニングを出ると、縁側のある和室へと向かう。外に洗濯物を干しっぱなしにしていた。雨に打たれながら菊子は洗濯物を取り込んでいく。そのとき、甲高いブレーキ音が鼓膜を揺らした。菊子は反射的に塀の方に視線を向ける。

家のすぐそばを通る国道は交通量が多く、よくトラックが猛スピードを出していた。もしかしたら事故でも起きたのかもしれない。

洗濯物をすべて縁側に取り込んだ菊子は、ずぶ濡れになってしまった体を震わせる。

せっかく洗濯したのに、全部濡れてしまった。また洗濯しなおさないと。それに、このままだと風邪を引きそうだ。とりあえず風呂《ふろ》で体を温めよう。

風呂場へと向かうと、遠くからサイレン音が聞こえてきた。『ふろ自動』のボタンを押した菊子は顔を上げる。どうやら本当に事故が起こったらしい。

こんな近くで物騒ね。湯船から立ちのぼってくる湯気を眺めながら、菊子は顔をしかめた。

風呂に入り、再び洗濯を終えると、時刻はすでに午後七時に近かった。日は完全に落ち、窓の外は暗くなっている。空腹をおぼえた菊子は、一時間半ほど前にかかってきた純太郎からの電話を思い出す。

そういえば、「そのまま家にいてくれ」と言われたけど、あの人は帰ってくるつもりなのだろうか？　もしそうなら、あの人の分の夕食も用意しないと。それに伝えたいことって……？

再び菊子が首をひねっていると、電話が鳴りはじめた。

あ、純太郎さんからかしら？　菊子はぱたぱたとスリッパを鳴らしながら電話に近づく。

「母さん！」

受話器から聞こえてきた声は、夫のものではなかったが、聞き慣れたものだった。

「純也《じゅんや》？　どうしたの、大きな声を出して」

夫のあとを継いで、いまは会社の社長におさまっている息子の怒鳴るような声に、菊子は眉根を寄せる。

「……大変なことがあったんだ。母さん、落ち着いて聞いてくれ」

純也の声が急にひそめられる。その落差が不安をかき立てた。

「脅かさないでよ。いったいなにがあったの？」

菊子はおどけるように言いながら、手で胸を押さえる。口調とは裏腹に、心臓の鼓動は加速していた。なにかよくないことが起こった。その予感は確信に近いものになっていた。

「母さん、いま会社に連絡があったんだ。さっき親父が家の近くでトラックにはねられて、……病院に運ばれたらしい」

菊子の手から滑り落ちた受話器が床で跳ね、乾いた音を立てた。

「事故現場に救急隊が駆けつけた時点で、すでに心肺停止状態になっていて、隊員に蘇生術をほどこされつつ当院に搬送されました。当院に到着後は私たちが治療を引き継ぎ、心臓マッサージ、点滴、強心剤の投与、挿管《そうかん》しての人工呼吸などを行いましたが、残念ながら蘇生することはありませんでした。こちらに搬送されてから四十五分が経過したところで、これ以上の蘇生術の続行はお体を傷つけるだけだと判断し……」

青っぽいユニフォームを着た中年の救急医の説明を、菊子は立ち尽くしながら聞く。

電話を受けてから三十分後、菊子は息子と娘とともに、純太郎が運び込まれたという総合病院にやってきていた。息子の純也に手を引かれながら救急受付の前まで行くと、純太郎の治療に当たったという救急医が出てきて説明をはじめた。しかし、救急医の言葉は菊子には、まるで外国語を聞いているかのように理解できなかった。

「それでは、ご案内します」

救急医は陰鬱《いんうつ》な口調で言うと、背後にある自動ドアを開けて救急室の中に入っていく。

「……母さん。行こう」

純也に促された菊子は曖昧にうなずくと、歩を進めていく。

行くってどこへ？　中になにがあるの？　前を歩く息子と娘のあとを、菊子はおぼつかない足取りでついていく。前の二人が足を止めた。

「お父さん。なんで……」明子の口から嗚咽《おえつ》に似たうめき声が漏れる。

うつむいていた菊子は視線を上げた。その瞬間、胸の中で心臓が大きく跳ねた。

ベッドの上に夫が横たわっていた。その上半身は裸で、胸から下には白いシーツが掛けられていた。顔の左半分は大きく腫《は》れ上がり、黒紫色に変色している。しかし、右の顔はいつもどおりで、ただ眠っているかのように見えた。

「それでは、確認させていただきます」

救急医はペンライトを取り出すと、「失礼します」とつぶやきながら純太郎の瞼を開き、目に光を当てていく。ドラマなどで何度か見たことのあるシーンだった。

菊子は引き寄せられるように、ふらふらとベッドに近づいていく。

「あ、母さん！」

背後から純也の声が聞こえてくる。しかし、足を止めることはできなかった。振り返った救急医が菊子を見て一瞬驚きの表情を浮かべるが、すぐに恭《うやうや》しく一礼すると、一歩引いてスペースを空ける。

「純太郎……さん？」

菊子は横たわる夫に震える手を伸ばした。指先が純太郎の頬《ほお》に触れた瞬間、菊子は熱湯にでも触れたかのように手を引っ込める。夫の頬は冷たく、そして固かった。

全身の血液が逆流した気がした。

「うそ、うそよ……。こんなのうそ……」

菊子は純太郎の体にしがみつく。しかし、夫がいつものように気怠《けだる》そうな口調で返事をすることはなかった。

視界の上方から白いカーテンが下りてくる。

菊子は夫の名前をつぶやきながら、その場に崩れ落ちていった。


「お母さん、大丈夫？」

明子がおずおずと話しかけてくる。菊子はかすかにあごを引いてうなずいた。

すでに混乱はおさまっていた。しかし、それは衝撃から回復したからではなく、なにも感じなくなったからだった。さっきから、胸腔《きょうくう》の中身が抜き取られたかのような虚脱感に全身を支配されている。

十数分前に脳貧血で倒れた菊子は、子供たちに連れられて救急室を出て、廊下に置かれていたベンチに腰掛けていた。明子がそばについてくれ、救急室には純也だけが戻っていた。

うつむく菊子の視界に革靴が入ってくる。顔を上げると、目の前に制服を着た中年の警官が立っていた。

「えーっと、南郷純太郎さんの奥さんでよろしいでしょうか」

菊子は「はあ……」と、ため息のような返事をする。

警官はまったく心がこもっていない口調で「このたびはご愁傷様です」と言うと、菊子の顔を覗き込んできた。

「ご主人は最近、なにか悩んでいるような様子はありませんでしたか？」

「……はい？」質問の意味が分からず、菊子は気の抜けた声を漏らす。

「ですから、仕事がうまくいっていなかったとか、健康上の問題があったとか、そういう悩みがあったんじゃないですか？」

反応の鈍《にぶ》い菊子に苛立《いらだ》ったのか、警官は早口で言う。

「いったいなんの話なんですか？　母はショックを受けているんです。そっとしておいてもらえませんか」

隣に座る明子が菊子の肩を抱きながら、警官に向かって嚙《か》みつくように言った。

「気持ちはお察ししますが、こちらとしましても事故の原因を調べないといけないんでね」

「原因？　父はトラックにはねられたんですよ。原因なら運転手にあるでしょ」

声を荒らげる明子の前で、警官はぼりぼりと頭を搔《か》いた。

「いやあ、署で話を聞いているトラックの運転手は、南郷さんが赤信号でいきなり飛び出してきたって言っているらしいんですよ。たぶんあれは……自殺だってね」

警官はすっと目を細め、菊子たちを見下ろす。

……じさつ？　その言葉が菊子の脳内で、すぐには『自殺』と変換されなかった。

「なにを言っているんですか。父が自殺なんてするはずありません。その人が嘘をついているんです！」

　一瞬絶句した明子は、声を上ずらせる。

「まあ、その可能性ももちろんありますね。ただ、対向車線で車を走らせていて、事故を見たっていう人がいるんですよ。その目撃者も、南郷さんが赤信号なのに急に車道に飛び出して、トラックにはねられたと言っています」

「そんな……」明子は片手で口元を覆う。

　自殺。あの人が自殺をした？　ふわふわと宙に浮かんでいるような心持ちのまま、菊子は今日の出来事を思い出していた。たしかに今朝家を出るとき、夫はどこかおかしかった。そして夕方にかかってきた不可解な電話。あのあと、すぐにあの人はトラックにはねられた。

　あれが自殺の前兆だった……？　私はそれに気づいてあげられなかったのだろうか？　四十年間も夫婦をやってきたというのに……。

「きっとなにかの間違いです！　父は……父が自分から……」

　明子が喘《あえ》ぐように言葉をしぼり出す。警官は大きなため息をつくと、唇の片端を上げた。

「そうは言いましてもね、遺書《いしょ》みたいなものまであるんですよ」

「い、遺書……？」明子は言葉を失う。

「ええ、そうです。南郷さんは手ぶらではねられたようですが、スーツのポケットからそれらしいものが見つかったんです。まだお渡しするわけにはいきませんが、お見せするぐらいならかまいませんよ。これになります」

　警官はポケットからビニール袋に入ったメモ用紙を取り出し、差し出してきた。

　手ぶら？　純太郎さんはいつも小さな肩掛け鞄《かばん》を持ち歩いていたはずなのに？

　菊子はおそるおそるその紙に視線を向ける。そこに書かれた文字を見た瞬間、激しいめまいが襲いかかってきた。視界から遠近感が消え去り、文字が迫って来る。

　メモ用紙には乱れた文字が並んでいた。文字を書いては、それを上から塗りつぶしたような形跡もあり、それを書いたときの純太郎の精神状態が不安定であったことをうかがわせた。

　水性ペンで書かれたらしいそれらの文字は、紙が濡れたせいでかなりの部分が滲んで、読めなくなっている。しかし、かすかに読み取れる文字だけでも、そこになにが書かれていたかは十分に推察ができてしまった。

『菊子
四十年　わがまま　耐え
ついて　本当に　　恨んだ
　して
　　　　　純　　』

　私のわがまま？　あの人が私のわがままに耐え、私を恨んでいた？

　会話が少なくても、記念日を祝ってもらえなくても、心は通じていると思っていた。自分は夫を支えているという自負があった。それなのに、あの人は私を疎《うと》ましく思い、恨んでいた？

菊子は胸を押さえながらうめき声を漏らす。

電話があってからすぐ、あの人は目の前の道路ではねられた。

もしかしたら、あの人は私が家にいることを、すぐそばにいることを確認してからトラックの前に飛び出したのだろうか。お前が原因で死ぬんだと、暗に伝えるために。

頭の中でなにかが崩れ落ちる音が響いた。

菊子は両手で頭を抱えると、体を小さくした。あまりにも残酷な現実から自らを守るために。

結局、純太郎の死は自殺ということで処理された。

葬式やその他の事務的処理は、純也と明子がすべて引き受けてくれて、つつがなく進めることができた。しかし、菊子が以前の日常に戻ることはなかった。

自らの四十年を否定され、心を打ち砕かれた菊子は、やけに広く感じるようになった家で、魂が抜けたように毎日を送りはじめた。ほとんど家事も行わず、食事も生命維持に必要な最低限の量しか摂《と》らないで、一日の大半を夫の仏壇の前で過ごすようになった。自分のなにがいけなかったのか、答えが返ってくるわけもない問いを夫の遺影に向かって問いかけ続けながら。

菊子を心配して、明子は頻繁に家に訪れては、自分の家に越してこないかと誘ってくれた。しかし、その誘いを受けるたびに、菊子は力ない笑みを浮かべながら首を左右に振った。

このがらんどうになった家で朽ち果てていくのが、自分の義務だと思っていた。夫を自殺にまで追い込んでしまった自分の。

そうやって二ヶ月ほどが過ぎたある日、いつものように仏壇の前で座り込んでいると、唐突にガラスを叩く音が響いた。驚いてそちらに視線を向けると、可愛らしい黒猫が……。


僕はゆっくりと瞼を上げていく。見ると、菊子の目から涙がこぼれ、頰を伝っていた。僕の干渉によって辛い記憶が鮮明に蘇《よみがえ》ったせいだろう。これは悪いことをしてしまったね。大きく息を吐きながら、僕は菊子の精神への干渉をやめる。菊子の目に、急速に意思の光が戻ってくる。

「あら、私……」

菊子は何度かまばたきを繰り返したあと、目元を拭《ぬぐ》う。

「ごめんね、ぼーっとしちゃって」

しゃがみ込んだ菊子は、再び僕の額を撫ではじめる。

喉をごろごろと鳴らしかけた僕は、ふと我に返って勢いよく頭を振った。

「気持ちよくなかった？　ごめんなさいね」

いや、そんなことはないよ。でも仕事中なんでね。香箱座りしていた僕は立ち上がると、前足を思いきり前に伸ばして全身をストレッチしつつ、大きくあくびをする。固まった体をリラックスさせた僕は、菊子に尻を向けると縁側から庭へと下りた。

「あら、もう行っちゃうの？」

どこか残念そうな菊子の声が追いかけてくる。この広い家で一人、自らに課した『罰』を受け続けている菊子にとって、僕のような容姿端麗なネコは、ひととき寂しさを紛らわせてくれるのだろう。僕は首だけ振り返って、哀《かな》しげに微笑む菊子を見る。

そんなに寂しがらなくてもいいよ。またすぐにお邪魔するからさ。

僕は胸の中で話しかけた。菊子と、そのすぐそばに寄り添うように漂う地縛霊に。

軽快な足取りで庭を横切った僕は、庭の端に立つ桜の大樹をするすると上っていく。塀の向こう側に不満げな表情でたたずんでいる麻矢の姿が見えた。

木の枝から飛び降りた僕は、一度塀の上で着地しワンクッションおいたあと、麻矢の肩へと飛び乗る。麻矢は「うわあ！」と、甲高い悲鳴を上げた。

『どうしたの、変な声を出して？』

小首をかしげる僕を、麻矢は鋭い目つきでにらんでくる。

「どうした、じゃないわよ。急に肩の上に落下してきて。痛かったじゃない」

『そうか、それはごめん。まあ、そんなことよりさっさと家に戻ろう』

「そんなことよりって……。それで、『未練』っていうやつは解決できたの？」

『そんな簡単に解決できたら苦労しないよ。とりあえず、なにが起こったかは分かったから、あとは解決法を考えるだけだね』

僕は麻矢の体から下り、歩きはじめる。菊子の記憶を覗いてみて、いろいろと気になることがあった。家に戻ってちょっと考えてみよう。

僕は振り返って塀の上から覗く桜の枝を見る。

さて、記念すべき最初の仕事、鮮やかにやり遂げるとしよう。

僕は一声「にゃおん」と大きく鳴いた。

2

「つまり、その地縛霊は奥さんのことをいまも恨んでいて、だから成仏していないってこと？」

椅子に反対向きに座った麻矢が、背もたれの上にあごを乗せながら言う。南郷家から戻った僕は、あの家で見たことを麻矢に話していた。べつに麻矢に教える必要はないのだが、「協力するんだから、なにが起こっているかぐらい教えてくれてもいいでしょ。ねえってば」としつこく迫られ、根負けしたのだ。

『まあ、その可能性もあるね』

僕はピンポン球を左右の前足の間でちょこちょことはじきながら、言霊を飛ばす。

「ちょっと、遊んでないでちゃんと答えてよね」麻矢は不満げに唇を尖《とが》らした。

『べつに遊んでいるわけじゃないよ。こうしているとなんというか、集中できるというか、無心になれるというか……。分かった、やめる』

麻矢が疑わしげな視線を向けてくるので、僕はしかたなく、肉球でピンポン球を寝床であるベッドの下にはじき飛ばす。

「『その可能性もある』っていうことは、違う可能性もあるってこと？」

『ああ、そうだよ。たしかに誰かを恨みながら自殺した人間が、地縛霊になることは珍しくない。けれどその場合は、ある程度の時間が経ったら「道案内」に説得されて、「我が主様」のもとに行くのが普通なんだ。恨みっていう感情は、時間で比較的風化しやすいからね。それに菊子の記憶を探った限り、夫にそんな強烈な恨みをかうようなことをしていた様子はないし』

「そんなこと分からないよ。人間、どんな些細《ささい》なことで恨まれるか分かったもんじゃないから」

麻矢の眉間《みけん》に深いしわが寄った。その様子を見て、僕は「にゃ？」と鳴き声を上げる。

『もしかして麻矢、生前の記憶が戻って……』

「ん？　ああ、そういうわけじゃなくて、あくまで一般論ね」

慌てて胸の前で両手を振る麻矢を見ながら、僕は首をひねる。

本当にそれだけだろうか？　もしかしたら、自分でも気づかないうちに麻矢は記憶を取り戻しつつあるんじゃないだろうか？

「それで、これからどうするわけ？　奥さんに対する恨みじゃないなら、その旦那さんの魂は、なんで地縛霊になっているの？」

麻矢は誤魔化すように、早口で言う。

『それをこれからゆっくり考えるんだよ』

僕は定位置である出窓の窓枠に移動すると、そこで体を丸くした。差し込んでくるうららかな日の光が、毛皮を優しく暖めてくれる。すぐに睡魔が襲ってきた。僕はそれに抵抗することなく瞼を落とす。

「それ、考えるんじゃなくて、たんに眠ってない？」

麻矢が呆れ声でつぶやいた。


素早く左右を見回し、車が来ないことを確認すると、僕は地面を蹴って車道を横断する。南郷純太郎がトラックにはねられた車道を。

車道を越え、南郷家の前まで来た僕は大きくジャンプをすると、ブロック塀に鋭い爪を引っかけ、駆け上がるようにその上までのぼる。しっとりと夜の帳《とばり》が降りた周辺には人気《ひとけ》はない。それもそのはず、時刻は午前二時過ぎ、真夜中だ。

窓辺で丸くなって（麻矢にいやみを言われつつ）菊子の記憶についての思考を走らせ続けた僕は、一つの仮説を思いついた。すべての状況を説明できる仮説を。

深夜になって麻矢が寝入ったあと、ベッド下の寝床から這い出た僕は、窓の隙間から外に出てこの南郷邸に向かった。

僕は南郷家の庭へと下りる。茂みの多いこの庭は、街灯の光も十分に届かず闇に覆われていたが、夜行性であるネコの目は、その暗闇をしっかり見通せていた。

池の鯉を狩りたいという衝動に耐えつつ、僕は屋敷に近づいていく。縁側は雨戸が固く閉じられ、入り込めるような隙間がなかった。まあ、ここまでは想定内だ。

たしか、こっちの方に……。僕は屋敷の裏に回っていく。

あった。裏側の壁の上方に、小さな窓が開いていた。人間ではまず通れないような小さな窓。しかし、僕の体なら十分にくぐり抜けられる。

近くにあった背の低い木によじ登り、窓のそばまで伸びている枝を伝うと、僕は思い切りジャンプする。

「うにゃにゃー!?」

窓枠につかまるつもりが、勢いをつけすぎて窓から飛び込んでしまった。目の前に壁が迫る。僕は慌てて四本の足の肉球を眼前の壁に向けた。肉球のクッションのおかげで衝突の衝撃はだいぶ緩和されたが、それでも足に痛みが走る。次の瞬間、重力に引かれた僕の体は落下をはじめた。僕は無我夢中で四肢を動かし、なにか摑《つか》むものを探す。

落下の途中、前足に触れたものに必死にしがみついた。

大きく息を吐いた僕は、首だけ回して状況の把握につとめる。僕の背後には洋式の便器が置かれていた。どうやらトイレに飛び込んだようだ。

次に首を戻して、前足の間にあるものを見る。それは三日月型のドアノブだった。そのことに気づいたのとほぼ同時に、僕の体重を支えていたノブがゆっくりと傾いていく。カチャリと音がしてドアがわずかに開いた。

おお、なんだか知らないがうまくいった。さすがは僕だ。ノブを放して着地すると、ドアの隙間に体をにゅるりと滑りこませる。

計画通り屋敷内に侵入した僕は、南郷菊子を探す。すぐに彼女は見つかった。昼間にいた仏壇の置かれた和室、そこに敷かれた布団で菊子が寝ていた。

よりにもよって、夫の仏壇の前で寝ているのか。僕は呆れ果てる。

もしこのままの状態で菊子が命を落としたりしたら、また新しい地縛霊が生まれてしまうだろう。面倒なことだ。まあ、そうならないために僕が来たんだけどね。

僕はとことこと菊子に近づいていく。肉球が足音を消してくれるので、菊子を起こしてしまう心配はない。布団のすぐそばまで来た僕は、菊子の顔を覗き込んだ。

菊子の寝顔は、痛みに耐えているかのように険しかった。眉間には深いしわが刻まれ、口はへの字になっている。時折、うめくような声がその口から漏れ出していた。

おそらくは夢を見ているのだろう。よくない夢を。

ちょうどいい。僕は口の端を持ち上げる。もともと、夢に侵入するつもりでこんな夜中にやってきたのだ。高位の霊的存在である僕にとって、人間の夢に這入《はい》り込むことなどイージーなことだ。意識をシンクロさせて、自分の精神をそこに投影させればいいのだから。僕の前に地上に送り込まれた友達も、この方法で成果を上げていた。その真似《まね》をさせてもらおう。

僕は枕元で香箱座りをすると、瞼を落とし、菊子の精神と波長を合わせていく。波長が合った瞬間、僕は菊子の意識の中へと飛び込んでいった。


気づくと、僕は歩道に立っていた。見たことのある歩道。南郷家の正門前だ。

空を見上げる。吸い込まれそうな真っ暗な空から、大粒の雨が降っていた。僕の体に降り注ぐ雨は、自慢の黒く光沢のある毛皮を濡らすことなく通過していく。

これは菊子の夢の世界。ここにいる僕は、夢の中に投影された思念体《しねんたい》でしかない。だから、この世界のなにも僕に干渉できないし、僕がその気になれば、どんな姿になることもできる。いま黒猫の姿をしているのは、その方が隣に立つ人物に受けいれられ易《やす》いと思ったからに過ぎなかった。

僕はすぐ隣を見る。そこには、全身を雨で濡らした菊子が、案山子《かかし》のように立ち尽くして正面を見ていた。

とりあえず「にゃあ」と一声鳴いてみる。菊子はびくりと体を震わせると、僕を見下ろした。

「ネコ……ちゃん？」菊子はいぶかしげにつぶやく。

「ネコちゃんじゃない。クロだよ」

僕が話しかけると、菊子の目が大きく見開かれた。

「なんで……、ネコがしゃべっているの？」

「ここは夢の世界だよ。夢の中はなんでもあり。ネコがしゃべるくらい不思議じゃないよ」

「ああ、……これは夢なのね。あら、あなた、昼に来たネコちゃんね」

菊子の顔が一瞬ほころんだ。やっぱりこの姿でよかった。話が早い。

「だからネコちゃんじゃなく、僕にはクロという地上での名前が……。まあそれはいいか。それより、君はなにをしているんだい？」

僕が訊ねると、菊子の顔から潮が引くように表情が消えていった。

「……主人を待っているの」

蚊《か》の鳴くような声でつぶやくと、菊子ははっと正面を見る。僕もつられて視線を前に向けた。横断歩道の向こうに年配の男が現れた。糊《のり》のきいたスーツを着込んだ白髪の男、南郷純太郎だった。

「純太郎さん！」

菊子が大声で叫ぶ。しかし、うつむいた純太郎がその声に反応することはなかった。遠くから、腹の底に響く音が聞こえてくる。トラックのエンジン音。

「純太郎さん！　お願い、やめて！」

菊子の声は激しい雨音にかき消されていく。うつむいたままの純太郎は、倒れ込むかのように車道に足を踏み出した。次の瞬間、そこに大型トラックが走り込んでくる。純太郎の体はラケットで打たれたテニスボールのように軽々と吹き飛ばされると、視界から消えていった。

「いやあああー！」

菊子は頭を抱え、その場に座り込む。僕はその様子を冷然と眺めていた。

事故の光景を菊子は目撃していないはずだ。つまりこの夢は、菊子の想像が創り出したものということになる。まったく、夢でくり返しこんなシーンを見ていたのか。消耗するはずだ。

「大丈夫かい？」座り込んだまま細かく震えている菊子に僕は声をかける。

「ごめんなさい、ごめんなさい、ごめんなさい……」

菊子は僕の声が聞こえないのか、呪文《じゅもん》でも唱えるように、口の中で謝罪の言葉を転がし続ける。……しかたがないなぁ。

「にゃおおおおおん！」

僕は思い切り鳴き声を上げる。菊子は「ひっ」と悲鳴を漏らすと、怯えた表情で僕を見た。

「さっきからなにをしているんだい？　そんなところでへたり込んでさ」僕は呆れ声で言う。

「なにって……、いま主人が……、純太郎さんが……」

「ああ、トラックにはねられて飛んでいったね。それがどうしたんだい？」

僕がわざとらしく首をひねると、菊子の表情がぐにゃりと歪《ゆが》んだ。

「どうした？　どうしたって、主人が死んだのよ。私のせいであの人が！　自分から！」

紅潮した顔をつき出し、ヒステリックに菊子は叫ぶ。怒りで舌が回らないのか、言葉は途切れ途切れだった。

「いま見た光景は、現実にあったことじゃない。君の脳が勝手に創り出した想像だよ」

「そんなこと関係ない！　あの人が私のせいで自殺したのは間違いないの！」

いまにも摑みかかってきそうな菊子の前で、僕は鼻を鳴らした。

「本当にそうかな？」

「え？　なにを……？」菊子の顔に動揺が走る。

「君は自分のせいで夫が自殺したって言っているけど、なんでそう言い切れるんだい？」

「だって、急にトラックの前に飛び出したって。それにいつも持っているバッグも持っていなかったし、遺書も……」

「君の言うとおり、南郷純太郎はトラックの前に飛び出した。そして荷物も持っていなかったし、なにやら恨み言のようなものが書かれたメモ用紙を持っていた。けれど、だからって自殺したと断定できるのかな？」

僕の問いかけに、菊子は黙り込む。その表情にかすかに、ほんのかすかにだが、希望の光が灯《とも》りはじめていた。

「君は自殺説を裏付けるような事実だけを並べ立てたけど、あの日は他にも少しおかしなことが起こっていただろ。たとえば、夫がはねられる直前、電話をかけてきたこととか」

「それは、きっと自分の自殺を私に見せつけたかったから……」

「んにゃあ！」

ぶつぶつとつぶやきはじめた菊子の言葉を、僕は大声で遮る。菊子の顔に怯えが走った。

「まったく、なんでそんなふうにネガティブに考えるかなあ」

僕が目を覗き込むと、菊子はかすかにのけぞった。

「あの時のことをよく思い出してみなよ。南郷純太郎は電話を切る前、君になにか言っていなかったかい？」

「なにか……？」菊子は視線を彷徨《さまよ》わせる。「たしか……もう食事はしたかとか……」

「そう、その通り」

僕は口の両端を上げて、現実のネコではまず浮かべられないような満面の笑みを浮かべた。

「それがどうしたっていうの？　だからって……」

ああ、本当に面倒くさいな。またうじうじとつぶやこうとした菊子を、僕はにらみつける。

「なんでこれから自殺する男が、妻が食事をしたかどうかなんて気にするんだい？」

「それは……」菊子は言葉に詰まった。

「君の夫が自殺をしたんだとしたら、その行動はとてもおかしなものになる。けれど、もしその前提条件が間違っているとしたら、べつに不思議でもなんでもないんだよ」

「前提条件が……？」

「朝、遅くなるから食事の準備はいらないって言っていた男が、夕方に家の近くに戻ってきて、妻に電話で食事をとっていないかを確認する。普通、これはどういうことだと思う？」

数十秒考え込んだあと、菊子はまるで僕の機嫌をうかがうかのように、小さな声でつぶやく。

「……外食？　私と外食するつもりだった……？」

「ビンゴ！」

僕は後ろ足二本で立ち上がると、両前足の肉球を合わせ拍手をする。なぜか菊子は気味悪そうに僕を見た。どうやら不評だったらしい。僕は四つ足に戻る。

「けど、そんなはずない……。私と外食するときは、主人はいつもちゃんと前もって予定を立てて、時間どおりにレストランに行くようにしていたのよ」

「サプライズだったら？」

「え、さぷ……」

「もし、南郷純太郎が君を驚かせようと思っていたらどうだろう。記念日にサプライズはつきものじゃないか」

菊子は哀しげに微笑みながら首を左右に振った。

「あの人がそんなことするはずがないの。これまで、そんなこと一度もなかったのよ。それに、あの日は特に記念日でもなんでも……」

「……桜」

僕はぼそりとつぶやき、自虐的な口調で言う菊子の言葉を遮った。菊子は「え？」と呆《ほう》けた声を出す。

「桜だよ。あの日の朝、君が夫を送り出すとき、庭の桜が満開だったでしょ」

「……ええ、そう言えばたしかに」菊子は記憶を探るように視線を泳がせる。

「桜の花は比較的早く散ってしまう。満開の期間なんて数日しかない。そして、毎年ほとんど同じ時期に花をつける」

いぶかしげな表情を浮かべながら僕の話を聞いていた菊子だったが、唐突にその目が大きく見開かれる。

「うそ……」震える唇からかすれた声が漏れ出した。どうやら気づいたらしい。

「四十年前、君と南郷純太郎がお見合いをしたときも、桜が満開だったらしいね」

僕がゆっくりと言うと、降り続けていた大粒の雨が唐突にやんだ。それと同時に、視界の隅に鮮やかな色が入り込んでくる。そちらに視線を向けると、ブロックの塀の上から見える桜の樹が、満開の花を咲かせていた。空には満月が浮かんでいる。月光に照らされた夜桜の美しさに、僕は一瞬見とれてしまう。

さっきまで枯れ木のように葉もつけていなかったのに、夢とは都合のいいものだね。

「あの人は、はじめて会った日のことを……」桜を見上げながら、菊子は呆然《ぼうぜん》とつぶやく。

「おそらくそうなんだろうね。南郷純太郎にとって、結婚記念日や誕生日なんかより、君とはじめて会った日の方がはるかに重要だったんだよ。そして、君と会ってから四十年目の節目の日、彼は意を決して、慣れないサプライズディナーを計画していたんだ」

僕は笑みを浮かべながら言う。きっとあの日、電話で南郷純太郎の様子がおかしかったのは、緊張していたからだったのだろう。

「けれど……、けれど……それならなんで純太郎さんは自殺なんて……」

夜桜を眺めたまま、菊子は独り言のように言う。

「さっきから言っているじゃないか。南郷純太郎は本当に自殺したのかな？」

「だって、あの人はトラックの前に飛び出したって」菊子は視線を桜から僕に戻す。

「南郷純太郎はトラックの前に飛び出した。彼はバッグを持っていなかった。そして、彼はサプライズディナーを計画していて、死ぬ理由なんてなかった。以上のことから導き出せる結論があるんじゃないか？」

「結論……」

菊子は魂が抜けたように、僕の口にした単語をおうむ返しにする。あまりにも衝撃的な情報を浴び続けたため、思考がうまく回っていないのかもしれない。

しかたがない。種明かしといくか。僕はゆっくり口を開く。

「ひったくりだよ」

「ひったくり？」不思議そうに菊子はまばたきをくり返した。

「そう、この近くでは注意喚起《かんき》の看板が出るくらい、痴漢やひったくりが出ているんだろ。きっとあの日、家の近くで君に電話をしたあと、南郷純太郎はあの道路の向こう、橋の上でバッグをひったくられたんだ。そして、バッグを奪った犯人はそのまま車道を横切って、こちら側に逃げてきた。君の夫はその犯人を追ったんだよ。脇目も振らずに、……トラックが走り込んできていることにも気づかずに」

僕は視線を横断歩道の先、橋の上に向ける。そこには、携帯電話を懐《ふところ》にしまっている南郷純太郎が立っていた。次の瞬間、黒い影が背後から純太郎に近づき、彼が手にしていたバッグを奪ってこちらに向かって走り出す。その影は僕たちの脇を走り抜けていった。

一瞬バランスを崩し膝をついた純太郎は、なにか声を上げると車道に走り出した。その時、そこにトラックが……。

「いやっ！」菊子が声を上げて顔を覆うと同時に、純太郎、トラック、そしてこちらに走り抜けていった人影も消え去る。

いまの光景は、僕の説明が菊子の夢に投影されたものに過ぎない。菊子がその気になれば消し去ることも可能なのだろう。きっと、いま繰り広げられたような光景が、二ヶ月ほど前に現実に起こり、南郷純太郎は命を落とした。

「……なんで追いかけたの」顔を覆ったまま、菊子は震える声でつぶやく。「あの人はバッグにたいしたものは入れていなかった。財布は背広のポケットだったし、バッグには新聞とか文庫本、あとは仕事の書類ぐらいしか。あんな必死に取り返さなくたって……」

「プレゼント」菊子の足下に近寄ると、僕はぼそりと言う。

「プレゼント？」菊子の眉根が寄った。

「そう、プレゼントだよ。出会って四十年のサプライズディナーを企画しているんだから、それくらい用意していても不思議じゃない。南郷純太郎は四十年の感謝を込めて、君にプレゼントを買っていたんじゃないかな。慣れないことだったんで、きっと必死に選んだんだろうね。けれど、そのプレゼントが入ったバッグがひったくられてしまった。だから彼は必死に追おうと思ったんだよ。まわりが見えなくなるくらい必死にね」

菊子の手が震えはじめる。その震えは手から腕、体幹、そして全身へと広がっていった。

「それが二ヶ月前、君の夫の身に起こったことだよ」

僕がそう言った瞬間、世界が壊れはじめた。ガラスにひびが入るように、空間に亀裂が走っては崩れ落ちていく。夢が崩壊しはじめているらしい。きっと菊子が目を覚ますのだろう。

これ以上、この世界にいることはできそうにないね。

僕は美しい夜桜が崩れていくのを眺めながら、ゆっくりと目を閉じた。


瞼を上げると、目の前に菊子の顔が見えた。その表情は、ついさっきまで苦悩を色濃く浮かべていたものとは大きく変わっていて、戸惑っているように見えた。

たぶん僕の説明で、夫が自殺していない可能性が高いことに気づきつつも、二ヶ月以上自分を縛りつづけた考えを、すぐには捨て去れないのだろう。

「ああっ！」目を開けた菊子は勢いよく上体を起こすと、悲鳴のような声を上げた。

息を荒らげた菊子は、きょろきょろと周囲を見回す。どうやら夢から現実に戻ってきて、混乱しているようだ。すぐ脇に座る僕の姿をとらえた菊子の顔が露骨にこわばる。

「にゃあ」とりあえず、挨拶《あいさつ》がわりに一声鳴いてみる。

「クロ……ちゃん。あなた、夢の中で私とお話を……」

「んにゃ？」

僕は首をかしげてしらを切ると、つとめて普通のネコらしく、前足で顔をこする。

「そうよね、たんなる夢よね……。あなた、いったいどうやって入ってきたの？」

菊子は弱々しく微笑むと、手のひらで僕の頭を撫ではじめる。撫でられたまま、僕は視線を部屋の片隅に向けた。そこには、南郷純太郎の魂がふわふわと浮いていた。

『君の妻の誤解を解いてやったよ。これで「未練」は解けただろ。「我が主様」のもとに行ったらどうだい？』

僕は魂に向かって言霊を飛ばす。しかし、反応は芳《かんば》しくなかった。魂はまるで僕の言霊が聞こえていないかのように漂い続ける。

まだなにか不満があるのか？　たしかに菊子はまだ完全に僕の説を受けいれたわけじゃなさそうだ。けれど、時間が経てばきっとそれ以外の可能性は低いと理解するはず……。

僕がそんなことを考えていると、唐突に菊子が布団から立ち上がった。

「……たしかめないと」菊子は寝間着の上にコートを羽織る。

たしかめる？　僕が戸惑っているうちに、菊子は部屋から出て玄関へと向かった。しかたがなく僕は菊子のあとを追う。

サンダルを履いて外に出た菊子は、庭を横切り、正門から出る。そして、夫がはねられた横断歩道とその先にある橋を渡ると、橋の脇にある階段を使って河川敷へと下りていった。

僕が眺めている前で、街灯の光も十分には届かない暗い河川敷へと下りた菊子は、雑草を両手でかき分けはじめた。

背の高い雑草をかき分けて覗き込んでは、さらに奥へと進んでいく。その行動を見て、僕は菊子の意図にようやく気づく。菊子は探しているのだ、ひったくり犯に奪われた夫のバッグを。

なんて無駄なことを。一心不乱に雑草をかき分けていく菊子を見ながら、僕はため息をつく。金目のものを抜き取った犯人が、この河川敷にバッグを捨てたとでも思っているのかもしれないが、その可能性は低いはずだ。

おそらくひったくり犯は、橋の上で純太郎のバッグを奪い、横断歩道を渡って南郷家の方向へと走り去った。用済みのバッグを捨てたとしても、この河川敷ではないだろう。

それくらいのこと、ちょっと考えれば分かりそうなものなのに、なんで菊子はいきなり河川敷を探しはじめたのだろう。人間のような下等生物の考えることは、僕のような高位の存在にはよく分からない。

ん？　河川敷？　ふと僕は顔を上げる。橋の上に南郷純太郎の魂がふわふわと漂っていた。どうやら僕たちを追ってきたらしい。

そういえば、はじめて会ったとき、あの魂は僕に向かって『か……じき』とかなんとか、不明瞭な言霊を飛ばしてきた。もしかしたら、あれはカジキマグロのことなどではなく、『河川敷』と伝えようとしていたのか？

この二ヶ月以上、『未練』に縛られ、妻の周りを漂いつづけたあの魂は、ずっと『河川敷』という言霊を発し続けてきたのかもしれない。僕たちのように高位の霊的存在が発する言霊は、その気になれば人間にも伝えることができるが、人間の魂が発する言霊は弱々しく、肉体という遮蔽物に包まれている人間の心までは本来届かないはずだ。そのはずなのに、毎日のようにくり返し言霊を浴びるうちに、菊子の潜在《せんざい》意識にその言霊が伝わっていた？　だからこそ、菊子は起きてすぐにここに向かったと？

『この河川敷になにかあるのかい？　君を「未練」から解き放つなにかが？』

僕が言霊で問いかけると、純太郎の魂はまぶしいほど明るく輝いた。明らかな『イエス』だ。

僕は菊子に視線を戻す。暗い河川敷で、菊子は一心不乱に雑草を掻き分けつづけている。その両手は鋭い葉で切れたのか、幾重にも傷がつき、血が滲んでいた。

河川敷へと下りた魂は、どこか心配そうに菊子の周りを回ったあと、菊子から十数メートル先の茂みの中に吸い込まれていった。

……面倒くさいなあ。僕はため息をつきながら、階段をつかって河川敷におり立った。肉球に伝わってくる湿った土の感触が不快だった。僕は身を低くすると、魂が消えていった茂みへ向かう。固い雑草の葉が、顔や体に当たって痛い。地面はぬかるんでいて、毛皮に泥がつく。

ああ、なんで僕がこんな目にあわないといけないんだ！　いったい誰なんだ、僕を地上の仕事に推薦したっていうのは！　僕は腹立ちまぎれに前足で雑草をなぎ倒した。目の前に、地面すれすれに浮かぶ魂があらわれる。口の両端が上がる。魂のそばには泥と草で覆われ、半分地面に埋まったバッグが落ちていた。

「にゃおおおおん！」

僕は振り返ると、菊子に向かって声を張り上げる。菊子は地面を見ていた顔を上げると、期待と不安がブレンドされたまなざしを向けてくる。僕は一度首を上下に振った。

ぬかるんだ地面に足を取られ、何度も転びそうになりながら、僕のすぐそばまでやってきた菊子は、バッグを見て小さく声を上げた。二ヶ月以上も劣悪な環境に置かれ、ぼろぼろになったバッグを手に取った菊子は、おそるおそるその中に手を差し込む。僕は菊子の体をよじ登り、肩の上に立った。

バッグから出した菊子の手には、小さな箱が握られていた。手のひらにのるサイズの小さな箱。菊子はバッグを小脇に抱えると、おそるおそるその箱を開けていく。次の瞬間、菊子の喉から「ああっ」という声が漏れた。

箱の中には銀色に輝く指輪が入っていた。おそらくはプラチナ製であろうそれは、月光の淡い光を反射して白く美しく輝いている。

これが南郷純太郎のプレゼント。彼はひったくり犯からこれを取り返そうとしてトラックにはねられた。きっとそういうことだったのだ。

けれど、なんで逆方向に走り抜けたはずのひったくり犯が、バッグをこの河川敷に捨てたのだろう？　それにこんな高そうな指輪を取らずに捨てるものだろうか？

僕が首をひねっていると、菊子が箱の内側に手を伸ばす。よく見ると、そこに紙が挟まっていた。四つ折りにされたその紙を開いた菊子は、大きく息を呑む。

『菊子へ

四十年間、わがままな私に耐え、ついてきてくれて本当にありがとう。

きっと私の態度を恨んだこともあっただろう。どうか許して欲しい。

君の支えがあったからこそ、私はこれまでやってくることができた。

残り少ない人生、君とともに過ごせることを幸せに思っている。

どうかこれからもよろしく頼む。

純太郎』

そこには、不器用な男が綴《つづ》った妻への感謝が記されていた。

なるほど、これが『遺書』の正体か。きっと南郷純太郎は必死に、何度も下書きをして文面を練ったのだろう。その下書き用のメモ用紙が、純太郎がトラックにはねられたときスーツのポケットに残っていた。そして、雨で濡れてインクが滲んでしまったその文面は、まるで妻に対して恨み言を並べた遺書のように見えてしまったのだ。

菊子はその紙を抱きしめるように胸に押しつけると、その場に膝をついた。開いた口から大きな嗚咽が漏れ出し、両目からは止め処《ど》なく涙が流れ落ちていく。

「純太郎さん……、純太郎さん……」

何度も咳き込みながら、菊子は夫の名前を呼び続ける。二ヶ月間、胸の奥底に溜めに溜めた感情を吐き出していくように菊子は泣き続けた。

その時、バッグの落ちていたあたりにとどまっていた南郷純太郎の魂が、ふわふわと浮かんで菊子の目の前にきた。

「！　純太郎さん？」

菊子が顔を上げ、何度もまばたきをしながらすぐ目の前を見る。それはまるで、夫婦が見つめ合っているかのようだった。

「純太郎さん……私こそありがとう」目に涙を浮かべながら、菊子は礼を口にする。

あれ？　人間に魂が見えるはずがないんだけど、なんで普通に話しかけているんだろう？

もしかしたら、長年連れ添った夫婦の絆《きずな》とかいうやつかな？　……そんなわけないか。

僕は菊子の肩から降りると、再び雑草を掻き分けつつ、河川敷から上がる階段へと向かう。

どうやら、あの夫婦にとっては感動のシーンらしい。夫婦など、たんに子孫を残すために役割分担をするという契約だと思うのだが、そこの二人にとってはどうやらそれ以上の意味があるようだ。

まあ、人間の考えることはよく分からないけど、邪魔者は去るぐらいのデリカシーは持っている。

階段を半分ほど上った僕は、南郷純太郎の魂と菊子が寄り添っているのを眺めながら体を丸くすると、大きなあくびをするのだった。

『以上が事件の顚末《てんまつ》……、熱っ』

熱風をしっぽの付け根に吹きかけられた僕は、言霊で悲鳴を上げながら、「にゃおん！」と鳴き声をあげた。

「あ、ごめん。近づけすぎたかな」ドライヤー片手に麻矢が謝る。

『……気をつけてよ。僕の体はセンシティブなんだ』

しっぽを大きく振りながら僕は言霊を飛ばした。

「けど、気持ちよかったんじゃないの？　しっぽ振っているし」

『喜んでいるときしっぽを振るのは犬だ。ネコは苛立っているときに振るんだよ』

一週間以上ネコとして生活して、僕はそのことに気づいていた。

「そういうもんなんだ。ネコって飼うのはじめてだから、よく分からないのよね」

ぶつぶつ言いながら麻矢は再び熱風をかけてくる。

『……それくらい常識だよ』

「なに、まだ機嫌直っていないの？　しかたがないじゃない、あんなに体汚れていたんだから」

麻矢は苦笑しながら僕の喉を撫でてきた。

未明に南郷純太郎の『未練』を解決したあと、僕はこの部屋に戻り、麻矢が寝息をたてているベッドの下に潜《もぐ》り込んで丸くなった。体に付いた泥が不快だったが、それよりも疲労感が強く、毛繕いもせずに眠りに落ちてしまった。

朝になって麻矢がベッドから起きる音で目が覚めたが、まだ十分に睡眠が取れていなかった僕は、薄目を開けただけで動かなかった。ベッドの下を覗き込んできた麻矢は、僕に向かって「クロ、おはよ……」と挨拶をしかけたところで悲鳴を上げた。

「なんで泥だらけなの⁉」

『……夜にいろいろあったんだ』

適当に答えて再び眠ろうとした僕は、ベッドの下に這入ってきた麻矢の両手に捕獲された。

『え？　なにするの⁉』

焦って身をよじる僕を両腕でしっかりホールドした麻矢は、無言のまま部屋を出て階段を下りていくと、あろうことか僕に拷問《ごうもん》を加えたのだった。シャワーという名の拷問を。

ネコにとって体が濡れるのは、このうえないストレスなのだ。なのに、あんなに勢いよく全身にお湯を浴びせかけるなんて、いくら泥を落とすためといってもひどすぎる。泥など毛繕いで舐め落とせたのに。

バスルームのドアを必死にかりかりと掻いて逃げようとしつつ、数分間の悪夢のような時間を耐えきった僕は、再び麻矢の部屋に連れられ、タオルとドライヤーで体を乾かしてもらいながら、昨晩起こったことを語っていた。

「よし、これくらいでいいかな。うん、きれいになった」

麻矢はドライヤーのスイッチを切ると、僕の頭からしっぽにかけて撫でる。

「それで、その南郷純太郎って人の魂は成仏できて、ひとまず一件落着ってわけね」

『ああ、そうだね……』

僕は曖昧に答えながら昨夜のことを思い出す。

河川敷で純太郎の魂と菊子が寄り添うのをあくびまじりに十数分眺めていた僕は、背筋にぴりぴりするような感覚をおぼえ顔を上げた。

『そこにいるね……』

言霊でつぶやくと、僕の数メートルほど先に輪郭のぼやけた淡い光があらわれた。『道案内』、つまりは僕の同業者だった。

『よう、しばらく見ないうちにずいぶん可愛くなったもんだな』

その光から発せられた言霊を聞いて、僕のしっぽは大きく左右に揺れる。『道案内』は数多くいるが、僕は目の前にいるこいつが苦手だった。僕と同じ高位の霊的存在だというのに、言動がきわめて粗野で、エレガンスの欠片《かけら》もない奴だ。

こいつに比べると、僕の前に犬に封じられて地上に降りた彼など（かなり頭は固かったものの）、自らの仕事に対して真摯《しんし》に取り組んでいて、好感が持てた。

『……なんだ、君か』

『なんだってこたあねえだろ。久しぶりに会ったっていうのに』

『べつに会いたくなかったよ』僕は鼻を鳴らす。

『なんだよ、つれない奴だな。せっかくお前の「お仕事」の手伝いをしにきてやったっていうのによ』

『手伝い？』

『ああ、そうだよ。お前だろ、あそこの魂の「未練」を解決した奴は。あいつを「我が主様」のもとに案内するんだよ』

同業者は得意げに言霊を飛ばしてくる。まったく、これまであの魂を説得できなかったくせに偉そうに。呆れた僕は、「にゃあ」と鳴いてそっぽを向く。

たいして僕に興味があったわけではないのだろう、同業者は純太郎の魂に近づいていくとなにか言霊をかけた。純太郎の魂は名残惜《なごり》しそうに菊子の額に触れると、ゆっくりと天に向かって上昇しはじめる。

菊子に感謝と愛を伝えられたいま、彼の「未練」は消えたのだ。僕は純太郎の魂がゆっくりと昇っていくのを、目を細めて見送った。

菊子もいつのまにか顔を上げている。見えるはずないのに、その視線は確実に夫の魂をとらえていた。不思議なものだ。

『それじゃあな。せいぜい頑張んなよ』

その言霊を残して、同業者の姿は夜風にかき消される。いつの間にか、南郷純太郎の魂も見えなくなっていた。まったく、せわしない奴だ。

これで仕事は完了だね。僕は大きく息を吐くと、身を翻して歩きはじめた。

ふと僕はふり返って河川敷を見おろす。そこでは、哀しげで、それでいて幸せそうな笑みを浮かべた菊子が、空を見上げ続けていた。

たしかに僕は、南郷純太郎を『未練』から解放し、『我が主様』のもとへ送り出した。仕事は成功したと言えるだろう。けれど、どうしてもバッグが河川敷に落ちていた件が気になる。論理的に言って、ひったくり犯があそこにバッグを放置するはずがないんだけど……。

「よし、体も乾いたし、とりあえずご飯にしようか」

麻矢は立ち上がり、デスクの抽斗からカリカリの入った袋を取り出しはじめた。ブレックファーストの時間だ。そう言えば昨夜動き回ったので、腹が減っている。

僕は頭の中に湧いていた疑問をいったん脇に置いて、麻矢の足下にすり寄る。

「けれど、ちょっとうらやましいよね」カリカリを皿に入れながら、麻矢はつぶやいた。

『うらやましい？』

「だって、その純太郎って人、本当に奥さんのことを愛していて、そのせいで地縛霊になったんでしょ。そういう純粋な愛って美しいなぁと思って」

麻矢はどこか遠くを見るような目をしながら言う。

愛？　愛というものは、性欲や所有欲などが複雑に絡み合ったものではなかったっけ？　それが純粋で美しいとは、僕にはよく分からなかった。

「そして、奥さんにその愛が伝わったのは、クロのおかげなんだよね。だから、きっとクロは素晴らしい仕事をしたんだよ」

麻矢は微笑む。

まあ、言われてみればたしかに、僕はあの魂を『未練』から解き放ったのだ。あまり細かいことを気にする必要はないのかもしれない。

「とりあえず、初仕事お疲れさま。今日はお祝いにネコ用の鰹節《かつおぶし》ふりかけておいたよ」

麻矢は鰹節ののったカリカリの皿を床の上に置いた。僕はしっぽをぴーんと立てると、その中身にかぶりつく。

口の中に鰹節の芳醇《ほうじゅん》な風味が広がっていった。

# 第二章　ドッペルゲンガーの研究室

## 1

『まだ着かないのかい？』

僕は隣を歩く麻矢に言霊で話しかけた。

「だから、もう少しだって言っているじゃない。そんなに焦らないでよ」

麻矢は僕を見下ろすと、唇を尖らせる。その額にはうっすらと汗が滲んでいた。表情も心なしか苦しそうだ。

家を出てから三十分ほど歩き続けている。体力の衰《おとろ》えている体にはつらいのだろう。

『焦るのもしかたないじゃないか。僕は早くこの地上での「仕事」をこなして、こんな不便な肉体とはお別れしたいんだから』

「その割には、三日もぐだぐださぼっていたじゃない」麻矢の視線の湿度が上がった。

『あ、あれはべつに、さぼっていたわけじゃ……。ただ、体がだるくて……』

南郷純太郎の未練を解決してから、すでに三日が経過していた。その間、僕がなにをしていたかというと、……実はなにもしていなかった。というか、なにもできなかったのだ。

純太郎の魂が同業者に連れられて『我が主様』のもとへと行ったのを確認した翌日、麻矢がくれた鰹節入りのカリカリを食べたあと、やけに体が重くなってきた。

最初は少し休めばすぐに回復するだろうと思っていたが、時間が経つにつれて全身を冒す倦《けん》怠感《たいかん》は耐えがたいほどに強くなっていった。

おそらく原因は、連続して霊的なパワーを使ったことだろう。どうやら霊的なパワーの使用は、このネコのボディにかなりの負担をかけるようだ。そんなわけで僕はこの三日間、ほとんど窓辺で丸くなり、掃除をする麻矢に邪険に扱われたりしながら、日光浴を続けたのだった。

まったく、肉体に封じられるというのは本当に不便なものだ。純粋な霊的存在だったころは、疲労など感じることなく、いくらでも能力を使えたというのに。

「本当にそんなに調子が悪かったわけ？　一度動物病院で診《み》てもらった方がいいかな？」

麻矢があご先に指を添えてそう言った瞬間、毛が逆立ち、尻尾が二回りほど大きくなる。そんな僕を見て、麻矢はどこかいやらしく目を細めた。

「あれ、クロ。もしかして動物病院が怖いの？」

『そ、そんなことはないよ。動物病院というのは、ネコやイヌのボディを修理する場所だろ？なんでそんなところを怖がるって……』

なぜか言霊が震えてしまう。どうしてここまで冷静さを失っているのか、自分でもよく分からなかった。

「あ、怖くないんだ。それじゃあ偶然だけれど、もう少し行った所に動物病院があったりするのよね。そこでちょっと診てもらう？」麻矢の唇の両端が上がる。

『ノ、ノーサンキュー！　僕は元気だ。べつにどこも治してもらうところはないよ』

僕はぷるぷると顔を左右に振る。まさか、麻矢は最初から僕を動物病院に連れて行くつもりだったわけじゃ……？

いつでも逃亡できるように、麻矢から少し距離をとって歩きつづける。その時、僕は耳をピクリと震わせ、その場で足を止めた。

「ん？　クロ、どうしたの？」

『いや、いま言霊が聞こえた気が……』

気のせいだったのだろうか？　僕は目を閉じると、意識を集中させる。

『いやだ！　散歩って言ったのに嘘つき！』

今度ははっきりと言霊が聞こえた。しかも、聞き慣れた言霊が。

……ああ、彼か。僕はアスファルトを蹴って走り出す。

「あっ、クロ。どこ行くわけ？　さっきのは冗談だってば。逃げなくてもいいよ。それに、動物病院があるのそっちの方だし」

背後から聞こえてくる麻矢の声を無視して走り、曲がり角を右に折れる。数十メートル先に、『浦辺動物病院』と看板の掛かった建物があり、その前に大きな犬と中年の女がいた。女は犬の首輪に繋《つな》がったリールを引こうとしているが、ゴールドの毛をした大型犬は、尻を地面につけて頑として動こうとしない。

「ほら、レオ。もう諦めなさい。今日は健康診断だけだから、べつに痛いことしないから」

やや太り気味の女は、顔を紅潮させながら犬に向かって声をかける。

『そんなの信じられない！　前もそんなこと言って、予防接種の注射をしたじゃないか。私は断固として、その悪魔の館に入ることを拒否する』

首輪が引かれすぎて、顔周りの毛を乱しながら、『彼』は必死に言霊を放つ。しかし、その言霊はべつに女に聞かせるためのものではないらしい。その証拠に、女が言霊に反応することはなかった。どうやら、一人……じゃなくて一頭で言霊を使って騒いでいるだけのようだ。

……なにをみっともないことをやっているんだ、彼は。

僕は呆れながら、ゴールドの毛並みの犬（たしかゴールデンレトリバーとかいう犬種だったっけ？）に近づいて行く。

『ん？　なんだ、このネコは？』目の前にきた僕を、彼は不思議そうに眺める。

『久しぶりだね、マイフレンド』

僕が言霊で話しかけた瞬間、彼は大きく目と口を開いた。どうやら驚きのあまり、踏ん張るのも忘れたらしく、数十センチずりずりと座ったままの姿勢で引きずられていく。彼はあわてて地面に伏せると、まじまじと僕を見つめてきた。

『お前……もしかして』

『そうだよ、僕だよ』僕は軽く片手を上げて挨拶をする。

『けれど、その格好は……？』

『君と同じだよ。ボスの命令、というか思いつきで、こんなボディに封じられて地上に派遣されてきたんだよ』

僕は「んにゃ」と弱々しく鳴きながら、彼に言霊を飛ばした。

そう、目の前にいるこの犬は、ただの犬ではない。動物の体を借りている僕の同類だ。二年ほど前に地上に降りた彼は、『レオ』と名づけられ、ここから数キロの所にある丘の上に立つホスピスに住み着いた。そして、そこで患者たちの過去の『未練』を解決して、彼らが地縛霊化するのを防ぐことに成功した。その際に、その頃この地域の『道案内』をしていた僕も、少し手助けなどをしたのだ。

ボスが地上への『道案内』の派遣を続けることを決めたのも、彼が成功したことによるところが大きかったりする。

……ん？　つまり、彼が失敗していたら、僕がこんな汚らしい地上に派遣されることもなかったのか？　あのとき、いろいろ手伝ったのは失敗だっただろうか？

すぐには状況が飲み込めなかったのか、呆然としていた彼の目が細くなっていく。

『なんだ、あれだけ私のことを小馬鹿にしていたのに、お前も地上に左遷《させん》されてきたのか』

『左遷じゃにゃい！』「にゃー！」

思わず、抗議の言霊と鳴き声が重なってしまった。目の前の彼はさらに目を細める。

『いやいや、れっきとした左遷だよ。お前だって私が地上に降りたとき、いろいろと馬鹿にしてくれたじゃないか』

彼は勝ち誇るように言霊を飛ばしてくる。その通りなので、反論することもできなかった。尻尾が左右に大きく揺れる。

『ん？　なんで尻尾を振っているんだ？　なにが嬉しかったんだ？』

『ネコの体は犬とは違うんだ！　イライラすると尻尾が大きく動くんだよ、マイフレンド』

不思議そうに首をかしげる彼に、僕は言霊を放つ。

『その「マイフレンド」とかいうのはやめてくれ。久しぶりに聞くと、なんとなく癪《しゃく》に障る。僕はこの地上では「レオ」だ。そう呼べ』

『まあ、いいけど……』

まったく、なんでみんな、僕のナウい言葉づかいを理解してくれないのだろう。

『しかし、なんというか……みすぼらしい体をもらったものだな。黒くて小さいし。それに比べ、私の黄金に輝く毛並みを見てご覧よ』

レオは勝ち誇るかのように胸を反らす。

『なにを言っているんだ、君は。この濡れ羽色の毛、そしてしなやかなボディの美しさが分からないのかい？』

『まあ、お前が気に入っているならそれでかまわないよ。それにしても、まさか本当にお前が地上に派遣されてくるとはな。私も推薦したかいがあったっていうものだよ』

……え？　推薦？

脳裏になぜ僕が地上に降りなければならないのか訊ねたときの、ボスのセリフが蘇《よみがえ》る。

『次に地上に降ろすなら、ぜひ君をという推薦があったんだよ』

もしかして……。

『君の仕業かー!!』「にゃにゃにゃー！」

再び僕の言霊と鳴き声が重なった。

『な、なんだ？』

驚いてまばたきをくり返すレオに向かって、僕は飛びかかった。

『君のせいで、君のせいで僕がこんな目に！』

僕はレオの顔面に、前足の肉球を思い切りぶつけていく。

『なにをするんだ!?　痛いじゃないか。やめろ！』

『このくらいで済んでありがたく思え！　もし爪を出していたら、君なんて簡単に切り裂けるんだぞ！』

レオから離れた僕は、尻を高く上げ、全身の毛を逆立たせる。

『なにを言っているんだ、お前は。ネコが爪を出したぐらいで、私のこの鋭い牙《きば》にかなうわけがないだろ』

レオは低いうなり声を上げながら、牙を剝き出した。

「シャー！」「ぐるるる」

僕と彼は数十センチの間合いをとりながらにらみ合う。

「レオ、なにしているの。ネコちゃんとケンカしちゃだめでしょ」

「クロ。走っていったと思ったら、なにワンちゃんとにらみ合っているのよ」

僕とレオは同時に抱きかかえられる。レオはリードを持っていた中年の女に、そして僕はようやく追いついてきた麻矢に。

「すみませんね、この子、普段は大人しいのに」

レオを重そうに抱きかかえたまま、女は肩をすくめるように頭を下げる。

「いえ、こちらこそすみませんでした」

麻矢が会釈を返すと、女はレオを持ち上げたまま引きずるように動物病院に向かう。

『うわ。放して。病院はいや！』

レオは言霊を発しながらばたばたと暴れるが、女の力が強いのか、そのまま運ばれて行く。動物病院の自動ドアが開き、その中に消えていく瞬間、「くぅーん」となんとも情けない声が響いた。それを聞いて、わずかながら溜飲《りゅういん》が下がる。

「もしかしてあの子って……」

麻矢がつぶやく。人間の体の中に入っている麻矢には、レオの言霊は聞こえないはずだが、どうやら雰囲気からなにか感じとったらしい。

『ああ、そうだよ。僕の同類だ』僕は身をよじって、麻矢の腕から抜け出した。

「そうなんだ。もしかしてクロみたいな子って、実は気づかないだけでけっこういたりするの」

『僕の知る限りでは、僕と彼だけだね。まあ、もしかしたら他の地域にも派遣されている可能性はあるけど』

「けど、同類ってことは友達なんでしょ。ケンカしちゃだめじゃない」

『あんな奴、もう友達なんかじゃない！』

僕は言霊を吐き捨てる。彼のせいで僕は地上なんかに降ろされるはめになったのだ。そもそも、『道案内』同士の友達という関係は、人間のようにウェットなものではない。あくまで『時々情報交換をする仕事仲間』程度の関係だ。

レオのことを思い出すと再びイライラしてきて、僕はアスファルトでがりがりと爪を研いだ。

「それよりクロ、地縛霊のいるところに案内しなくていいの？　それなら私、疲れたから帰りたいんだけど」

『あ、いや、ぜひ案内してくれ』

「はいはい、本当にあと少しで着くから」

麻矢は軽く肩をすくめて歩き出した。僕はその足下に寄り添って歩を進めていく。

「たしかこの辺りだったはず」

動物病院があった場所から十分ほど歩いた僕たちは、古い住宅地に入っていた。かなり年季が入った家が並んでいる。中には、明らかに数年以上は人が住んでいないような民家もあった。

『……なんとなく寂しいところだね』

「うん。この街自体が少し過疎化しているし、この辺りは駅とかスーパーから離れていてちょっと不便だから、少しずつ住む人が減っているのよね。こんな雰囲気だから、子供の肝試しスポットになったりもしてるし」

『肝試し？　いくらさびれているとは言っても、こんな住宅地で？』

僕が訊ねると、麻矢は突然声をひそめる。

「それがね、怪談があるのよ」

『怪談？』

「そう『人食いの廃墟』っていってね。この辺りにある廃屋が、通りかかった人を中に誘い込んで、そのまま食べちゃうんだって」

『馬鹿らしい。そんなことあるわけがないじゃないか』

「まあ、その通りなんだけど、この街ってその手の怪談が多いの。丘の上に住む吸血鬼の一家とか、病院に住みついて人と話す犬とか。……あれ、もしかしてその犬って」

小首をかしげる麻矢の前で、僕は頬の辺りを引きつらせる。人食いの廃墟とやらは馬鹿らしいと思うが、そのほかの二つにはちょっと心当たりがあった。特に『人と話す犬』については。

まったく、なにをやっているんだ彼は。こんな噂になっているなんて……。

そんな会話をしているうちに、麻矢が「着いたよ」と足を止めた。

見ると、目の前に車が一台通れるぐらいの道が横たわり、その向こうに三メートルほどの高さの金網のフェンスがあった。

フェンスは左右に数百メートルは続いている。金網越しに敷地を覗き込むと、目隠し用の樹木とその先に十メートルほど広がる芝生の奥に、直方体をした建物があった。こちらから見えるのは裏手らしく、窓も出入り口も見えない。建物の数十メートル向こうには、工場やビルなどが立ち並んでいる。

『ここに地縛霊がいるのかい？』

「うん、この辺りをよく漂っていたんだ」

麻矢の答えを聞いた僕は、細く息を吐いて精神を集中させると、目を細くして辺りを見回す。

「どう？　見つけた？」

『そんなにすぐは見つからないよ。ちょっと黙っていて』

僕が言うと、麻矢は不満げに頰を膨らませる。

目を凝らして周囲を見回すが、魂は見つからない。もしかしたら、すでに『道案内』に説得され、『我が主様』のもとに行ってしまったのだろうか？　それともどこかに移動したとか……。

地縛霊といっても、一ヶ所にとどまっていると決まっているわけではない。たしかに、自らを縛る『未練』に関連がある場所から動かない地縛霊は多いが、ふらふらと移動する地縛霊も少なくはない。

ここは外れかな？　そう思った時、視界の端でなにかが動いた。僕は素早く顔を動かしてそちらに向き直る。

二階建ての建物の屋上近く、そこにぼんやりと光る球状の塊が見えた。間違いなく人間の魂だ。思わず「にゃっ」と声が漏れてしまう。

「見つけたの？」

『うん、見つけた。あの建物の辺りにふわふわ漂ってる。それじゃあ行ってくるね』

「え、行ってくるって……」

『麻矢はここで待っていて』僕は身を伏せ、フェンスの下の隙間に身を滑り込ませる。

「なに、また私は置いてきぼりなわけ？」

『だって、麻矢の体じゃ入り込めないでしょ。しかたがないじゃないか』

僕が言霊を飛ばすと、麻矢は黙り込んだ。不満げな表情のままだけど、反論がないということは納得してくれたんだろう。僕はそう判断すると、芝生を横切って進み、建物を回り込んでいく。すぐに出入り口が見えてきた。自動ドアらしき扉は閉じられ、その脇に『研究棟』という表札が掲げられている。

僕はさらに視線を上げる。二階にある窓の辺りに地縛霊が漂っていた。

いくら身軽なネコの体とはいえ、垂直な壁をあそこまでのぼるのは無理だ。周りに登るのに都合のいい木も生えていない。しかたがないか……。

『ハロー、君はこんなところでなにをしているのかな？　ちょっと降りてきて、話を聞いてくれないかい？』

僕は地縛霊に向かって言霊を飛ばす。地縛霊はしつこく『我が主様』のもとへと行くように説得されているため、『道案内』を敬遠していることが多い。ただ、いまの僕はとてもキュートな黒猫の姿だ。うまくいけば興味を持って近づいて来てくれるかもしれない。

僕の言霊に気づいた魂は、困惑するかのように揺れた後、ゆっくりと降りて来た。どうやら作戦成功のようだ。

『やあやあ、はじめまして』

僕はできるだけ友好的に話しかけながら、魂を観察する。放《はな》っている輝きはなかなかに強く、表面のくすみも薄い。あまり劣化はしてないようだ。魂になってからの時間が短いのか、それとも簡単には劣化しないような強靭な精神力の持ち主だったのか。おそらくは両方だろう。

『お前は……、いつも説得……くる奴、仲間か？』

魂はたどたどしく言霊を飛ばしてくる。どうやら、少しは言霊を使えるようだ。

いまの口ぶりからすると、この魂は生前男だったのかな？　言霊は肉体の声のような男女の違いがないから、なかなか判断が難しい。

『まあ、仲間と言えば仲間かな』

僕が曖昧に答えると、魂は無言のまま上昇しはじめた。

『ああ、ちょっと待って。べつに君を説得しに来たわけじゃない。君の「未練」を解決するために来たんだよ』

『……未練？』魂は上昇をやめ、いぶかしげに言霊を放つ。

『ああ、そうだよ。君がこの世界にとどまっているのは、思い残したことがあるからなんでしよ。よかったらそれを僕に話してくれないかな。そうすれば、可能な限りその「未練」を消せるように協力するからさ』

僕は（ネコなのに）猫なで声のような調子で言霊を放つ。魂は再び近づいてきてくれた。

『僕はクロっていうんだ。君は？』

相手の警戒心を解こうと、僕はできるだけ軽い調子で話しかける。

『俺は……千崎《せんざき》、千崎隆太《りゅうた》……だった』

『千崎だね。それで君をこの世界に縛っている「未練」は、この場所と関係があるのかい？』

『俺は……刑事……。それで、一年半前……この建物の中、容疑者を……容疑者といっても、俺は本当は……。いや、本当はどっちか……』

魂は呪文でも唱えるかのように、なんとも意味不明な説明をはじめる。

『オーケー。ストップ、ストップ』

僕は片方の前足を上げる。魂はどこか不満そうに揺れた。

『言葉で説明してもらうより、記憶を直接覗かせてもらうよ。その方が詳しいことが分かる』

これくらいしっかりとした魂なら、僕が干渉しても（たぶん）問題ないだろう。

『君は自分の「未練」のことを思い出してくれ。そうすれば僕が精神を同調させて、君の記憶を見させてもらうから。それでいいよね？』

僕が問いかけると、千崎の放つ光がわずかに強くなった。僕は芝生の上で香箱座りをするとゆっくりと瞼を落とし、すぐそばにいる魂に精神の波長をチューニングしていく。

ゆっくりと、頭の中に記憶が流れ込んできた。

この魂をここに縛り付ける『未練』の記憶が……。

2

こいつはシロだな。机を挟んで対面の席に座っている男を眺めながら、千崎隆太は椅子の上で体を捻《ひね》る。長時間座っているせいか、数週間前から悩まされている腰痛が悪化した気がする。

小泉昭良《こいずみあきよし》、二十八歳、先週この街の片隅で起こった殺人事件の容疑者だった。

意思の強そうな太い眉、軽く伏せられた奥二重の目、固く結ばれた唇。あごを引いた千崎は、睨《ね》め上げるように小泉を観察し続ける。

「だから、何度も言っているじゃないですか！　俺はなにも知りません！」

小泉は声を荒らげると、歯を食いしばった。

「なにも知らないってことはないでしょう。なんでもいいから思い出してください。被害者はあなたの奥さんなんですよ」

千崎の隣に座る久住淳《くずみじゅん》がきまじめに言った。千崎は横目で久住に視線を向ける。この二十代半ばの所轄署の刑事が、千崎はどうにも苦手だった。

先週、この所轄署に捜査本部が立ち上げられ、県警捜査一課から派遣されてきた千崎は久住とペアを組むことになった。所轄の刑事は、県警捜査一課の刑事として二十年以上のキャリアを持ち、かなりの強面《こわもて》である千崎とペアを組むと、萎縮《いしゅく》して距離をとろうとすることが多い。千崎としても、その方がやりやすかった。若い所轄刑事など、道案内程度しか役に立たない。常々そう思っていた。

本来、捜査本部が立ち上げられた事件は、県警と所轄署の刑事がペアで捜査に当たるのだが、千崎はなにかと理由をつけては、よく単独で捜査を行っていた。千崎に対して萎縮している所轄刑事も、多くの場合はそれに同意してくれた。

しかし、この久住はまったく物怖《ものお》じすることなく、金魚のフンのようについてきては、目を輝かせて捜査方法を学ぼうとしてくる。おかげで単独で動くことができず、やりにくいことこのうえなかった。

「それじゃあ、もう一度聞きます。事件があった夜、あなたはどこにいましたか?」

「何回同じことを聞くんですか。家にいたって何度も言っているでしょ」

久住の質問に、小泉は苛立たしげにかぶりを振る。

「ああ、そうでしたね。それで、それを証明してくれる方はいらっしゃいますか?」

久住は軽くあごを引き、小泉を上目遣いに見ながら質問を重ねていく。

「それも何回も言ったはずです。自宅に一人でいたんだから、証人なんて誰もいませんよ」

小泉は疲労が色濃く滲む口調で答えた。

「なるほど、だれも証人はいないと」

「そうですよ、当たり前じゃないか。俺は妻と二人暮らしで、被害者が……妻なんだから」

「わかりました。ちなみに、小泉さんの住んでいるマンションから事件現場の椿橋《つばきばし》まで、急げば十五分ほどで着きますね」

「だから、なんであなたたちは、俺が沙耶香《さやか》を殺したって決めつけているんですか！　犯人は俺じゃありません！　妻を殺した奴をさっさと見つけてくれ！」

机の上に置いた両拳《こぶし》を握りしめる小泉を、千崎は無精髭《ぶしょうひげ》の生えるあごを撫でながら眺める。

この男の怒りは本物だ。最初に会ったときから、千崎はそのことに気づいていた。これまで、数え切れないほどの犯罪者と対峙《たいじ》してきた。その中には、いまの小泉のように怒りを見せる者は多かった。けれど、自らの犯行をごまかすための偽りの怒りは、どこか無味乾燥で、腹に響いてくることはなかった。

この男は心から怒っている。自らの妻を惨殺《ざんさつ》した犯人に対する迸《ほとばし》るような怒りが、腹の奥まで浸透してくる。千崎は無表情に小泉を眺めたまま、頭の中で事件の概要を反芻《はんすう》する。

七日前の早朝、小泉昭良の妻である小泉沙耶香が、椿橋と呼ばれる、市内を流れる川にかかった橋の下で、遺体で見つかった。遺体の背中には鋭利《えいり》な刃物で刺された跡があり、傷は肺を切り裂き心臓にまで達していた。司法解剖を行った医師の見立てでは、ほぼ即死だっただろうということだ。橋の上で血痕《けっこん》が見つかったことにより、小泉沙耶香は橋を渡っているところを背後から何者かに刺され、橋の下へ突き落とされたものと推測された。

沙耶香のバッグが現場に残されており、性的暴行が加えられた形跡もなかったため、事件は怨恨《えんこん》によるものである可能性が高いとされた。捜査本部が立ち上げられ、捜査をすすめていったところ、容疑者として上がってきたのが沙耶香の夫の小泉昭良だった。

小泉と沙耶香は大学時代の同級生で、三年ほど前に学生結婚し、いまは二人ともこの街にあるサウス製薬という会社に勤めていた。近所の噂では、仲の良い夫婦に見えたということだったが、二人の周囲から話を聞いたところ、小泉に不利な証言がいくつか出てきた。

数ヶ月前から夫婦仲がうまくいっておらず、最近離婚の話も出ていた。二人が激しく言い争っているところを目撃した。小泉の金遣いが荒く、沙耶香が悩んでいた等々。

そして、小泉沙耶香に三千万円の生命保険がかけられていて、その受取人が夫になっていたという事実が明らかになったところで、捜査本部は小泉を第一容疑者として定めたのだった。

小泉の尋問は千崎と久住にまかせられた。かくして、千崎は昨日から小泉の尋問を担当している。しかし、顔を合わせてすぐ小泉が犯人ではないと確信した千崎は、尋問をほとんど久住にまかせ、その間に事件について思考を練り続けていた。

「そうは言いますけどね、あなたは疑われてもしかたない状況なんですよ。ねえ、千崎さん」

名前を呼ばれ、千崎は我に返る。

「あ、ああ、そうだな。小泉さん、たしかにあんた、疑われるのもしかたがない状況だ。そのことは分かっているのかい」

心ここにあらずだったことを誤魔化すため、千崎は早口で言う。

「なんと言われようと、俺は妻を殺してなんかいません！　なんで分かってくれないんです。日本の警察はそんなに無能なんですか⁉」

小泉はがりがりと頭を掻きむしった。

「無能……？」千崎は低い声でつぶやく。刑事としてのプライドが、その言葉に反応した。

唇の端をかすかに持ち上げると、千崎は隣に座る久住を眺める。

少しはこのガキに、本当の尋問ってやつを見せてやるとするか。

上が自分と久住を組ませ、さらに小泉の尋問をまかせてきた理由に、千崎は気づいていた。こいつに経験と実績を積ませてやるつもりなんだ。

噂によると、久住は警察庁のお偉いさんの親戚にあたるらしい。この若さで所轄とはいえ刑事課に所属しているのも、そんなツテがあるからなのだろう。

つまり、県警としても久住に経験を積ませ、そのお偉いさんとのツテをつくりたいのだ。だからこそ、最も経験のある自分と組ませて、尋問をはじめとする捜査のイロハを学ばせるつもりなのだろう。

刑事の仕事の中でも、尋問は最も経験がものをいう技術の一つだ。そして、千崎は尋問の達人として名を馳《は》せていた。

表情、目線、口調、体の動き、そのすべてを観察することにより容疑者の弱点をさぐり、見つけた急所を的確に突いていく。そうすることによって、容疑者をじわじわと消耗させ、情報を引き出していくのだ。

シロだと確信している小泉に、その技術を使うつもりはなかった。しかし、無能などと罵倒《ばとう》されては、尋問技術の片鱗《へんりん》を見せるのも悪くないかもしれない。

それにこの小泉という男は、妻を殺してこそいないものの、なにか隠している気がする。どうせ事件には関係ないことだと思い追及しないで来たが、なにか手がかりになる可能性もある。

千崎は椅子の上で身じろぎして臀部《でんぶ》の位置を直す。雰囲気の変化を感じとったのか、小泉の表情に緊張が走った。

「……小泉さん」千崎は低い声で言う。

「な、なんですか……？」小泉の声はかすかに上ずっていた。

「あんたさ、なんで届けを出していないんだよ」

「届け……？」

「そうだよ。俺なんかカアちゃんが夜に帰ってこなかったら、心配して何度も携帯に電話をするね。そして朝になっても帰らないとなれば、捜索願を出して探してもらおうとする。うちみたいに結婚してから二十年以上経っていて、冷め切っちまった夫婦だってそうなんだ。けれど、あんたんとこはまだ、結婚して三年しか経っていないのにそうしなかった。なんでだい？」

十年以上前に離婚して、いまは独り身であることをおくびにも出さず、千崎は訊ねる。小泉は捜索願はおろか、妻の携帯電話に深夜と朝方にコールしただけだと調べがついていた。

「沙耶香は深夜まで仕事をすることも多かったんです。だから、今回もそうだと思ったんですよ。俺は翌日、朝早く起きないといけなかったんで、先に寝たんです」

「けれどさ、深夜に携帯に連絡を入れたとき、奥さんは出なかったんだろ。そうしたらさ、心配になるのが普通じゃないかい？」

「だから、妻は……」

「仕事していると思っていたんだろ。それは聞いたよ。けれど、あんたは不安にならないのかい。奥さんが他の男の家にでも行っているかもしれないって」

千崎はわざといやらしい笑みを浮かべる。小泉沙耶香の仕事は、サウス製薬会長の秘書だった。しかし捜査していくうちに、小泉沙耶香は会長の出張などに同行することは、ほとんどなかったことが分かっていた。そのこともあり、実は会長の愛人なのではないかという噂が社内に流れていたらしい。

「沙耶香がそんなことをするはずはない！」

小泉は両手で机を叩いた。千崎はそんな小泉を観察し続ける。

いまの言葉に嘘はなさそうだ。どうやら、小泉は妻を信頼していたらしい。噂通りに夫婦関係が破綻《はたん》していたとしたら、こんな反応は示さないだろう。そうなると、噂はどういうことだ？

興味を持ってきた千崎は、顔を茹《ゆ》でダコのように紅潮させている小泉に質問を重ねていく。

「なあ、小泉さん。あんたと奥さんが、最近よく言い争っていたとか、離婚しそうだったたって噂を聞いたんだけど。それは本当かい？」

「だれがそんな馬鹿なことを!?　全部でたらめです！」小泉は目を剝いて叫んだ。

「つまり、夫婦仲はそれほど悪くなかったと？」

「仲良くやっていましたよ。いまの仕事が一段落したら、そろそろ子供をつくろうって相談もしていたんだ。それなのに……」

顔を伏せた小泉の肩がかすかに震えはじめた。千崎は鼻の頭を掻く。

「そういえば小泉さん、奥さんは生命保険に入っていたんだよね」

「……それがどうかしたんですか？」

ゆっくりと顔を上げると、小泉は充血した目でにらんできた。

「いやいや、たんなる世間話だよ。ちなみに、あんたには借金があるっていうのは本当かな？」

「……借金っていっても、奨学金とマンションのローンが残っているだけですよ」

「ああ、そうなのか。けれど、その若さでローンを払い続けるのは大変だろ。あまり自分で使える金はないんじゃないか？　奥さんの生命保険が入れば、その問題も解決するかもな」

「金のために、俺が沙耶香を殺したって言うんですか！」

小泉は勢いよく立ち上がる。その勢いで椅子が倒れ、大きな音が響いた。

単純な男だな。自分をにらみつける小泉を観察しながら、千崎は考える。

今回の事件は、こんなふうに感情が先走る男にできるものじゃない。もっと冷静沈着に計画を練れる人物の犯行のはずだ。やはりこの男はシロだ。

犯行現場周辺の防犯カメラに映った小泉沙耶香の映像から、犯行時刻は午前零時前後であることが分かっていた。現場である椿橋は、住宅地の外れで人通りが少なく、しかも周囲の住宅から完全に死角になっている。そのため、いまのところ有力な目撃情報は報告されていない。

さらに、周辺の防犯カメラの映像にも、犯人らしき人物はまったく映っていなかった。

犯人は入念に準備を整え、もっとも目撃されにくい場所で、しかも防犯カメラの位置まで把握した上で犯行に及んでいる。それは間違いない。そんなことは小泉には無理だろう。

小泉はこの街にある大学の薬学部の大学院を卒業している。緻密《ちみつ》な犯行を行う頭脳はあるはずだ。しかし、今回の犯行には頭脳よりも、時間をかけて計画を練り、それを正確にやり遂げるだけの冷静さと冷酷さが求められる。目の前の男にはその能力はない。

刑事としての長年の経験が、小泉がシロであるという確信を強くしていく。しかしそれでも、千崎は小泉の追及を止める気にはなれなかった。小泉が口にした言葉に腹を立てているということもあったが、それ以上に、この男から重要な情報が引き出せるような予感を抱いていた。

こういう男から情報を聞き出すには……。千崎は頭の中で作戦を練ると、挑発的な笑みを小泉に向ける。

「そうは言うけど小泉さん。三千万円だよ。三千万。ものすごい大金じゃないか。世の中にゃ、数千円のために人を殺す奴らだっているんだ。その若さで奥さんが三千万円もの生命保険に入ってりゃ、こっちだって疑いたくもなるよ」

「保険に入っていたのは沙耶香だけじゃありません！　俺だって同じ保険に入っていました。積み立て式のやつで、二人で話し合って、将来のために若いうちから入っておこうって……。そうすれば保険料も安くすむし、病気になったときのことも考えて……」

興奮のために舌が回らなくなったのか、何度も言葉を詰まらせる小泉の前で、千崎は無精髭の生えているあごを撫でる。挑発することにより、興奮状態に持ち込むことができた。いまなら、小泉は口を滑らせて、隠し事を吐き出してしまう可能性が高い。

この男はなにを隠しているんだ？　不倫でもしていたか？　いや、それなら妻の不倫話を臭《にお》わせたときに動揺を示すはずだ。なんだ。なんについて問いただせばいい……？　脳に鞭《むち》を入れた千崎は、ふとあることに気づく。

「小泉さん、ちょっと質問は変わるけど、奥さんは誰かに恨まれたりはしていなかったかい？」

久住は小泉が犯人だという前提のもとで尋問していたので、そんな根本的な質問さえしていなかった。

「……妻は誰かに恨まれるような人じゃなかったです。いつも朗《ほが》らかで、自分のことより他人のことばっかり優先させて」

小泉はうってかわって平板な声で答える。その言葉に嘘はないように感じられた。しかし、小泉が答えるまでの数瞬の間《ま》が気になった。

他人に恨まれるような人物ではなかったことは、どうやら本当らしい。たしかにこれまでの捜査で、小泉沙耶香に対する悪い噂はほとんど聞かなかった。それなら……。

「それじゃあ小泉さん。あなたには奥さんがなぜ殺されたか、心当たりはないのかい？」

その質問を口にした瞬間、小泉の目が泳いだ。

「そ、そんな心当たりなんか……」

小泉はしどろもどろになる。予想以上に嘘が苦手な性格らしい。

人に恨まれるような性格じゃない。けれど、殺人の動機になるようなことはあった。

恨み以外で殺される理由……。刑事としての経験が様々な可能性をシミュレートしていく。

恨みじゃないなら、利害関係。おそらくはプライベートではなく、仕事上での。

「小泉さん。あなたと奥さんは、たしか薬学部の大学院を卒業しているんだよね。けど、サウス製薬ではあなたは営業職で、奥さんは会長の秘書をやっている。これはどういうわけだ？」

千崎は小泉の目を真っ直《ま》ぐ《す》に見る。小泉はかすかに目を伏せた。

「……薬の営業には、薬学の知識も必要なんです。会長の秘書も同じです。製薬会社の会長の補佐ですから、薬の知識はあった方がいいんです。たしかに研究には興味ありますけど、俺たちはあくまでサラリーマンですから、言われた仕事をするだけです」

大根役者が台本を棒読みしているかのような口調。明らかになにか隠している。やはり、妻の仕事について、こいつはなにか重要なことを知っている。事件と関係するかもしれない重要なことを。さて、ここからが本番だ。千崎は唇を舐めた。

「なあ、小泉さん。あんたさぁ、奥さんが殺されて悔しくねえのかよ」

千崎は巻き舌気味に、嘲笑《ちょうしょう》するように言う。突然の口調の変化に、小泉の顔に驚きが走る。

「な、なにを……」

「だからさ、悔しくないのかって訊《き》いてんだよ。あんたの連れ合いがぶっ殺されて、ゴミみたいに橋の下に捨てられていたんだぞ。遺体見つけたのは誰だと思う？　その辺りをねぐらにしていたホームレスだ。そいつがいなけりゃ、あんたの連れ合いは人知れず腐ってウジだらけになっていたんだぞ」

千崎は小泉の感情を揺さぶり続ける。

「あんたの連れ合いはどんな気分だっただろうな。じめじめしてドブ臭《くさ》い橋の下で死んでいくのは。あんたに助けて欲しかったんじゃないか？　けれど、あんたはその時、ベッドでゆっくり眠っていたんだ」

小泉の唇が、歯茎が見えるほどに歪んだ。

「なあ小泉さん、あんた犯人に心当たりがあるんじゃないか？　そうだろ？　なんでそれを黙っているんだよ。連れ合いの敵《かたき》をとりたくないのか？」

「……犯人には心当たりなんて、……ない」

食いしばった歯の隙間から、小泉は声を絞り出す。千崎はすっと目を細くした。

「あんたいま、犯人に『は』心当たりがないと言ったな。つまり、犯人以外の心当たりはあるってことだ。なんだ？　あんたはなにを知っているんだ？」

千崎は椅子から尻を浮かすと、両手を机について身を乗り出していく。小泉の顔面が痙攣《けいれん》するように細かく震え出した。

あと一押しだ。あと一押しでこの男は知っていることをすべて吐き出す。

「それとも、やっぱりお前が犯人なのか！」

「違う！　俺は沙耶香を殺してなんかいない！」

「なら、なんで知っていることを隠そうとするんだよ！　お前が犯人なんだろ。どうせ女房に飽きて、他の女に乗り換えたかったんだろ。それで、女房をぶっ殺して保険金を手に入れようとしたんだ。違うか！」

「違う！　俺はそんなことを……」

「もしかしたらあんたの女房は、逝《い》く前に橋の上から覗き込むあんたの顔が見えたかもな。どんな気分だろうな。自分が旦那に殺されたことに気づきながら逝くっていう気持ちは。無念だっただろうな。きっとあんたの女房の魂は、成仏できずにあの橋辺りでうろうろしてるぜ」

千崎は小泉の反論を遮る。小泉は殺気の籠《こ》もった視線を千崎に投げかけてきた。

「なあ、小泉さん。あんた悔しいんだろ。奥さんが殺されてさ」

「……当たり前だ」小泉は拳を震わせながら、押し殺した声を絞り出した。

「できることなら、自分の手で犯人をぶっ殺してやりたい。そう思っているんだよな？」

小泉は険しい表情のまま、ゆっくりとうなずく。

「それなら、あんたの知っていることを全部教えてくれ。なんであんたの奥さんがこんな目にあわないといけなかったのか。それさえ教えてくれたら、俺たちで犯人見つけ出して、罰を受けさせてやるよ。あんたが犯人じゃなきゃ、捜査に協力してくれるだろ」

千崎は一転して諭《さと》すような口調で言う。小泉の顔に動揺が走った。

ここで喋らなければ、自らにかかった殺人容疑が濃くなるということを小泉は理解したはずだ。きっとこの男は知っていることを洗いざらい吐く。千崎はそう確信していた。

かすかに震える小泉の唇が、ゆっくりと開いていく。

言え。諦めてさっさと全部ぶちまけろ。千崎は心の中でくり返した。

「沙耶香は……」

そこまで言ったところで、小泉は言葉を切る。その表情には激しい逡巡《しゅんじゅん》が見て取れた。十数秒の沈黙のあと、小泉は喉の奥から声を絞り出した。

「俺は……なにも知りません。なんで、沙耶香があんな目にあわないといけなかったのか」

千崎は大きく目を見開いた。

「おい、なにを言っているんだ⁉　自分の女房を殺した犯人に罪を償《つぐな》わせたくはないのか？」

「……償わせたいですよ。けど、俺はなにも知らないんです」

小泉の硬い声を聞いて、千崎は鼻の付け根にしわを寄せる。完全に自分の殻の中に閉じこもってしまっている。もはや、この男はなにも話さないだろう。

唐突に小泉は袖をまくると、腕時計に視線を落とした。

「もう十七時過ぎですね。疲れたんで、そろそろ帰ってもいいですか？　これはべつに強制ってわけじゃないんでしょ？」

「ちょっと、待っ……」

声を上げかけた久住の肩を軽く叩いて、千崎は言葉を止めさせる。

「帰っていただいて結構です。けれど、この街から出ないようにお願いいたします」

「それは強制ですか？」

「……いえ、お願いです」

「わかりました」と軽くうなずくと、小泉は部屋から出て行った。扉が閉まる音がやけに大きく部屋に響く。

「千崎さん、いいんですか、帰して？」

久住が不安げに声をかけてくる。千崎は両肘を机につき、重ねた両手にあごを乗せたまま、誰も座っていない椅子をにらみ続けた。


「……出てこないですね」

運転席に座る久住のつぶやきを黙殺しながら、千崎はフロントグラスの向こうに視線を注ぎ続ける。金網のフェンス越しに、二階建ての直方体をした建物が見えた。

千崎は一瞬視線を手首に落とす。腕時計の二本の針は、文字盤の頂点で重なろうとしていた。もうすぐ日付が変わる。

千崎はもぞもぞと尻を動かしながら腰をひねる。二時間も同じ姿勢で座っていたせいか、腰痛がさらにひどくなっていた。近所の整形外科クリニックで処方されている鎮痛剤をスーツのポケットから取り出すと、一錠口の中に放り込み、ミネラルウォーターで喉の奥に流し込む。

「大丈夫ですか？」

不安げに訊ねてくる久住に向かって、千崎は小さく舌打ちしながらかぶりを振った。

「たいしたことねえよ。二十年近く刑事をやってんだ。体にガタがくるのも当然だろ」

口ではそう言ったものの、腰の奥から湧き出てくる疼痛《とうつう》が精神を責め立ててくる。千崎は頭を掻くふりをしながら、額に浮かんだ脂汗をぬぐった。

「俺のことはいいから、ちゃんと見張れって。あいつに逃げられたらどうするんだよ」

「あ、申し訳ありません！　気をつけます！」

久住は素直に謝罪すると、あわてて窓の外に視線を送った。

……こいつといると調子狂うんだよな。千崎は鼻の頭を掻きながら、自らもフェンスの奥にある建物を眺めはじめた。

「小泉のやつ、あそこでなにをしているんでしょうね」久住がぼそりとつぶやく。

「さあな。俺たちの尋問のせいで仕事できなかったから、残業でもしてんじゃねえか？」

適当に答えながら、千崎はこめかみを掻く。本当にあの野郎、深夜にこんな所でなにをしてやがるんだ。

二時間ほど前、小泉昭良はあの建物の中へと入り、そして未《いま》だ出てきていなかった。

数時間前、尋問を切り上げて署から出た小泉の尾行を、久住とともにはじめた。どんなことがあっても小泉から目を離すな。それが上からの指示だった。

普通なら、尋問と尾行は違う刑事にやらせるものだ。しかし、上層部は久住をひたすら小泉に張り付かせておこうとする。小泉が犯人だと確信している上層部は、そうすれば久住が手柄を立てることができると思っているようだ。どうやら、千崎の想像していた以上に、久住の親戚は権力を持っているらしい。

まったく、五十過ぎで付き合わされる俺の身にもなれよな。久住の特別扱いをいまいましく思いながらも、千崎は「悪いけど、久住君と一緒に小泉に張り付いてくれないか？」という提案を二つ返事で受けていた。

小泉は犯人でこそないが、間違いなく妻が殺された理由に心当たりがある。なにか行動を起こす可能性が高い。そう考えていた。

眉間にしわを寄せた千崎は、唯一カーテンの隙間から明かりが漏れている一階の窓を眺める。

午後六時過ぎ、自宅マンションへと戻った小泉は、午後十時前に自宅を出て、自転車に乗ってどこかへと向かった。それを見た久住があわてて車を発進させ、気づかれないように注意しながら尾行をはじめた。小泉は太い国道をある程度スピードを出しながら自転車を走らせたため、尾行するのは比較的容易だった。十分ほど国道を走ったところで、小泉は横道に入った。久住がその道に車を進めると、百メートルほど先に小泉が勤めているサウス製薬の敷地が見えてきた。

警備員に社員証を見せて敷地に入った小泉は、正門のすぐそばにある自転車置き場に自転車を止めると、敷地の奥にある建物へと向かって歩いて行った。何度かサウス製薬に聞き込みに行っている千崎は、それが研究棟と呼ばれる建物であることを知っていた。

千崎は久住に指示して、サウス製薬の敷地のそばを走る片側二車線の県道の路肩に車を停《と》めさせた。そこからなら、少し距離はあるものの研究棟の全体を見ることができた。

研究棟に近づいた小泉は、入り口わきのカードリーダーに、ジャケットのポケットから取り出したカードを当てた。入り口の自動ドアが開いて小泉が中に消えていき、三分ほどして、入り口から一番離れた一階の窓に光が灯った。

記憶が正しければ、研究棟の裏側には窓も扉もなかったはずだ。ここから監視を続ければ、小泉を見失うことはない。そう考えて監視をはじめてから、すでに二時間が経過している。その間、小泉が研究棟から姿を現すことはなかった。

営業職についているはずの小泉が、仕事で研究棟に行くはずはない。きっと小泉はあの建物でなにかを探しているのだ。妻を殺した犯人に繋がるなにかを。

可能なら令状をとって、あの研究棟の捜索を行いたいところだが、さすがにいまの時点では裁判所の許可が下りないだろう。ならば、後日小泉を再び尋問して、今夜ここに来ていたことを問い詰めるか？　そうすれば、小泉から知っていることをすべて聞き出せる可能性が高い。

千崎が頭の中で計画を練っていると、腰の奥に焼けつくような痛みが生じた。鎮痛剤のおかげか一時的におさまっていた腰痛が、さっきよりもはるかに強くなってぶり返してきた。

体の内部を酸で溶かされているような疼痛に、食いしばった歯の隙間から「ぐっ……」と、うめき声が漏れ出す。

「千崎さん、大丈夫ですか⁉」

久住があわてて声をかけてくる。千崎は額に脂汗を滲ませながら、歯を食いしばって痛みに耐えることしかできなかった。

永遠のような数分が過ぎ去って、ようやく疼痛の波が引いてくる。千崎は肺の奥にたまっていた空気を吐き出した。

「千崎さん……」久住が不安そうな眼差《まなざ》しで眺めてくる。

「……だから、あの建物から目を離すなって言っているだろ」

千崎は吐き捨てるように言うと、再びポケットから鎮痛剤を取り出し、今度は二錠口の中に放り込み、唾液で飲み下す。「一錠内服したら、次に飲むまで五、六時間は空けてください」、主治医に言われた言葉が脳裏をよぎるが、それを守っているような余裕はなかった。

「あの、千崎さん。俺がここで見張っていますから、少し外を歩いてきたらどうですか？　小泉が動いたら、すぐに携帯に連絡を入れますから」

久住は建物を眺めながら言う。普段、若い刑事からそんなふうに気を使われたら、怒鳴りつけていただろう。しかし、いまはその提案がありがたかった。

「……少し頼んでもいいか」

「はい、大丈夫です！」

数秒ためらったあとに千崎が言うと、久住はやはり建物から視線を外すことなく、覇気のある声で答えた。

本当に素直な奴だな。千崎は苦笑しながら助手席の扉を開ける。車外に出ると、夜風が顔に吹き付けてきた。首筋から体温を奪われ、千崎は体を小さくする。

万が一にも研究棟から目撃されないように、千崎は小走りに住宅街の路地へと入った。足を止めて一息つくと、丸い月が浮かぶ空に向かって両手を突き上げ、体を伸ばす。背骨がごきごきと音を立てる。腰痛がいくらか軽くなった気がした。

ゆっくりと腰をさすりながら、千崎はため息をつく。張り込みもまともに出来ないようでは、定年まで刑事を続けるという目標を果たすことは難しいかもしれない。寒さのためではない震えが全身を走る。刑事として犯罪者を追い詰め、刑務所に送り込む。それこそが自分の存在意義だった。刑事を辞めた自分を想像することが恐ろしかった。

千崎はゆっくりとした足取りで歩きはじめる。少し体を動かせば凝り固まった筋肉も緩んで、腰痛もいくらか改善するだろう。

路地を歩きながら、どこに向かおうか考える。すぐに目的地は決まった。スーツのポケットに両手を入れながら、立ち並ぶ民家や、二十四時間営業のコンビニエンスストアを横目に、千崎は足を進めていった。数分歩くと、やがて鼓膜をかすかに水音が揺らしはじめる。千崎は少しだけ足の動きを早くした。

左右をブロック塀に挟まれた路地を抜けると、目の前に二車線の道路が横たわり、その向こうに二十メートルほどの長さの橋が架かっていた。千崎はほとんど車通りのない車道を横切ると、橋を渡りはじめる。車二台がなんとかすれ違えるほどの橋だった。その下には幅十メートルほどの川がごうごうと流れている。かつてはこの橋の両岸に大きな椿の木が生えていたらしいが、いまはその姿はなかった。

この川は街の中心を南北に流れている。そのため、この街には大小あわせて数十本の橋が川に架けられていた。

千崎は橋の中央辺りで足を止めると、欄干に手をかけて下を覗き込む。街灯が少ないこの場所では、橋の下は暗くてほとんど何も見えなかった。

先週、この椿橋と呼ばれる橋の下で、小泉沙耶香の遺体が見つかった。

「これじゃあ、朝まで見つかるわけがないな……」

事件現場であるこの場所には何度も足を運んではいるが、日が完全に落ちてから来るのは初めてだった。やはり昼間とでは大きく雰囲気が変わっている。

欄干から手を放すと、周囲を見回す。周囲の家からはブロック塀で死角になっており、川と平行に走っている車道は、この時間ほとんど車通りがない。さらに橋の上は街灯が設置されていないため、かなり暗くなっている。目撃者がいないのも当然だ。

背後から近づいて刺し、すぐに欄干から突き落とせば、犯行を目撃されるリスクは少なく、さらに朝まで遺体が発見されることもないだろう。

人を殺すには理想的な場所だ。いや、小泉沙耶香の帰宅経路で犯行を行うとしたら、ここしかないと言ってもいいだろう。

他の場所では犯行を目撃されるリスクが高く、さらに悲鳴でも上げられたら間違いなく誰かに気づかれる。しかし、周辺の住宅からある程度距離があり、さらに川の流れる音が響くここなら、悲鳴は誰の耳にも届くことなくかき消されたはずだ。

千崎は腕時計に視線を落とした。時計の針は零時二十分を指していた。この辺りを少しぶらぶらしてから戻るか。三錠も鎮痛剤を飲んだおかげで、腰の痛みもいまはほとんど感じない。

橋を渡りきると、その先の路地に入っていく。十数メートル進み、左手に折れようかと思ったところで何気なくふり返った千崎は、目を大きく見開いた。

パーカーを着た男が、橋の上にたたずんでいた。男はついさっき千崎がやったように、欄干に手をかけ川を覗き込んでいる。

自分が見ているものが信じられず、千崎は何度もまばたきをくり返した。

橋の上に立つ男、その横顔に見覚えがあった。いや、見覚えがあるどころじゃない。ほんの数時間前まで、狭い部屋でずっと顔をつきあわせていた。

小泉昭良。いまサウス製薬の研究棟に籠もっているはずの男。

千崎は慌てて電柱の陰に隠れると、ズボンのポケットから携帯電話を取り出し、通話ボタンを押す。すぐに回線は繋がった。

「はい、久住です。千崎さん、どうかしましたか？」

「お前、眠ってんのかよ！」千崎は押し殺した罵声を電話に向かって放つ。

「なんのことですか？」

「なんのことですかじゃねえ。いつ小泉はあの建物を出たんだ？」

「え？　いえ、小泉はまだ出てきていませんよ」

「なに言ってんだ。それじゃあ、俺がいま見ている男は誰だっていうんだよ」

「は？　あの、千崎さん。いまどこにいるんですか？」

「事件現場、小泉沙耶香が殺された椿橋のすぐそばだ。ここに小泉昭良がいるんだよ」

「そんなわけありません！」電話から聞こえてくる久住の声が跳ね上がる。「千崎さんが行ってから、一度もあの建物から目を離していません。絶対に小泉はまだ、建物の中にいます」

「お前なあ……」

千崎が再び叱責《しっせき》の言葉を口にしかけたとき、橋の上でたたずんでいた小泉がパーカーのフードを頭にかぶり、うつむいて歩きはじめた。千崎は回線を切ると、携帯電話をズボンのポケットにねじ込んだ。

小泉は千崎がいるのとは逆の方向に進んでいくと、車道を横切り路地へと入っていく。千崎は電柱の陰から出て、そのあとを追った。

ほとんど人通りがない住宅街での尾行は、かなり困難だった。近づきすぎれば気づかれてしまうだろうし、かといって離れすぎれば、路地を何度も曲がる小泉を見失いかねない。小泉が一度も振り返らないおかけで、なんとか見失わずにすんでいた。

尾行をはじめて数分も経つと、小泉がどこに向かっているか予想がついた。サウス製薬だ。

足音を殺して進みながら、千崎は十数メートルほど前を歩く小泉の背中を眺め続ける。サウス製薬までもう目と鼻の距離まで近づいていた。

その時、小泉が立ち並ぶ民家の間の路地へ入り込んだ。千崎は早足でそのあとを追うと、路地を覗き込む。路地の奥に、あの研究棟が見える。しかし、そこに小泉の姿はなかった。

あそこの十字路をさらに曲がったのか？　千崎は素早く路地に飛び込み十数メートル進むと、

十字路で左右に視線を送る。しかし、やはり小泉の姿は見つからなかった。

どこに消えやがった？　足音が鳴ることも気にせず、古い民家がつくり出している格子状の路地を走り回る。しかし、どれだけ走っても小泉の姿を見つけることはできなかった。

……まかれたのか？　五分ほど路地を走り、細い私道へと出た千崎は、すぐ目の前にあるサウス製薬の敷地を囲むフェンスを片手で摑みながら荒い息をつく。

尾行に気づかれていたのだろうか？　しかし、素人がそう簡単にプロの自分をまけるわけがない。もしかしたら、その辺りの民家の庭にでも飛び込んだのか？

千崎はがりがりとやや頭髪が寂しくなりつつある頭を掻くと、フェンスの中にある建物を見る。あの研究棟の裏側だった。

小泉はフェンスを乗り越え、研究棟に戻ったのかもしれない。しかし、こちら側には扉も窓もない。出入りできる場所は久住が監視しているはずだ。もちろん、久住が目を離していなければだが。

フェンスに沿って細い私道を進んでいくと、片側二車線の県道とぶつかった。数十メートル先に見慣れたセダンが止まっているのが見える。千崎は息を乱したまま歩道を歩いていく。

セダンのすぐそばまで来た千崎は、歩道と車道を分けるガードレールを跳び越えると、助手席の扉を開けた。久住がびくりと体を震わせて振り向く。よほど集中して研究棟を見ていたのか、近づいてくる千崎に気づいていなかったようだ。

「あ、千崎さん。お疲れさまです」

「小泉は戻ってきたか？」

千崎はどかりと助手席に腰を下ろした。出て行くところは見逃したとしても、さすがに小泉が戻ってきたとしたら目撃しているだろう。

「あの、……さっきも言いましたけど。小泉は出て行っていませんし、帰ってきてもいませんし」

久住がためらいがちに言う。千崎の頬の筋肉が引きつった。

「まだそんなこと言っているのかよ。俺はついさっきまで小泉を尾行していたんだぞ。あいつはあの建物から出て行って、さっき戻ってきたんだよ」

「あの建物に、小泉が戻っていったのを見たんですか？」

かすかに不満げな久住の問いに、千崎は一瞬言葉に詰まる。

「……いや、見たわけじゃない。すぐそこの民家の路地で見失ったんだ」

「そうですか……」

久住は小さな声でつぶやく。千崎は唇が歪んだ。

「なんだよ、その態度は。俺が見間違ったとでも言うのか」

「いえ、そういうわけじゃありません。でも、千崎さんが行ってから、あの建物には一人も出入りしていないのはたしかなんです」

はっきりと言い切る久住を、千崎はにらみつける。

「ふざけんな。じゃあ、俺が橋の上で見た男は誰だっていうんだよ。あれは間違いなく小泉昭良だったんだ」

「……ドッペルゲンガーでも見たんじゃないですか」

久住はうつむくと、口の中で言葉を転がす。

「ああ？　なんだって？」

「……すみません。冗談です」

「冗談とかじゃなくて、いまなんて言ったんだ。なにか思いついたなら、ちゃんと説明しろ」

「いえ、思いついたとかじゃなく、なんと言いますか……」

「いいから、言えっていっているんだよ！」

千崎が一喝すると、久住は渋々と話しはじめた。

「ドッペルゲンガー、ある人物と同じ姿をした……分身みたいなものが、別の場所で目撃される現象のことです。その分身は本人に関係ある場所で目撃されることが多くて、もしその本人が分身と遭遇すると、命を落とすとか言われています。簡単に言うと、超常現象の一種です」

「はぁ、超常現象だぁ!?　お前、なに言っているんだよ」

「だから、べつに本気で言ったわけじゃないんです。ただ、絶対に小泉はあの建物から出ていないから、もし千崎さんが小泉を目撃したとなると……」

「……俺の見間違いか、超常現象だって言うのか？」

脅しつけるように言うと、久住は「いえ……、そんな……」と言葉を濁した。千崎は大きく鼻を鳴らし、研究棟に視線を向ける。

「下らねえこと言ってねえで、張り込み続けるぞ。もし本当に小泉が戻っていないなら、いまから戻ってくる可能性が高いからな」

「……はい」久住はうつむきながら返事をした。

どこかよどんだ空気が充満する車内で、千崎と久住はほとんど会話を交わすこともなく、時折一人が仮眠をとりながら研究棟を監視し続けた。しかし、いくら待っても小泉が姿を現すことはなかった。

とうとう夜が明け、周囲が明るくなってくると、ぱらぱらとこの会社に勤める者たちが出勤しはじめてきた。

「小泉、……出てきませんでしたね」久住がつぶやく。

「……このまま勤務するつもりなのかもな」

千崎はあくびをかみ殺しながらあごを撫でる。無精髭がじゃりじゃりと音を立てた。

「けれど、殺人の容疑がかかっているんですよ。仕事なんてしている場合じゃないんじゃないですか？」

久住の言葉を聞きながら、千崎は考える。

もしかしたら、小泉はあの研究棟に戻っていないのかもしれない。そうだとすると、尾行をまいたあと、小泉はどこに行ったのだろう？

その時、はるか遠くから聞き慣れた音が聞こえてきた。千崎は眉根を寄せる。その音は、次第に近づいてくる。

「千崎さん、これって……」

久住がつぶやくと同時に、けたたましいサイレンを響かせたパトカーが車のわきをたて続けに通過していった。千崎と久住は一瞬顔を見合わせると、車外へと出る。

パトカーは正門から敷地内に入ると、研究棟の前で停車した。パトカーから出てきた制服警官たちが走って研究棟に向かう。研究棟の入り口の扉が開き、数人の男女が声を上げながら警官たちを招き入れた。離れたこの場所からでも、彼らがなかばパニック状態になっていることが見て取れた。

「行くぞ！」

千崎は叫ぶと同時に走り出す。久住もすぐにあとをついてきた。正門の守衛に警察手帳を見せて敷地に入ると、二人は研究棟に向かう。

「すみません。いまは入れません」

研究棟の入り口に近づくと、若い制服警官が両手を前に突き出してきた。千崎は大きく舌打ちをしながら、警官の目の前に警察手帳を突きつけた。

「県警捜査一課の千崎だ」

警官は目を大きく見開き、「失礼しました！」と背筋を伸ばす。

千崎は警官を無視してドアの前に立った。しかし、扉は開かない。

「さっさと開けろ」

「あっ、はい！」

千崎に怒鳴りつけられた警官は、泡を食いながらポケットからカードを取り出し、それを扉の脇にあるカードリーダーに読み込ませた。ピッという電子音が鳴り、ドアが横に開いていく。

千崎と久住が飛び込んだ建物の中には、真っ直ぐに廊下が延びていて、突き当たりには二階と地下へと続く階段があった。

千崎は廊下を駆けていく。目的地は分かっていた。あの明かりが灯っていた部屋だ。階段の手前にある引き戸の前で、千崎は足を止める。その部屋には『第三研究室』と表札がかかっていた。千崎は引き戸を開こうとするが、その扉もロックされていた。扉の脇には、入り口と同じようにカードリーダーがある。

ここもかよ。千崎が顔をしかめると、唐突に引き戸が音もなく横に開いた。扉の向こうに立っていた制服警官が、目を大きくして千崎と久住を見る。どうやら、内側からは扉の前に立てば開くようになっているらしい。

「あの、ここは立ち入り……」

そこまで言った警官に警察手帳を突きつけると、千崎は警官の体を押しのけて部屋の中に入る。次の瞬間、思考が凍りついた。

「あ、ああ……」

口からうめき声が漏れる。自分の目に映っている光景の意味が、すぐには理解できなかった。

広い部屋の奥に男が倒れていた。口は叫び声を上げるかのように大きく開き、焦点を失った目は虚空《こくう》を眺めている。それは間違いなく、数時間前に尾行した男、小泉昭良だった。

小泉の体の周りには赤い液体が広がっていた。

千崎はふらふらと、部屋の奥へと進み、倒れている小泉のそばに立つ。

小泉の左側の喉元、そこが大きく裂かれていた。辺りには飛沫状の血痕が飛び散っている。出血してから時間が経っているのか、血液はかなり凝固していた。

千崎の視点が、ある物の上で止まる。倒れている小泉のかたわら、そこに大ぶりのサバイバルナイフが落ちていた。

「自殺……したのか？」

隣にやってきた久住のつぶやきが、千崎にはやけに遠くから聞こえた気がした。


「なんで捜査本部を解散するんですか！」

千崎は両手をデスクに叩きつける。大きな音が響き、周囲にいた警官たちが何事かと視線を向けてきた。

「俺に言ってもしかたがないだろう。決めたのは上なんだから」

デスクの向こう側に座った捜査一課長は、首筋を揉《も》みながら言う。

小泉昭良の遺体が研究棟の一室で見つかってから六日が経っていた。そしてこの日、小泉沙耶香殺害事件の捜査本部の解散が正式に決定された。

「なんでそんな馬鹿な決定が出るんですか⁉　まだ小泉沙耶香を殺した犯人を逮捕してないじ

やないですか」

千崎が声を荒らげると、捜査一課長が睨《ね》め上げてきた。

「おい、何度言わせるんだ。小泉沙耶香を殺したのは、夫の小泉昭良だ。そして逃げ切れないことを悟った小泉昭良は、自分の首をかっ切ったんだよ」

捜査一課長は低い声で言う。千崎は苛立ちながらかぶりを振った。

「違う！　小泉は連れ合いを殺してなんかいない！」

「じゃあ、小泉の遺体のそばに妻を刺した凶器が落ちていたのはどういうことだ？」

捜査一課長は小馬鹿にするように鼻を鳴らした。六日前、小泉のかたわらに落ちていたサバイバルナイフ。鑑定の結果、小泉昭良の首はそのナイフで裂かれていたことがはっきりした。そして、そのナイフからは小泉沙耶香の血液も検出され、さらに、小泉沙耶香の遺体の傷とそのナイフの形状が一致した。

「だから、何度も言っているでしょうが。きっと真犯人が小泉を殺して、死体のそばにナイフを置いて、妻殺しの濡《ぬ》れ衣《ぎぬ》を着せたんですよ」

千崎は唾《つば》を飛ばしながら叫ぶ。捜査一課長の目がすっと細くなった。

「真犯人……、真犯人ねえ。それじゃあ聞くが、その『真犯人』って奴はどうやってあの部屋に入って、どうやって消えたんだよ？」

千崎は言葉に詰まる。そんな千崎を見て、捜査一課長は身を乗り出してきた。

「お前だって聞いているんだろ。システムを解析した結果、あの夜に研究棟に入り込んだのは、小泉昭良だけだったんだよ」

研究棟はカードによる扉の開閉をすべて記録するシステムになっていた。そして、あの夜は午後九時五十二分に小泉のカードで研究棟入り口のドアが開き、さらに九時五十五分に同じく小泉のカードで遺体が見つかった研究室のドアが開かれているが、それから翌日の午前七時三十二分までは、カードでドアが開かれた記録はなかった。

「……きっと、小泉が入る前から研究棟に誰か隠れていて、入ってきた小泉を殺したんです」

「その件についてももう結論が出ているだろ。午後八時の時点で、警備員があの研究棟の見回りをしているんだよ。その時、誰も中に残っていないことを確認している」

あの夜の見回りをした警備員は、午後八時の時点で研究棟内には絶対に誰も残っていなかったと証言をしていた。

「見逃したっていう可能性もあるでしょう。あの建物の地下室は備品置き場になっていて、ごちゃごちゃと色々な器機が置かれていたじゃないですか。あそこに隠れていたのかも」

必死に食い下がる千崎に、捜査一課長は軽蔑の眼差しを向けてきた。

「千崎、ちったあ現実を見ろよ。そもそも、もしその『真犯人』とかがいたとして、どうやって小泉が死んでいた部屋に入り込めたんだよ？」

「……小泉があの部屋の扉を開けた瞬間に、一緒に飛び込んだのかもしれないじゃないですか。そうして、小泉を殺した後もあの研究棟の中に隠れていて、そして死体が見つかった混乱に乗じて外に逃げたとか……」

千崎は歯切れ悪くつぶやく。捜査一課長は虫でも追い払うかのように手を振った。

「小泉の死亡推定時刻は零時から午前二時ごろで、あの部屋の扉が開いたのが前日の午後九時五十五分だぞ。二時間以上、その『真犯人』と小泉はなにをやっていたんだよ？」

「それは……」

「それにな、もし自分を殺そうとしている奴がナイフを持って部屋に飛び込んできたら、誰だって抵抗するだろ。けれどな、小泉には抵抗した跡なんてなかった。つまり、研究室に忍び込んだ小泉昭良は、自分で自分の首をかっ切ったってことだ。妻を殺した小泉は、逃げ切れないことを悟って自殺したんだよ」

そこで言葉を切ると、捜査一課長は千崎の目を覗き込んでくる。

「上の奴らはな、尋問でお前が追い込みすぎたからだって言っている。お前のせいで、容疑者が死んじまったってな」

千崎は反論しようと口を開く。しかし、言葉が見つからなかった。

もしも本当に小泉が自ら命を絶ったなら、たしかにその責任は俺にある。なにか情報を持っている気配を感じた俺は、小泉を責め立てた。小泉が妻を殺していないと確信しながら……。

激しい罪悪感が千崎をさいなむ。小泉が妻殺しの犯人ではないことを、いまも確信していた。しかしいま、小泉は命を落とし、そのうえ小泉沙耶香の殺害犯と考えられている。

全部……、全部俺のせいだ。本当に俺のせいで小泉は自殺してしまったのかもしれない。

そこまで考えたところで、千崎は激しく頭を振る。

いや、違う！　もし小泉が自殺だとしたら、あの場に小泉の妻を刺した凶器があるのはおかしい。やはり小泉は殺されたのだ。妻を殺したのと同じ犯人に。

「課長……、間違いなく俺はあの夜に見ているんですよ。研究棟にいるはずの小泉が、妻が殺された現場にいるのを」

「……お前なあ、まだそんなことを言っているのか？」

捜査一課長の声が低くなる。千崎はためらいがちにうなずいた。

あの夜、目撃したことを、千崎は捜査会議で発表していた。しかし、その証言は「夢でも見てたんだろ」という一言で切り捨てられていた。

「あのなあ、千崎。何度も言っているだろ。あの夜、小泉は十時前に一回あの研究室の扉を開いただけなんだよ。もしお前が見たのが本当に小泉だとしたら、そのあとどうやって部屋に戻ったっていうんだ」

千崎は答えられずに唇を噛む。捜査一課長はこれ見よがしにため息をついた。

「それともなんだ。お前は小泉の幽霊でも見たって言うのか？　ちょうどその時間帯は、小泉の死亡推定時刻なんだろ」

揶揄《やゆ》する捜査一課長に腹が立つと同時に、千崎は背中に冷たい震えをおぼえた。脳裏に、あの夜久住が冗談めかして言っていた言葉が蘇る。

ドッペルゲンガー……。

もしかしたら、ちょうどあの頃に命を落とした小泉の魂が成仏できずにさまよっているのを、俺は目撃したんじゃないか。だからこそ、あのとき小泉は煙のように消えて……。

　千崎は顔を左右に振って、脳内に湧いた馬鹿げた想像を振り払おうとする。しかしそれは、ガムのように頭蓋骨の内側にへばりつき、容易に取れそうになかった。

「……おい、千崎」

捜査一課長の声で我に返った千崎は、「あ、はい」と間の抜けた声を出す。

「お前がなんと言おうが今回の事件は、小泉昭良が妻殺しの犯人として、被疑者死亡で書類送検されておしまいだ。捜査本部は解散する。……問題はそのあとなんだよ」

「そのあと？」千崎は眉根を寄せる。

「ああ、そうだ。ホシを逮捕することもできず、自殺されちまった。これは大きな失敗だ。だから……、誰かが責任をとる必要がある」

捜査一課長は千崎を見る目をすっと細くする。その時、腰の奥に痛みが走った。千崎は反射的に腰を押さえた。

「ん？　どうかしたか？」捜査一課長がいぶかしげに眉根を寄せる。

「……どうもしませんよ。それより、俺に全部の責任をおっかぶせて、トカゲの尻尾切りしようってわけですか。あんた、部下を売るんですか」

怒りと痛みで唇をゆがめながら言うと、捜査一課長の顔が引きつった。

「なんだその言い草は！　お前が責任とるのは当然だろうが！　お前のせいで小泉は自分の首をかっ切ったんだぞ」

違う！　小泉は自殺なんかじゃない。あいつは殺されたんだ！

千崎は自分に言いきかせようとする。しかし、それを信じ切ることはできなかった。状況証拠はすべて小泉が妻を殺害し、その後で自殺したことを示している。二十年間の刑事生活で培《つちか》ってきた自らの勘に対して、小さな不信の芽が生える。

「俺は……どうなるんですか？」

口の中がからからに乾燥するのを感じながら、千崎はかすれた声を絞り出す。

「とりあえず、今日から一週間は謹慎しろ。そして来週、交通課に挨拶に行け」

「交通課!?」声が跳ね上がった。

「ああ、そうだ。お前は刑事課から交通課に異動になる。まあ、あそこも悪くないぞ。ここみたいに、命すり減らして事件に当たるなんてこともないからな。心身ともに健康になって定年まで勤めあげ……」

「ふざけるな！」千崎は唾を飛ばして怒声を上げる。「なんで俺が交通課なんかに行かないといけないんだ。俺は刑事だ！」

腰の痛みがじわじわと強くなっていく。痛みのためか、それとも動揺のためか、嘔気《おうき》すら襲ってきた。

「いや、お前は刑事『だった』んだ。もう刑事じゃない。お前が謹慎している間に、こっちで異動の手続きはしてやる。以上だ。下がっていいぞ」

捜査一課長は淡々と言うと、虫でも追い払うように手を振る。半開きになった千崎の口から、うめき声がこぼれ出した。

刑事でなくなる。人生のすべてを否定される。その恐怖が千崎の精神を腐らせつつあった。

「か、課長、……お願いです。それだけは……、刑事をやめるのだけは……」

千崎はすがりつくように言う。自分でも笑ってしまいそうなほど、その声は弱々しかった。

「……異動ぐらいですんでありがたいと思えよ。お前のせいで被疑者は死んだんだぞ。お前が小泉昭良を殺したんだ」

捜査一課長の言葉は刃物のように千崎の胸に突き刺さった。千崎はよろけて一、二歩後ずさる。その時、腰の奥に焼きごてを当てられたかのような激しい痛みが走った。

「ぐぁ！」千崎の口から獣じみたうめき声が上がる。

「おい、どうした？」

目をしばたたかせる捜査一課長に、千崎はこたえることが出来なかった。視界がぐるりと回転する。上下左右が分からなくなる。

次の瞬間、千崎は勢いよく迫ってくる床に気づく。あわてて手をつこうとするが間に合わなかった。額に激しい衝撃を感じ、視界が暗転する。

意識が闇の中に落下していく寸前、千崎の脳裏に橋の上でたたずむ小泉昭良の姿がよぎった。

末期の膵臓癌《すいぞうがん》。それが千崎にくだされた診断だった。

捜査一課長の前で倒れた千崎は、救急車で総合病院に搬送された。当初は強い精神的なストレスにより低血圧を起こしたものではないかと言われたが、血液検査の結果、貧血と低栄養状態が確認されたため、入院して精査することになった。そして全身のCTを撮影した日の夕方、主治医が病室にやってきて陰鬱な声で言った。「お話ししたいことがあります」と。

病棟の隅にある「病状説明室」とかいう狭い殺風景な部屋に入ると、主治医は開口一番、「残念ですが膵臓に腫瘍《しゅよう》が見つかりました。かなり進行した癌だと思われます」と言い放った。千崎は最初なにを言われたか理解ができなかった。

唖然とする千崎を前に、主治医は淡々と、治療しなければ三ヶ月ほどで命を落とす可能性が高いこと。周りの組織まで浸潤《しんじゅん》しているので、すでに手術は不可能で、治療としては化学療法が選択できること。化学療法を行っても完治はできないが、平均すると数ヶ月の延命効果が期待できるということを説明していった。千崎はどこかふわふわした心持ちのまま、主治医の説明を聞いた。

結局、主治医とよく話し合った結果、千崎は化学療法を受けることにした。軽い吐き気などは出たものの、治療の副作用はそれほどでもなく、しかも癌をかなり縮小させることができた。癌の診断を受けてから一ヶ月後には退院し、その後は週に一回通院し、化学療法を続けることとなった。

退院した当日、千崎は自宅に帰る前に県警を訪れ、捜査一課長に退職願を渡した。千崎の病状について報告を受けていた捜査一課長は、固い表情でそれを受け取った。

退職金によりある程度のまとまった金を受け取った千崎は、身辺の整理をはじめた。もし癌が進行し、どうしようもなくなったときのために、主治医が勧めてくれたホスピスにも予約を入れた。

そうして一通りのことを終えた千崎は、残されたわずかな時間を、小泉夫婦が命を落とした事件の捜査をすることに当てた。自らのアイデンティティーを取り戻すために。

捜査本部は解散し、しかも刑事という肩書きを失ったことによって様々な困難があったが、二十年の刑事生活で培った経験とコネを使って、千崎は事件について調べていった。

サウス製薬の会長である南郷純太郎という男が、二年ほど前、ちょうど小泉夫婦が入社した頃から自費で様々な研究器機を購入して、あの研究棟に持ち込んでいたこと。研究員ではない小泉夫婦に、南郷会長の指示で研究棟のパスが発行されていて、時々研究棟内で二人が目撃されていたこと。それらのことから、南郷が小泉夫婦とともに、なにか人に知られたくないような『秘密の研究』を行っているという噂が囁《ささや》かれていたことなどを知ることができた。そして、小泉夫婦と同様に、研究員でもないのに研究棟に出入りしている人物が他にもいることも突き止めた。

その『秘密の研究』こそが、あの事件の真相をあばくための鍵に違いない。そう確信した千崎は、サウス製薬の関係者に必死にコンタクトをとって話を聞いて回った。しかし、『秘密の研究』については、都市伝説のような噂に過ぎず、少なくともあの研究棟内ではそんな実験が行われていた形跡はないというのが、関係者たちの共通の認識だった。それでも千崎はがむしやらに『秘密の研究』の噂を追い続けた。そんなことをしているうちに、小泉夫婦の死亡から一年以上が経った四月のはじめ、南郷会長がトラックにはねられて死亡した。警察からの発表では自殺ということだったが、千崎はそれに強い疑いを抱いていた。南郷会長の死亡とほぼ同時期に、『秘密の研究』の参加者と千崎がにらんでいた男がいきなり行方をくらましたのだ。その男が一連の事件についてなにか知っているはずだと確信した千崎は、その行方を追おうとした。しかし、千崎にはもはや時間が残されていなかった。

すでに化学療法でも癌の増殖を抑えられなくなり、主治医から処方された鎮痛用の麻薬を使用して必死に捜査を続けていた千崎だったが、南郷会長が死亡した三日後に、とうとう限界が訪れた。息苦しさと体を内部から蝕《むしば》む痛みに耐えきれなくなり受診すると、主治医はすぐにホスピスに行って緩和療法を受けるように勧めた。あまりのつらさにその指示に従い、予約していたホスピスに入院した千崎だったが、癌細胞に全身を冒された体はもはや限界に達していて、入院したその日の夜には昏睡状態に陥り、そのまま息を引き取った。

活動を停止した肉体から魂となった千崎が離れると、どこからか光の霞《かすみ》のような存在が近づいて来て、意識を直接振動させるような不思議な言葉で『我が主様』とやらのところへ行こうと誘ってきた。千崎は本能的に、その誘いに乗るべきだと、乗らなくてはならないのだと悟った。

しかし、千崎は地上から離れることを拒絶した。まだ、どこかに行くわけにはいかなかった。この地上でやり残したことがあった。

千崎が動かないことを見ると、その光の霞はなにかぶつぶつと文句のような言葉を発しながらどこかに消えていった。

一人残された千崎には、そのあとどうすればよいか分からなかった。耐えがたい不安と孤独感にさいなまれながら、千崎は夏の虫が光に誘われるようにある場所へと向かっていった。あの研究棟、小泉昭良が命を落とした場所に。

しかし、そこに行ったところで、もはや肉体を失った千崎にはなにもできなかった。時々、思い出したかのようにあの光の霞がやってきて『おい、もういいだろ。そろそろ「我が主様」のもとにいくぞ』と語りかけてくるが、千崎がその言葉に従うことはなかった。

時間が経つにつれ、少しずつ自分が劣化していっていることが自覚できた。この場所で朽ち果てていく。そう覚悟を決めはじめていた。それが、一人の男を追い詰め、命を奪ってしまった自分が受けるべき罰なのだと思っていた。

そんなある日、フェンスの隙間から黒猫が一匹敷地に入り込み、研究棟に近づいて来た。最初は気にもとめていなかったが、そのネコが魂となっている自分が見えるかのように真っ直ぐに視線を向けてくることに気づいて、少しだけ興味を持った。

次の瞬間、そのネコは光の霞が使うあの『言葉』で話しかけてきた。

『ハロー、君はこんなところでなにをしているのかな？』

# 3

千崎の記憶を見終えた僕は、ゆっくり瞼を開く。目の前に、淡く光る魂が漂っていた。

思い切り前足を前に出して伸びをする。全身の筋肉がストレッチされる感じが心地よかった。

一息ついた僕は、千崎の魂に向き直る。

『見させてもらったよ。つまり、あの夜なにがあったかを知りたいんだね』

魂は大きく揺れた。たぶん『イエス』の意思表示なんだろう。わかりにくいな……。

さて、どうしたものかねぇ。僕はその場に座ると、舌で胸元を毛繕いしながら考える。

電子ロックされていた部屋、首を切られ死んでいた男、そしてドッペルゲンガー。

なんというか、雲を摑むような話だ。すぐには結論は出そうにないな。

『いろいろ考えてみるよ。何か思いついたら教えるから、君はここを動かないでくれよ』

僕の言霊に、千崎の魂はさっきより弱々しく揺れた。

……なんか、あまり期待が伝わってこないのは気のせいだろうか？

まあいっか。気を取り直した僕は立ち上がり、ゆっくりと建物から離れていく。千崎の記憶を覗いてみて、いろいろと調べたいことが出てきた。考えるのは情報を集めてからにしよう。

しかし、まさかここが南郷純太郎が会長を務めていた会社だとは。面白い偶然もあるものだ。

そこまで考えたところで、僕は首をひねった。

果たして、千崎の未練に南郷純太郎が関わっていたのは、たんなる偶然なのだろうか？

フェンスに近づいた僕は、金網の下をくぐり外へと出る。きょろきょろと辺りを見回すと、電柱の陰に隠れるように麻矢が立っていた。僕は走って麻矢の足下に近づく。

「あれ？　クロ、もう戻ってきたの？」麻矢は足下の僕を見て目を丸くする。

『もう？』

「だって、クロがフェンスの中に入ってから、まだ十分も経っていないよ」

『え？　それだけ？』

千崎の記憶をかなり長く覗いていたので、てっきり数時間は経っているものだと思っていた。どうやら、記憶の中と現実の時間の流れはかなり異なっているらしい。

「それで、調べ終わったの？　あそこにいた地縛霊は助けられた？」

『そう簡単にはいかないよ。それより麻矢、なんで隠れているんだい？』

「クロがこんなところで待たせるからでしょ。道ばたで若い女がぼーっとしていたら、変な目で見られるじゃない」

『いや……、そんなところに隠れている方が怪しまれる気がするんだけど……』

僕がつぶやくと、すぐわきを中年の女性が通り過ぎた。彼女は麻矢にいぶかしげな視線を浴びせかけていく。麻矢はごまかすように愛想笑いを浮かべた。

『ほら、やっぱり怪しまれただろ』

僕がからかうように言うと、麻矢は唇を尖らせた。

「いまのって、私がネコに話しかけていたからだと思うんだけど」

『そういう見方もあるね。それより、次の場所に行こう』

僕は麻矢の体をよじ登ると、その肩の上に座る。

「次の場所って、まだどこかに行くわけ？」

『ああ、あの研究棟にいた地縛霊を「未練」から解放するために必要なんだ』

「はいはい。それで、どこに行けばいいわけ？」

『ここから歩いて十分ぐらいの所にある、椿橋ってとこだよ。一年半ぐらい前、小泉沙耶香っていう名前の女が、そこで殺されているんだ。よし、レッツゴー』

僕は声をかけるが、麻矢が歩き出すことはなかった。僕は二、三度まばたきをすると、首をひねってすぐ横の麻矢の顔を見る。その表情は硬くこわばっていた。

『……麻矢？』

僕が言霊を飛ばすと、麻矢は軽く身を震わせる。

「あ、ああ、……ごめんね、ぼーっとして。ちょっと疲れちゃったから」

『大丈夫かい？』

「うん、大丈夫なんだけど、ちょっと頭が痛いかな。悪いんだけどクロ。その場所、一人……じゃなかった、一匹で行ってくれる？」

『ああ、それはいいけど……』

僕は麻矢の肩から飛び降り、視線を上げる。麻矢の顔からは血の気が引いていて、蒼白になっていた。一見して体調が悪そうだ。まだ体力が戻っていないというのに、無理をさせすぎてしまっただろうか？　罪悪感がふわふわの毛で包まれた僕の胸に広がる。

「……それじゃあ、私は先に帰るね」

麻矢はどこかおぼつかない足取りで歩きはじめた。

『一人で帰れる？　家までついていこうか？』

僕が声をかけると、麻矢はふり返って弱々しい笑みを浮かべた。

「大丈夫に決まっているでしょ。クロこそ、ちゃんと車に気をつけてね。轢《ひ》かれないようにね」

『轢かれるわけがないだろ。僕は人間なんかよりずっと高位の霊的存在なんだよ』

「でも、いまはネコなんでしょ」

『まあ、ネコだけど……』

「なら、ちゃんと気をつけないとね。晩ご飯までには帰ってくるんだよ。今夜はお刺身らしいから、クロにも少し分けてあげるね」

『オシャシミ！』「んにゃー！」

お刺身という魅惑的な言葉に、思わず鳴き声を上げてしまう。そんな僕に向かって小さく手を振ると、麻矢はゆっくりと離れていった。僕はその背中が見えなくなるまで見送る。

これからは、あまり無理をさせないようにしないとな。麻矢は僕が地上で活動するうえでの命綱だ。彼女がいなくなっては、朝夕のカリカリも、温かい寝床も、毎朝のブラッシングも、まれに頂戴するお刺身も失ってしまう。

さて、それじゃあ行こうか。僕は気を取り直すと軽やかに歩き出した。千崎の記憶を見たので、道順は覚えている。

十分ほど歩くと、目的地である椿橋へと到着した。僕はピョンと欄干に飛び乗る。

『おーい、誰かいないかい』

言霊で呼びかけながら、僕は精神を集中させて霊的な目を凝らす。小泉沙耶香が殺害され、千崎が小泉昭良を目撃したというこの場所。僕の予想どおりなら、ここにも……。

「あー、ネコだ！」

僕が注意して辺りを見回していると、背後から声が上がる。ふり返ると、小学校低学年ぐらいの二人組の少年が、すぐ背後に立っていた。

邪魔だな。僕は少々不愉快に思いながらも、再び周囲の観察をはじめる。

「なんだよ、無視するなよ」少年は近づいてくると、指先で僕の背中をつつく。

……大切な仕事中なんだ。邪魔するな。僕は小さく揺れながら、正面を向いたまま尻尾を左右に振る。次の瞬間、その尻尾が思い切り握られた。

全身の毛を逆立てた僕は、振り向きざま少年の手をはたくと、「シャーッ!!」と思い切り威《い》嚇《かく》の声を発する。少年は「ひゃあ！」と情けない声を上げると、その場で尻餅《しりもち》をついた。

他人の……もとい、他猫の尻尾を無断で摑むとは、失礼極まりない。今回は爪を出していないネコパンチだったが、次やったら容赦なく爪で切り裂くぞ。

視線に殺気をのせてにらみつけると、少年たちは泡を食って逃げ出した。

満足した僕がふり返ると、すぐ目の前にくすんだ光の玉が浮かんでいた。

僕は思わず背中を曲げて「にゃにゃ⁉」と声を上げる。尻尾がぼわっと膨らんだ。

『だ、黙って人の……じゃなかった、ネコの背後をとらないでくれよ。おどろくじゃないか』

僕は光の玉に向かって文句を言う。それはかなり劣化した人間の魂だった。表面は毛羽だち、色はくすんで茶色っぽくなっている。

『あ、ああ……』

魂はかすれた言霊を放ってくる。どうやら、なにかを訴えかけようとしているようだが、もともとなのか、それとも長い間この地上で剝き出しになり劣化してしまったせいか、うまく言霊を操れないようだ。

ここまで劣化しているところを見ると、少なくとも一年は地上にとどまっているのだろう。霊魂の劣化スピードは個体差が大きく、長い年月地上にとどまってもあまり輝きを失わない魂もあれば、かなりのスピードでくすんでいく魂もある。しかし、数ヶ月ではここまで劣化はしないはずだ。ということは……。

『君は、……小泉沙耶香の魂かい？』

僕はゆっくりと魂に向かって言霊を飛ばす。「小泉沙耶香」という名を放った瞬間、目の前の魂が激しく点滅しはじめた。

やっぱりそうか。僕は陰鬱な気分になる。一年半前、この場所で無残にも命を奪われた小泉沙耶香は、自らの死を受けいれることが出来ず、いまもこの場所にとらわれてしまっているのだ。そして、このままでは遠くない未来、小泉沙耶香の魂は消滅してしまうだろう。

『どうすれば、君は「我が主様」のもとへと行くんだい？』

僕が言霊を送るが、魂が答えることはなかった。

『自分を殺した犯人が見つかり、罰を受ければ、君は「我が主様」のもとへと行くのかな？』

僕は質問を重ねる。しかし、やはり反応はなかった。もしかしたら、劣化が進みすぎて、もはや僕の言霊を完全には理解できていないのかもしれない。やがて魂はゆらゆらと揺れながら、ゆっくりと河川敷へと下りていく。一年半前、小泉沙耶香の遺体が発見された場所へと。

魂を無言で見送った僕は、欄干から下りるとてくてくと歩きはじめる。小泉沙耶香の魂からなにも聞き出せないなら、これ以上ここにとどまっていてもしかたがない。

僕は来た道を、今度はゆっくりと戻っていく。あの夜、千崎はこの橋の上で小泉昭良を目撃し、あとを追った。その経路をたどってみるとしよう。

千崎が目撃した男、あれは本当に小泉だったのだろうか？　歩きながら僕は思考を巡らせる。

千崎の魂の記憶を覗いた感じでは、たしかに小泉本人に見えた。しかし、人間のメモリーというものは完璧なものではない。小泉を目撃したという思い込みが、千崎のメモリーを改竄《かいざん》し、それを僕が覗き見たのかもしれない。

普通に考えたら、たんなる千崎の見間違えで、事件は妻を殺した小泉が逃げられないことを悟って自殺したという可能性が高い。しかし、見間違えじゃないとすると……。

千崎が見たのが本当に小泉なら、彼はそのあとすぐにあの研究棟の一室に戻り、命を落としたということになる。けれど、小泉が研究室の扉を開けたのは、その二時間以上前に一回だけだ。それに、研究棟を見張っていた久住は、小泉が研究棟から出るところも戻るところも見ていないという。

ああ、よく分からない！　僕はその場で止まると、すぐ脇のブロック塀でがりがりと爪を研いだ。いくらかストレス解消になる。

気づくといつの間にか、サウス製薬の近くまでやって来ていた。たしか、この辺りで千崎は小泉を見失ったはずだ。僕はブロック塀に爪を立てたまま、ふと視線を上げる。錆の目立つ鉄製の柵門があり、その脇に古い表札がかかっていた。

喉から「んにゃ？」と、無意識に声が漏れる。表札を見上げたまま、僕は何度もまばたきをくり返す。

もしかして、ここが……。えっと、ということは……。

頭の中で一つのストーリーの輪郭ができあがっていく。しかし、まだ細部がはっきりしない。脳に鞭を入れながら、僕はゆっくりと麻矢の家への帰路についた。

『ただいまー』

「あっ、お帰り」

窓の隙間から部屋の中へ入ると、ベッドに横たわって布団をかぶっていた麻矢が声をかけてくる。カーペットに着地して、ベッドの上で上半身を起こした麻矢を見上げた僕は、目を丸くする。麻矢の左の肘や頬に、大きなガーゼが張ってあった。

『怪我《けが》したの⁉』

「うん、ちょっと……」麻矢は首をすくめる。「クロと別れて帰る途中、川沿いの人気《ひとけ》のない道を歩いていたら、後ろから車が猛スピードで走ってきて。驚いて避けたら転んじゃった」

『大丈夫なのかい？』

「うん、ちょっとしたかすり傷だから。けれど、この体が轢き逃げされて意識不明になったのも、人気のない河川敷の道だったらしいの。だから、お母さんにすごく心配させちゃった。気をつけないとね」

また轢かれかけた……？　そんなことが何回も起こるものだろうか？

「それじゃあ、私疲れたからもう少し眠るね。あとで事件のお話聞かせてね」

首をひねる僕に向かって言うと、麻矢はベッドに横になった。


「みゃい、んみゃい」

タイのお刺身を口の中に入れると、凝縮された旨味が舌を柔らかく包み込んだ。カリカリや鰹節も悪くはないが、やはりお刺身は格別だ。

「……あの、クロ」

「にゃん？」僕は首を傾けて、すぐ近くの椅子に腰掛けている麻矢を見上げる。

「夢中になりすぎて、あなたいま、『うまい』って言っていたわよ」

『なにを言っているんだい。僕はネコなんだよ。人間の言葉を出せるわけがないじゃないか』

僕は言霊を飛ばすと、今度はマグロの赤身にかぶりついた。

「んーみゃい！」

「……まあ、いいんだけどね」なぜか麻矢は呆れ声で言うと、僕の背中を撫でた。

お刺身をすべて食べ終えた僕は、その場に横になり、ほぅっと息を吐く。

麻矢の部屋に戻ってから二時間後、僕は夕食を終えた麻矢が持ってきてくれたお刺身を食べ、幸福を嚙みしめていた。お腹がいっぱいになって眠気が襲ってくる。僕は香箱座りをすると、睡魔と戦うことなく瞼を落とす。

「こら、クロ。なにしているの？」

意識がまどろみの中に落下する寸前、麻矢の声が僕を現実へと引き戻した。

『なにって、眠ろうとしているに決まっているじゃないか』僕は片目だけ開けて答える。

「なにか忘れているでしょ」

『忘れている？』

なにを忘れているというのだろう。トイレをしたあとは、ちゃんと砂をかけたし……。

『ああ、分かった』

僕が言霊を飛ばすと、麻矢は笑顔を浮かべた。

「それじゃあさっそく……」

『ああ、さっそくブラッシングをお願い。僕は眠っているからさ』

僕はあごをしゃくって、デスクの上に置かれているブラシを指す。

「違う！」麻矢は僕の腹をわしわしと撫ではじめた。

『うわ、やめて。お腹はやめて』

僕はあわててその場から飛んで逃げる。一瞬で眠気が消えてしまった。

「目は覚めた？」

麻矢はコケティッシュに小首をかしげながら笑みを浮かべてきた。小悪魔的な笑みを。

『なにをするんだ。お腹は触るのダメなんだ。触るなら頭か尻尾の付け根って何回も言っているじゃないか』

お腹を触られるとぞわっとするのだ。

「クロがお刺身だけもらって、やるべきことやらないからでしょ」

『やるべきこと？』

「さっき言ったじゃない。昼間、あの地縛霊の話を聞いたんでしょ。それについて話してよ」

『ええー、また話すの？　面倒くさい』

思わず本音が漏れてしまう。麻矢は桜色の唇を尖らせた。

「面倒くさいってなによ。私が案内したからあの地縛霊を見つけることができたんでしょ」

『そうだけどさ……』

いまは睡魔に身をゆだねたいのだ。

「あっそう。それじゃあ、これからクロのご飯はカリカリだけね。鰹節のふりかけも、ササミも、お刺身もなし」

『説明する！　説明させてもらいます！』

僕はあわてて麻矢に駆け寄ると、その二の腕に頬をすりつける。

「最初からそうしてればいいのよ」

麻矢は勝ち誇るような笑みを浮かべると、僕の頭を撫でた。手のひらの温かさが心地いい。

『えっと、あそこに漂っていたのは千崎という刑事の魂で……』

僕はその場で再び香箱座りをして説明をはじめる。麻矢は僕の頭を撫でたまま、真剣な表情で話を聞きはじめた。

『……というわけで、あの夜になにがあったのか解き明かせば、千崎の魂をレスキューできるはずなんだ』

説明を終えた僕は、あくびをする。説明に一時間以上かかってしまった。さすがに疲れた。

僕が言霊で説明する間、麻矢は一言も発することなく聞き続けていた。

僕は軽く首をひねる。なぜ麻矢はここまで真剣になっているのだろう。『白木麻矢』の体を使っている記憶喪失の魂。もしかしたらその魂が生前、犯罪捜査に関係するような仕事に就いていたりしたのだろうか？

少し落ちついたら、そのことについても調べなくちゃな。僕は麻矢の顔を見上げる。麻矢にとって、自らの正体を知ることが、『未練』を解決するための第一歩なのは間違いないのだから。

「ねえ……」麻矢が小さな声でつぶやいた。「その、橋の所にいた魂って、あとどれくらいで消滅しそうなの？」

『ん？　小泉沙耶香の魂のこと？　かなり劣化しているけど、いまにも崩れ落ちそうっていう感じじゃなかったから、少なくとも二、三ヶ月はもつんじゃないかな』

麻矢は「そう……」と、力なくうなずいた。

『どうしたんだい？　そんな深刻な顔をして』

僕が言霊をかけると、麻矢ははっとした表情を浮かべ、胸の前で両手を振る。

「ううん、なんでもないの。ただ、ちょっと不思議な話だなと思って。ちなみに、その橋のところにいた魂はなにか言っていなかったの？　自分を殺した犯人とか？」

『劣化が激しいせいか、もともとなのか分からないけど。小泉沙耶香の魂は、ほとんど言霊を使えないんだ。だから、分からなかったよ』

「そうなんだ。けど、魂って劣化してくるものなのね」

『剥き出しのままこの地上にいると、どんどんとエネルギーを消費していくからね。人間の魂はかなりのエネルギーを内包しているけど、いつかはそのエネルギーも尽きるんだよ』

「エネルギーを内包？」麻矢は小首をかしげる。

『そう、霊的なエネルギーだね。かなりのものだよ、もしそのエネルギーが一気に解放されれば、周囲数百メートルの人間は、その衝撃でショックを受けて、数時間は昏睡状態に陥るぐらいのパワーがあるはずだよ』

「一気に解放って、どんな状況なわけ？」

『そうだね。例えば僕たちが魂に干渉して爆発させたりしたら……』

「クロってそんなことできるの⁉」

『ん？　まあできるかどうかと言われればできると思うよ。肉体に入っている魂には、さすがにそこまで強く干渉することはできないけど、地縛霊みたいに剝き出しの魂なら、思い切りオーバードライブさせれば……』

そこまで言ったところで、麻矢がずりずりと後ずさっていることに気づき、僕は慌てて右前足を振る。

『いや、あくまで可能だっていうだけで、そんなことしたことないよ。「道案内」の仕事は、魂を大切に「我が主様」のもとへと案内することなんだ。消滅させるわけないじゃないか』

「……本当？」

麻矢は疑わしげに目を細める。僕はこくこくとせわしなく顔を上下に振った。

「それなら良いけど……。けれど、不思議な話よね。その、なんだっけ……、ドッペルゲンガーだっけ。やっぱり千崎っていう刑事さんの見間違いなのかな？」

麻矢は話題を戻す、僕は小さく安堵の息を吐いた。

『その可能性もあるけど、そうじゃない可能性もあるんじゃないかと思うんだ』

「刑事さんが本当に幽霊を見たってこと？」麻矢は身を乗り出してくる。

『それはまだ内緒。もうちょっと考えをまとめないとね』

僕は軽く胸を反らすと、ベッドの下へと潜り込む。

「あ、ちょっとクロ。どこ行くの」

『ここでちょっと精神集中するんだ。そうすれば、きっと事件のアウトラインが見えてくると思うんだ』

「……絶対寝る気だ、この子」

麻矢のつぶやきを聞きながら、僕は丸くなった。

4

フェンスの隙間にボディを滑り込ませると、僕は駆け出す。肉球に伝わる芝生と土の感触が心地よかった。二階建ての建物に近づいたところで僕は足を止め、視線を上げる。

『千崎。千崎、ここにいるんだろ。出てきてくれ』

僕は言霊を飛ばし、精神を集中させる。十秒ほど待つと、建物の中から染み出すように光の玉が出てきた。千崎の魂だ。

『なんの……用だ』あいかわらずたどたどしい言霊で、千崎は言う。

『なんの用だとはひどいな。せっかく君を「我が主様」のもとへ行く気にさせてあげようと思って来たのに』

僕が言霊を飛ばすと、千崎は手から離れた風船のように、ふわふわと上昇をはじめた。どうやら、僕が「我が主様」のもとへと行くように、説得をはじめるとでも思ったらしい。

『あっ、ちょっと待って。待てってば。ジャスタモーメント！』

僕は泡を食って言霊を飛ばす。千崎の魂は上昇を止めた。

『勘違いしないでくれ。僕はべつに君を説得しに来たんじゃない。小泉昭良が死んだあの夜、なにがあったのか君に教えに来たんだよ』

僕の言霊を聞いた千崎の魂は、驚いたのか一瞬、細かく点滅した。

そう、僕は数時間ベッドの下で精神統一することによって（決してただ寝ていたわけではない）、一つの仮説を思いついていた。そして深夜、かすかに寝息を立てている麻矢を起こさないように気をつけながら窓を開けて外に抜け出し、ここにやって来たのだ。

『ほん……とうか？』千崎の魂が近づいてくる。

僕は大きくうなずくと『ついてきて』と手招き……もとい、前足招きをして歩き出した（これが本当の招き猫？）。

金網の隙間から細い私道に出た僕は、正面にある路地へと滑り込むと、次の十字路を右に曲がる。目的地はそこにあった。

『ここだ』

僕は錆の目立つ鉄柵の門の前で立ち止まる。門の奥には平屋の民家が建っていた。一見して人が住んでいないことが分かるほど古ぼけているが、敷地はかなり広い。納屋がぽつんと立つ

いた。

雑草が生い茂った庭には、バスケットゴール、小さなブランコ、壊れた三輪車などが散乱していた。

『……ここが……なんなんだ?』

『いいからついてきなって』

僕は門をくぐって敷地内に入ると、横倒しになった三輪車に向かって進んでいく。千崎の魂も後についてきた。

『それを見なよ』

僕がうながすと、千崎は三輪車に触れるほどに近づいた。その三輪車のフレームには、ひらがなで名前が記されていた。

『なんご、う、じゅ……んや』

かすれて読み取りにくいその文字を、千崎の魂はたどたどしく読んだ。

『そう、南郷純也だよ。君、あの会社のことも調べたっていうことは、この名前に心当たりがあるんじゃないかな?』

『南郷純也……。会社の社長』

『ザッツライト! この家は昔、あの会社の社長が住んでいたんだよ』

僕は満足げにうなずくと、千崎の魂を見つめ、精神を集中させる。戸惑うように、千崎の魂が揺れた。

本当なら、この前南郷菊子にやったように、夢に這入り込むのが一番簡単なのだが、残念ながら肉体を失った霊魂は睡眠をとらない。なら逆に、千崎の魂を僕の夢に取り込んでしまおう。高位の霊的存在である僕にかかれば、そんなに難しいことじゃない。魂をシンクロさせながら眠ればいいはずだ。最近気づいたけど、ネコという生き物はその気になればいつでもどこでも眠れるという素晴らしい特技をもっている。

『さて、ちょっと話をしようよ。夢の中でね』

僕は少し気障《きざ》に聞こえるセリフを言霊で放つと、その場に丸くなって目を閉じた。

目を開けると、正面に橋があった。一年半前、小泉沙耶香が無残にも命を落とした椿橋。どうやら成功したようだ。

「気分はどうだい？」僕はかたわらに立つ男に声をかける。

「これは……？」

スーツ姿の中年の男、千崎隆太は、自らの両手を見つめながら目を見開く。

「どうしたんだい。鳩《はと》が豆鉄砲食らったような顔して」

「どうなっているんだ……？　なんで俺は生き返って……？」

「生き返ったわけじゃないよ。これは夢、ドリームの中さ」

「夢!?　ここが夢の中だって言うのか!?」

千崎は叫ぶように言う。あまりにうるさいんで、僕は二本足で立つと、両前足で耳を塞《ふさ》いだ。

「ああ、そうだよ。じゃなきゃ、ネコがしゃべったり、耳を塞いだりできるわけないだろ」

ん？　耳を塞ぐぐらいなら、頑張れば出来るかな？

「どうやって……、なんで夢の中なんかに……」

千崎は独りごちる。まだ状況を受けいれられていないようだ。

「クエスチョンの多い男だね。こうした方があの夜のことを説明しやすいとも思ったから、君の魂を僕の夢に取り込んだんだよ」

「取り込んだって、そんなことされて俺は大丈夫なのか？」千崎は眉間にしわを寄せる。

「ん？　大丈夫なんじゃないかな？　はじめてやってみたけど」

僕が答えると、なぜか千崎の眉間のしわが深くなった。

「そんなことより、あれを見なよ」

僕は二本足で立ったまま、爪を一本だけニュッと出して、橋の中央辺りを指す。そちらを見た千崎は、体を大きく震わせる。そこでは男が欄干に手をかけ、橋の下を覗き込んでいた。

「こ、こ……」

「そうだ。小泉昭良だよ」

驚きで舌がこわばりでもしたのか、ニワトリのような声を出す千崎に代わって、僕が言う。

「なんであの男が……？」

「僕が夢であの夜を再現しているからに決まっているじゃないか」

呆れながら僕が放った声は、千崎の耳には届いていないようだった。唐突に千崎は小泉に向かって走り出す。

「小泉！」

小泉に駆け寄った千崎は手を伸ばす。しかしその手は小泉の肩を素通りし、虚空を摑んだ。バランスを崩した千崎はその場に倒れ込む。

「……なにをやっているんだ、君は」

二本足のまま千崎に近づいた僕は、ため息交じりに言う。

「さっきも言っただろ。君は僕の夢に取り込まれた異物なんだよ。この世界では君は幻のような存在なんだ。僕の許可が無い限り、君はなんにも触れないし、どこにも行けないんだよ」

小泉の傍《かたわ》らで膝をついたまま、千崎は気味の悪いものでも見るような視線を向けてくる。

うん？　ネコが二本足ですたすたと歩くのは、ちょっとシュールすぎたかな？

僕が四つ足に戻ると同時に、小泉が欄干から手を離し、あの夜と同じようにパーカーのフードをかぶって歩きはじめた。

「さて、行こうか」僕は千崎をうながした。

「行くってどこへ？」千崎はゆっくりと立ち上がる。

「なにを言っているんだ。小泉のあとを追うに決まっているだろ」

僕は尻尾をぴんと立てて歩きはじめる。千崎は戸惑いの表情を浮かべながらも、僕と並んで足を進めはじめた。

路地に入っていく小泉の三メートルほど後ろを、僕たちは進んでいく。

「おい、こんなに近づいたら気づかれるんじゃないか？」

千崎が腰を曲げ、押し殺した声でつぶやく。

「いいかい、いまいるこの世界は、僕があの夜に起こったことを再現しているものなんだ。だから、どんな大声を出そうが、小泉が僕たちに気づくことはない。アンダースタン？」

僕が呆れながら言うと、千崎はおずおずとうなずいた。まだこのシチュエーションを受けいれきれていないらしい。頭が固い男だ（まあ、現実にはもう「頭」など火葬されて存在しないのだが）。

歩き続けていると、やがてサウス製薬に近づいて来た。

「あの夜、君はこの辺りで小泉を見失った。そうだったよね？」

「……ああ」千崎は軽くうなずいた。

「ちなみに、『人食いの廃墟』の噂は知っているかい？」

「人食いの廃墟？」千崎は鼻の付け根にしわを寄せた。

「この辺りに、人間を誘い込み、食ってしまう廃墟があるっていう噂だよ」

「なに馬鹿なことを言ってんだ」

「そう馬鹿にしたもんじゃないよ。普通ならあり得ないような噂の中にも、ちょっとした事実が隠されていることもあるんだ」

「なにが言いたいんだ。はっきり言えよ！」

「言葉で説明するより実際に見た方が早い。ほら」

僕があごをしゃくると千崎は顔を上げる。ちょうど、前を歩く小泉が左側にある細い路地に入るところだった。千崎は目を見開いて走り出す。僕も地面を蹴って駆け出した。

路地に入った小泉は、十五メートルほど先の十字路を今度は右に曲がり、さらに次の十字路を左に折れた。

「あの夜、小泉はこうやって路地を曲がったんだ」

「なに言っているんだ。小泉を見失ってすぐに、俺はこの辺りの路地を走りまわった。この辺りの路地は碁盤の目状になっているから、けっこう見通しがきく。小泉が路地をうろうろしていれば見つけられたはずだ」

「だから、小泉は『人食いの廃墟』に食われたんだよ」

「なんなんだ、さっきから！　そんな下らない噂はどうでも良いんだよ！」

僕がからかうように言うと、千崎が苛立たしげに吐き捨てた。僕は答えることなく千崎とともに、小泉が曲がった十字路にたどり着く。

「その噂が、あの夜に君が見た現象、ドッペルゲンガーを解く大きな鍵だ」

その場で足を止めた僕は、口の端を上げながら言う。十メートルほど先、錆の目立つ門の前に小泉が立っていた。小泉は門を開き、その中へ入っていく。

「ここは……」

門の前にまで走って行った千崎が、表札を見てつぶやく。そこにはかすれた文字で『南郷』と記されていた。

「そうだ、南郷家がかつて住んでいた家。現実の僕たちがいる家だよ。小泉はここに入ったんだ。だからこそ、いくら路地を走り回っても君は小泉を見つけることができなかった。この家を取り囲むコンクリートブロックはかなり高いからね」

千崎はその場に立ち尽くし、荒れ果てた家を眺める。

「……小泉は俺の尾行に気づいて、この敷地の中に隠れていたのか？」

「違う違う。そうじゃない」僕は頭を左右に振る。「それじゃあ、小泉がどうやって君や久住に見つからずに、あの研究棟に戻ったのか説明つかないじゃないか」

「……じゃあ、どういうことなんだ？」

「だから、この家こそ『人食いの廃墟』なんだよ」

僕は門をくぐって敷地に入る。千崎も門を開けてついてきた。

「ねえ、君は社長になる前の南郷純太郎がどんな男だったか知っているかい？」

「たしか、サウス製薬の研究者だったんじゃ……」千崎は自信なさげにつぶやく。

「そう、南郷純太郎は研究者だった。父親が急死して会社の社長に就くまで、ひたすら研究に明け暮れていた。研究マニア、最近じゃあオタクっていうのかな？」

「それがどうしたって言うんだよ」

「最後まで聞きなって。南郷純太郎は会社で実験するだけでは飽き足らず、自宅の敷地内にあった大型の防空壕を研究室に改造して、そこで日夜研究を行っていたんだ」

「防空壕を研究室に……。なんでそんなことを知っているんだ？」

「僕はなんでも知っているんだよ」

わざわざ南郷純太郎の魂を救ったときの話をするのは面倒なので、僕は適当極まりない説明をして話を続ける。

「南郷や小泉夫婦が関わっていたっていう、『秘密の研究』がどういうものなのか、僕にも分からない。もしかしたら反社会的なものだったのかもしれないね。なんにしろ、南郷純太郎や小泉夫婦はその実験を隠したかった。それなら当然、実験施設も見つかりたくないはずだ」

「もしかして……」

「そう、この敷地の地下にある、かつて南郷純太郎が使っていた研究室。『秘密の研究』をするのにベストな場所だと思わないかい」

雑草の生い茂った敷地を見回していた千崎は、庭の隅を見て体を震わせる。そこにある納屋の前に小泉がたたずんでいた。

「換気とかの問題もあるから、自宅の地下に研究室はないはずだ。ちなみに、納屋があるのに、庭に三輪車とかが放置されているのってちょっと違和感がないかい」

小泉は納屋のドアを開け、中へと消えていった。千崎が納屋に駆け寄り、小泉が入っていったドアを勢いよく開く。少し遅れて納屋に近づいた僕は、中を覗き込む。そこには、地下へと下りる暗い階段が延びていた。

まあ、これはあくまで僕の想像を投影したものなんで、本当にこんな感じかは分からないけれどね。僕が内心でつぶやきながら見上げると、千崎は口を半開きにしたまま固まっていた。

「たぶん、これが『人食いの廃墟』の元ネタなんだろうね。朽ち果てた廃墟に人が吸い込まれていき、姿を消した。そんな光景を子供が目撃すれば、立派なオカルト話ができあがる」

「……小泉はあの夜、ここに入ったのか」千崎は震え声でつぶやく。

「ああ、たぶんね。だから君は小泉を見失ったんだ」

僕がうなずきながら言うと、千崎は頭痛をおぼえたかのように、顔をしかめて頭を振った。

「いや、そうだとしてもなにも解決していないだろ。俺は小泉を見失ったあと、あの研究棟をずっと見張り続けたんだ。けれど、小泉は研究棟にもどらなかった。それなのに一階の研究室で小泉は首を切られて発見されて……」

「防空壕の入り口は一つだけかな？」

まくし立てる千崎の言葉を、僕は遮る。千崎は「は？」と呆けた声を漏らした。

「この下にあるのは、研究室を作れるぐらい大きい防空壕のはずだ。それなら、入り口も複数あるんじゃないか？　空襲のとき、出来るだけ多くの人間が逃げ込めるように」

千崎は二、三度まばたきをしたあと、顔を上げて納屋の上を見る。コンクリートブロックの向こうに、サウス製薬の研究棟が見えた。

「そうだ。この家から私道を挟んですぐのところに研究棟がある。あの研究棟は三年ほど前に南郷純太郎が作らせたものらしい。その時にもう一つの入り口を、あの研究棟の地下にでも繋げたとしてもおかしくないんじゃないか。秘密の通路ってやつだよ」

「秘密の通路……」千崎はその言葉をおうむ返しする。

「考えてもみなよ。研究をするためには、器具や薬品なんかが必要だろ。それを廃墟のはずのこの家にわざわざ持ち込んだら、目立つじゃないか。けれど『秘密の通路』があれば、誰にも目撃されることもなく必要なものを、『地下の研究室』に運び込むことができる。実際、南郷純太郎は自費で買い込んだ実験器具を、研究棟の地下にある倉庫に持ち込んでいた。きっと、その倉庫と『地下の研究室』が繋がっているんだよ」

「それじゃああの夜、小泉はここから……」

「そう、ここから『秘密の通路』を通ってあの研究棟に戻り、そして命を落としたんだよ」

僕が胸を張ってそう言うと同時に、周囲の景色が一変する。次の瞬間、僕と千崎は真っ白な廊下に立っていた。

「な、なんだ⁉」千崎はせわしなく周囲を見回す。

「落ち着きなって。ちょっと場所を変えたんだ。ここは僕の夢の中だからね、このくらいのこと簡単だよ」

僕は千崎の足を肉球でぽんぽんと叩いた。

「場所を変えたって、……ここはどこなんだ？」

「なに言っているんだよ。君はここがどこか知っているはずだよ」

片側に扉が並んだ殺風景な廊下。突き当たりには、二階と地下へと続く階段がある。

「ここは、……サウス製薬の研究棟？」

僕は「そうだよ」とうなずく。ここは僕のイメージが創り出した、サウス製薬研究棟一階の廊下だった。そして僕たちのすぐ脇にある自動扉の奥、そここそが小泉昭良が命を落とした研究室だ。

その時、地下へと続く階段から足音が響いてきた。千崎は体を震わせると、視線をそちらに向ける。階段から一人の男が上がってきていた。男は頭にかぶっていたフードを下ろす。小泉昭良の顔があらわになった（まあ、全部僕のイメージで創り出した映像なんだけどね）。

小泉は僕たちのすぐそば、研究室の扉の前で足を止めた。

「こうやって小泉は、『秘密の通路』を通って研究室に戻ってきたんだよ」

僕が言うと、千崎は固い表情で顔を左右に振った。

「そんなはずない。あの夜、小泉は午後九時五十五分に一度この扉を開けただけのはずだ。もしその『秘密の通路』を使って研究棟に戻ってこられたとしても、この研究室のなかには戻れなかったはずだ。それとも、『秘密の通路』がこの研究室に繋がっていたとでも言うのか？」

「それはないだろうね。この扉の奥は殺人現場だ。君の仲間の警官たちが隅々まで調べただろうけど、『秘密の通路』の入り口なんて見つからなかった。さっき言ったように、『秘密の通路』の入り口は地下の倉庫にあると思うよ」

「じゃあ、やっぱり小泉はこの研究室に戻れないじゃないか」

勢い込んで言う千崎に向かって、僕は口の片端を上げてみせる。

「ねえ、小泉はなんであの夜、この研究棟にやって来たんだと思う？」

僕の質問に、千崎は戸惑いの表情を浮かべる。

「それは……、たぶん犯人につながる情報をさがすために……」

自信なげにつぶやく千崎に向けて、僕は爪を一本立てると、ゆっくりと左右に振った。

「いや、違うね。小泉はきっとアリバイを作ろうと思っていたんだよ」

「アリバイ？」

「そう、アリバイだよ。小泉は馬鹿じゃない。尋問を終えた自分を警察が監視することぐらい分かっていたはずだ。それなのに、自宅を出た小泉は自転車で大きな国道を通ってこの研究棟へとやってきた。路地を通れば追跡をまくこともできたはずなのに。何でだと思う？」

「まさか……俺たちが追跡しやすく……」千崎は目を見張る。

「そう、きっと小泉はわざと君たちに追跡させたんだよ。そして君と久住は、小泉の策略にまんまと乗って、この研究棟を監視した。まあ腰痛をごまかすために散歩していた君に、橋の上で目撃されたことは、小泉にとっては誤算だったね。それがなければ、君も小泉が一晩中あの研究棟に籠もっていたと証言したはずだ」

「待ってくれ。アリバイって、なんで小泉はそんなことをする必要があったんだ？」

早口で訊ねてくる千崎の前で、僕は口の端を上げる。

「妻の敵を討つためさ」

「つまの……かたき……？」千崎はたどたどしくおうむ返しした。

「きっと小泉は妻を殺した犯人の目星がついていたんだ。だからこそ、わざと君たちに追跡をさせてあの研究棟にいるっていうアリバイを作ったうえで、その犯人を殺すかなにかするつもりだったんだよ。君も小泉を見て感じていたじゃないか、彼は自らの手で妻の敵を討とうとするような男だって」

もはや、千崎の半開きの口からは言葉が漏れなくなった。連続して襲いかかって来る衝撃的な事実を、頭で処理しきれなくなったのかもしれない。

まあいい。とりあえずラストまで説明してしまおう。

「けれど、結局小泉は敵を討つことはできなかった。途中で怖《お》じ気《け》づいてしまったのか、それとも殺すつもりの相手が実は妻を殺した犯人ではないと気づいたのか……。そうやって敵を討つことに失敗した小泉は、傷心のまま妻が殺された橋に向かい、そこでたたずんでいた。そこを君に目撃されたんだ。そして、小泉は君に尾《つ》けられていることに気づかないまま、あの廃墟から『秘密の通路』を通って研究棟に戻り、そして命を落とすことになる研究室に入った」

「だから、それはおかしいだろ。あの夜、この研究室の扉はその午後十時前に一度開いただけなんだから！」

「それは違うよ。正確には『あの夜、廊下側からカードキーを使って研究室のドアが開かれたのは一度だけ』だ」

「……なにを言っているんだ、お前？」

「この研究室のドアは、廊下からはカードキーを使わないと開かないようになっている。けれど、内側からはどうだい？　たしか、普通にドアの前に立つだけで開くようになっているんじゃなかったかな？」

僕が胸を張って言うと同時に、研究室の扉が開く。扉の先には影が立っていた。人間の形をした黒い影が。影は小泉を室内に招き入れるように手を動かす。小泉は小さくうなずくと、研究室へと入っていった。

「いまみたいに、中の人間がドアを開けた隙に部屋に入れれば、記録には残らない」

「あ、あれは誰なんだ⁉　なんでこの研究室に？　いつ入ったんだ？」

千崎は声を上ずらせながら質問を重ねる。僕は千崎を落ちつかせようと、ゆっくりとした口調で説明をしていく。

「小泉は完璧なアリバイが欲しかったんだよ。だから『協力者』をつかって、一晩中あの研究室に籠もっていたっていう記録を残そうと思った」

「協力者……」千崎は閉まった扉を呆然と見つめた。

「その『協力者』は午後八時の警備員の巡回が終わったあと、『秘密の通路』を使って研究棟に忍び込んでいた。そして、午後十時前に研究棟にやって来た小泉と合流する。そのあと、小泉のカードキーでドアを開けて、『協力者』だけが研究室内に残って、小泉は地下から『秘密の通路』を通って外に出たんだ」

千崎はまばたきもせずに僕の言葉に耳を傾ける。僕は説明を続けた。

「そして二時間後、妻の敵を討つことはできず、失意にまみれたまま研究棟に戻った小泉は扉をノックする。そうすると『協力者』が中から扉を開いて、小泉を招き入れたんだ。あとは『協力者』が研究室を出て、『秘密の通路』から外に出れば、小泉が一晩中この研究室に籠もっていたという状況ができあがるわけだ」

僕はそこで言葉を止めて、千崎の様子をうかがう。千崎は案山子《かかし》のように立ち尽くしたまま、震える唇を開いた。

「本当に……あの夜、こんなことが起こったのか?」

「ああ、これ以外に説明はつかないよ」

「それじゃあ、その『協力者』が帰ったあと、妻の敵を討てなかった小泉は自分で首を……」

「ノンノンノン。なにを言っているんだ。それは違うよ」

僕は立ち上がると、両前足を顔の前で振った。現実の世界では、ネコの前足はこんなふうには動かないが、ここは夢の中、その気なれば羽を生やして空を飛ぶことだってできる。

「違う……?」

「そうだよ。いくらパニックになりかけているとはいっても、元刑事だろ。もう少し頭を使いなよ。それじゃあ、明らかにおかしな点があるだろ」

僕がうながすと、千崎は鼻の付け根にしわを寄せながら考え込む。数十秒黙り込んだあと、千崎はぼそりとつぶやいた。

「……ナイフ」

僕は両前足を合わせる。肉球がぽむっと音を立てた。

「ザッツライト! その通り。小泉昭良の首を切り裂いたナイフは、小泉沙耶香を殺した凶器だったんだろ。妻の敵を討てなかったことに絶望して小泉が自殺したとしたら、そのナイフが研究室にあることが説明できない。すべてを説明できる仮説は一つだけだよ」

「……まさか！」一瞬考え込んだあと、千崎は目を剝く。どうやら気づいたようだ。

「さて、中に行こうか」僕は四つ足に戻ると、千崎をうながす。

「中にって、……鍵がかかっているだろ」

まったく、まだこの世界の仕組みを受けいれられていないのか。もう少し頭をソフトに出来ないものかなぁ。

「いいからついてきなよ」

僕は歩き出す。鼻先がドアに触れた瞬間、僕の体はそれを通り抜けた。数歩進んでふり返ると、僕に続いて千崎もドアをすり抜けて部屋に入ってきた。

「さて、これがあの事件の真相だ」

ふり返って気味悪そうにすり抜けた扉を眺めている千崎に、僕は声をかける。千崎ははっとした表情を浮かべて、部屋の奥に視線を向けた。長いデスクと、ビーカーや試験管が置かれた棚が立ち並ぶ研究室の一番奥、そこに小泉が立っていた。そして、そのそばには人間の形をした影が寄り添っている。影は小泉の肩に手を置き、慰めるかのようになにか話しかけているようだった。小泉が何度か力なくうなずく。

「妻の敵を討つことなくこの研究室に帰った小泉は、きっとこうやって『協力者』に慰められたのさ。そして、落ちついた小泉は、『協力者』とともに研究室を出るつもりだった。あとは小泉が正面玄関から、『協力者』が『秘密の通路』から外に出ればいい。……けれど、そうはならなかった」

「それは『協力者』が……」

「そう『真犯人』だったからだよ」

僕が低い声で千崎のセリフを引き継ぐと同時に、小泉の背後に立つ影の手に、大ぶりのサバイバルナイフが現れた。固まった血がこびりついているそのナイフが、蛍光灯の明かりを鈍く反射する。千崎が大きく息を呑んだ。

次の瞬間、背後から小泉の首にナイフを回した影は、躊躇《ちゅうちょ》することなくその刃を真横に引いた。真一文字に裂かれた小泉の首元から、真っ赤な血液が迸《ほとばし》る。

小泉は両手で首を押さえた。両手の指の間から、噴水のように真っ赤な鮮血が吹き出し続ける。一瞬、ふり返るような素振りを見せた小泉は、糸が切れた操り人形のようにその場に崩れ落ちた。倒れ伏した体の下に、血の池がゆっくりと広がっていく。

影は小泉の命の灯火《ともしび》が消えるのを確認するためか、その場に数十秒とどまったあと、倒れている小泉の右手をとってナイフに執拗《しつよう》に指紋をつけると、それを血の池の中に放った。そして、忘れ物がないことを確認するかのようにゆっくりと辺りを見回すと、血だまりを避けながら出口へと向かって歩き出した。

影が僕たちのすぐそばを通り過ぎる。千崎は「あっ」と声を漏らすと、影に向かって手を伸ばした。しかし、その手は当然のように影の体を摑むことなく通過する。

……本当に学習しないね、この男は。

影が出口の前に立ち自動ドアが開く。ふり返ってもう一度部屋全体を見回した影は、部屋の外へと出た。ドアが閉まり、研究室に沈黙が落ちる。

「これが、あの夜に起こったことの全容だよ」

小泉の遺体を眺める千崎に、僕は声をかける。

「……俺が見張っていた間、研究棟の中ではこんなことが？」

「まさか『あのとき研究棟に押し入っていれば、小泉を助けられて、犯人を逮捕できたのに』なんて馬鹿なことを考えてはいないだろうね？」

千崎の表情が歪む。どうやら、考えていたらしい。

「まったく、どれだけ自分を追い込むのが好きなんだよ。あの時点で君が『秘密の通路』や『協力者』の存在に気づけるわけがないんだ。これは君には防げなかったことなんだよ。それより、もっと重要なことがあるじゃないか」

「重要なこと……？」

「君が追い込んだせいで小泉が自殺したわけじゃないってことだよ。君は小泉昭良を殺してはいなかったんだ」

千崎が大きく目を見開く。同時に、周囲の光景が一変する。次の瞬間、僕と千崎は狭い車内にいた。まあ、僕がちょっとシチュエーションを変えようと思っただけなんだけどね。

「ここは……？」助手席の千崎が、せわしなく車内を見回す。

「あの夜、君と久住が張り込みに使っていた車の中だよ」僕は運転席で香箱座りをする。

「なんでこんな所に？」

「あんな血塗《ちまみ》れの死体のそばじゃ、落ちついて話もできないじゃないか。それで、小泉昭良の死に、自分は責任がなかったってことは納得したかい？」

千崎は「ああ……」と、躊躇《ためら》いがちながらうなずいた。

「それじゃあ、もう『未練』はなくなったということだよね。これで『我が主様』のもとに行けるね？」

僕が勢い込んで訊ねると、千崎は口を固く結んで黙り込んでしまった。

おいおい、自分が小泉を追いつめて自殺させてしまったってことが君の『未練』だったんだろ。なら、もう十分なはずじゃないか。

「あの影は……、犯人は誰なんだ？」

数十秒の沈黙のあと、千崎はうつむいたままつぶやく。

「そこまでは分からないよ。僕はあくまで、いまあるインフォメーションから考えられる結論を導き出して、君に見せただけだ。まあ状況から考えると、あの『地下の研究室』でやっていた怪しい実験のメンバーで、さらに小泉と仲が良かった人間なんだろうね」

僕が上目遣いに視線を投げかけながら言うと、千崎は再び黙り込んでしまった。

「……まさか、真犯人が見つかるまで『我が主様』のもとに行かないなんて言い出すんじゃないだろうね」

「俺は……刑事だ」千崎はぼそぼそと話しはじめる。「ずっと刑事をやってきた。それが俺の人生だったんだ。俺は死ぬまで刑事でいられると思っていた」

「……それがどうしたんだい？」

まどろっこしい話に、少しイライラした僕は、尻尾を左右に振りながら言う。

「俺は、俺だけは小泉昭良が妻を殺していないと最後まで信じていた。だから、真犯人を見つけ出すことが俺の刑事としての義務だったんだ。けれど、……俺はできなかった」

歯を食いしばった千崎は、ハンドルに拳を叩きつけた。ファンとホーンが音をたてる。自分の夢ながら芸の細かいことだ。

しかしこのままだと、せっかく苦労したっていうのに、この男は『我が主様』のもとへ行きそうにない。まったく、面倒くさいな。

「君は最期まで刑事であろうとしたんだろ」

僕が声をかけると、千崎は緩慢な動きで顔を上げた。

「なにを……？」

「だから、君は自分が末期癌だとわかって警察を退職してからも、ずっと事件を追い続けていたんだろ？　たしかに、刑事の肩書きは失ったかもしれないけれど、君は最期の瞬間まで事件のことを考え、『刑事』であろうとしたんじゃないか」

「……そうだ。俺は退職しても『刑事』でいたかったんだ」

「小泉昭良が妻を殺し、自殺をしたと誰もが思っていた中で、君だけが真犯人の存在を確信し、そして追っていた。たしかに、君は死ぬまで誰よりも『刑事』だったんだよ」

僕は千崎の目を真っ直ぐに見ながら言葉を紡《つむ》いでいく。千崎の唇が小さく震えはじめる。

「俺は『刑事』でいられたのか……最期まで」

僕は頭を縦に振った。一瞬、千崎の表情がほころぶが、すぐにまた険しい顔に戻る。

「けれど、俺は真犯人を見つけられなかった……」

「それはしかたがないさ。誰もが人生で、満足した結果を得られるってわけじゃない。ただそれでも、なにかを遺せればいいんじゃないかな？」

「遺す？」

「そう、自分の代で花が咲かなかったとしても、種を植えることが大切なんだよ。そうしたら、次の世代が水をやり、芽を育て、そしていつかは花をつけることができる。人間っていう生物は、そうやって命をつないできたんだよ。真犯人を必死に追う君の姿を見て、ほとんどの者は馬鹿にしたんだろうね。けれど、もしかしたら何人かはあの事件に疑問を持ち、いまもその真相を調べているかもしれない」

その可能性は低いとは思いながらも、僕は千崎に語りかける。いま大切なのは、この男の魂を解放することなのだから。

千崎の肩が細かく震えはじめた。

「……肉体は朽ちる。いつかは命を失う。それは君だけでなく、すべての人間の運命だ。そしていつ『最期の刻《とき》』が来るのかは、人間には分からない」

僕は千崎に向けてゆっくりと語り続ける。

「だからこそ、人間はその限られた時間の中を必死に生きるべきなんだよ。いつ『その刻』を迎えてもいいように」

「必死に……」

「そう、そして君は必死に生きたんじゃないか？　『刑事』として」

「……ああ、俺は必死だった。ずっと必死にやってきたんだ」

千崎は喉の奥からかすれた声を絞り出す。

「なら、君は誇っていいんだよ。自らの人生を」

「誇って……いい……？」

千崎は不思議そうに僕を見た。僕は口の片端を動かしてひげを揺らすと、大きくうなずいた。

「きっと君の人生は意味あるものだったんだよ。君が刑事として必死に働いたおかげで、未然に防げた犯罪も多かっただろう。君は多くの人を救ったんだ。そんな君が地縛霊となって、地上で朽ち果てる必要なんてない。『我が主様』のもとに行って、ゆっくり休むべきなんだ」

僕は言葉を切って助手席に視線を向ける。千崎はフロントグラスの向こうを遠い目で眺めていた。その視線の先には建物が見える。小泉昭良が命を落としたあの建物が。

運転席に座った僕は千崎の答えを待ち続ける。必死に僕が、背中が痒《かゆ》くなるような気障なセリフを並べ立ててまで説得したのだ。さすがに『我が主様』のもとに行く気になってくれるんじゃないか。そうでないと、僕にはもうどうすればいいか分からない。

緊張する僕の前で、千崎は大きく息を吐くと、ゆっくりと口角を上げた。

「……そうだな。俺はもう休んでもいいのかもな」

「そのとおり！」僕は尻尾をぴーんと立てる。

憑《つ》きものが落ちたような笑みを浮かべた千崎は、運転席の背もたれに体重をかけながら僕に顔を向けた。

「そのかわりと言ってはなんだけどよ。お前に頼みたいことがあるんだよ」

「頼みたいこと？」

僕は首を傾けると「にゃん？」と鳴き声を上げた。


ゆっくりと瞼を上げる。目の前には朽ち果てた民家が建っていた。うまく現実の世界に戻ってきたらしい。僕のすぐそばに千崎の魂が浮かんでいた。僕の夢の世界に取り込まれる前は少しくすんでいたその表面は、いまは光沢を放っている。『未練』から解き放たれたことで、劣化からいくらか回復したんだろう。

千崎の魂が挨拶でもするかのように軽く揺れた。僕は微笑もうとするが、現実世界でのネコの表情筋では、うまく笑顔が作れなかった。

『おう、お疲れさん』

唐突に頭上から言霊が降ってきた。僕は顔を上げる。いつの間にか、僕の直上五メートルほどの所に光の霞、『道案内』が漂っていた。あのがさつな同業者だ。

『……もうやって来たのか？』

僕は目を細め、じっとりとした視線を同業者に向ける。千崎の魂が『我が主様』のもとへ向かう気になったのを嗅《か》ぎつけて来たのだろう。

『仕事は早いほうがいいだろ。そいつの気が変わらないうちに、「我が主様」のところに連れて行かないとな』

『彼の気が変わることなんてないよ』

僕は後ろ足で首元を掻きながら言霊を飛ばす。自らの尋問が小泉を死に追い込んだわけでないこと、そして自分の人生が意味あるものであったことを知って、千崎は『未練』から解き放たれたのだ。いまさら気が変わるわけがない。

『なんでそんなこと言い切れるんだよ？』同業者は不思議そうに揺れた。

『君に説明しても、彼の気持ちなんて分からないよ』

僕が鼻を鳴らすと、同業者はゆっくりと僕の目の前まで降りて来た。

『お前、なに言っているんだよ。人間みたいな自分勝手で不合理な存在の気持ちなんて、分かるわけないのは当然だろ』

僕は言葉に、もとい言霊に詰まる。

たしかに同業者の言うとおりだ。人間という生物は、感情とかいうよく分からないものに左右され、不合理極まりない判断をする。そんな存在の気持ちなんて、理解できる方がおかしい。

『いや、いまのは言葉の綾《あや》というか……。そんなことはいいから、さっさと彼を「我が主様」

のところへ連れて行ったらどうなんだ。そんなに暇なのか？』

『暇なわけあるか。お前なんかと違って、一流の「道案内」の俺は忙しいんだよ』

同業者は不満げにまたたく。相変わらず一言多い奴だ。だから僕はこいつが嫌いなんだ。

喉からうなり声を漏らす僕の前で、同業者は『それじゃあ行こうぜ』と千崎の魂に言霊を飛ばす。千崎はすっと僕の鼻先に移動すると、相変わらずのたどたどしい言霊を飛ばしてきた。

『約束……頼むぞ……』

『……分かっているって』僕は「にゃ！」と返事をする。

『約束ってなんのことだ？』同業者が口を挟んできた。

『彼が「我が主様」のもとに行く代わりに、ちょっとした頼まれごとをしたんだ。まあ、君には関係ないことだよ』

僕が答えると、同業者はどこかからかうように揺れながら、千崎の魂には聞こえないように、僕に直接言霊を投げかけてきた。

『お前、もしかしてその「約束」ってやつを本当にやるつもりか？』

『当たり前じゃないか』僕も同業者に直接言霊を飛ばす。

『おいおい、なに言ってるんだよ。俺たちの仕事は、人間の魂を「我が主様」のところに運ぶことだけだ。俺たちはそのために存在している。つまり人間は俺たちにとって「荷物」なんだよ。あんまり「荷物」に肩入れしすぎないほうがいいぜ』

肩入れしすぎている？　僕が人間に？

『べつに肩入れしているわけじゃない。ただ……、そうしないと彼を「未練」から解放できなかったから……』

なぜか僕はしどろもどろに言霊を発した。そのとき、デジャヴが襲ってくる。以前もこんなことが……。

ああ、思い出した。いまは『レオ』と名乗っている彼に、二年ほど前、僕は同じようなことを言ったのだ。「人間に入れ込み過ぎるな」と。それなのに、いまは言われる立場になっている。

『もし俺なら約束だけして、そいつが「我が主様」のもとに行ったあと、なにもしないけどな。そんな約束を守っている暇があったら、新しい地縛霊を解放しに行くべきだ』

僕は無言で同業者を見つめる。彼の言っていることは合理的だった。『道案内』としてはそれが正しい選択なのだろう。けれど……。

『まあ、お前の好きにすればいいさ。お前の働きが悪くて、ずっと獣に封じられていても、俺にはなんにも関係がないんだからな。よし、それじゃあいくとするか』

黙り込む僕の前で、同業者は再び千崎の魂にも聞こえるように言霊を発すると、少しずつ上昇しはじめた。僕と同業者が自分には聞こえないように会話していたことに気づいたのか、千崎の魂は迷うようなそぶりを見せる。

『大丈夫だよ。君との約束はちゃんと果たすから、安心して「我が主様」のもとに行きなよ』

僕がうながすと、千崎の魂は「頼んだぞ」とでも言うように一度明るく輝き、同業者のあとを追って上昇を開始した。その姿を僕は首を反らして見送る。やがて、千崎の魂が消え、そして同業者の存在も薄くなっていく。

『そうだ。ちょっと待ってくれ！』僕は慌てて同業者に言霊を飛ばす。

『なんだよ。お前と違って俺は忙しいって言ってるだろ』

同業者は、露骨に面倒くさそうに言霊を発した。

『君はこの二年半ぐらい、この地域を担当していたんだろ？　それなら、そこの研究棟の中で首を切られて死んだ男が、誰に殺されたかとか知らないかい？』

もし同業者が犯人を知っていれば、事件は解決だ。しかし、彼の反応は芳しくなかった。

『あのなあ、そんなこと知るわけないだろ。たしかにそこで殺されて、一時そこで地縛霊やっていた魂があったのはおぼえているぜ。いまは違うとこ行っちまったがな』

ああ、やはり小泉昭良の魂は地縛霊になっていたのか。

『けれど、そんなこと俺には関係ない。俺は生きている人間には興味ないんだよ。だから、人間の顔に区別なんてつかねえ。誰がそいつを殺したかなんて分かるわけないだろ』

まくし立てるように同業者は言霊を飛ばしてくる。彼の言っていることは『道案内』としてはごく当然のことだった。僕もネコになって地上に降臨するまで、生きている人間に興味を向けたことなどなかった。

『しっかし、お前は殺人事件に関わった奴の「未練」を解いてやるのが好きだな。わざわざそういう奴を探しているのかよ』

僕が黙り込んでいると、同業者は独り言のように言霊を発した。僕は「うにゃ？」と首をかしげる。

『南郷純太郎は殺人事件にはかかわってないだろ。彼は自分から車道に飛び出したんだから』

『自分から？　なに言っているんだよ。この前、お前が「未練」から解放したあいつは、後ろから車道に押し出されたんだよ』

『なっ……』僕は絶句すると、目を剝いた。『そんなはずない。南郷純太郎はひったくり犯を追って車道に出て……』

『ひったくり？　何の話だよ？　あいつは後ろから近づいてきた奴に鞄をとられて、そのまま車道に押し出された。俺はあいつの魂の案内をするために待機していて、その瞬間を見ていたんだから間違いねえよ』

南郷純太郎は殺された？　混乱した僕は思わず後ろ足二本で立ち上がる。

『誰が、なんで南郷純太郎を殺したんだ⁉』

僕が訊ねると、同業者は不愉快そうに揺れた。

『だから、俺がそんなこと知るわけないって言っているだろ。ただ、そいつは鞄からなにかとり出したあと、そこに投げ捨てたから、それが目的だったんじゃねえのか』

僕は同業者を見上げたまま、口を半開きにする。

小泉昭良と沙耶香の夫婦と南郷純太郎は、おそらくはあの『地下の研究室』でなにか人には知られたくない研究を行っていた。そして、三人ともが誰かに命を奪われた……？

二ヶ月前に南郷を車道に押し出して殺したという人物、もしかしたらそれは小泉夫婦を殺した犯人と同一人物ではないのだろうか？　背筋に冷たい震えが走る。

同業者の言うことを信じるなら、犯人は南郷の持っていたバッグを奪ってから車道に押し出したという。ということはバッグが目的だったのだろうか？　そう考えれば、あのバッグが金目のものや指輪が入ったまま、あの河川敷に捨てられていたことも納得できる。

犯人はそれらよりも貴重なものをあのバッグの中から奪ったのだ。それはいったい……？

疑問が僕の小さな頭の中を満たしていく。

『もういいだろ。それじゃあな』

必死に頭を絞り続ける僕に言霊をかけると、同業者の姿がさらに薄くなっていく。

『あっ……、ちょっと待って』

僕が慌てて言霊を飛ばすと、同業者は露骨に不機嫌そうにまたたいた。

『おい、いい加減にしろよ。地上に堕《お》とされたお前は人間に接触することが許されているけどな、「道案内」は基本的に人間の人生に干渉しちゃならないんだよ。お前に情報をやることで誰かの人生が大きく変わったら、俺が罰を受ける可能性があるだろ。そんなのまっぴらごめんだ。俺がなにを知ってようが、これ以上お前に教えるつもりなんてねえよ』

同業者は吐き捨てるように言う。それはかつて、僕がまだ『道案内』だったころ、レオに言ったのと同じことだった。黙り込んだ僕の前で、キャンドルの炎が風に吹き消されるかのように、同業者の姿は消えた。尻尾が垂れ下がる。

千崎の魂を解放した満足感は消え去り、胸の奥には黒い不安が湧き上がり続けていた。

「にゃーん」

ただいまの代わりに小さな声で鳴くと、僕はわずかに開いた窓の隙間に体を滑り込ませる。千崎の魂を解放したあと、僕は三十分ほど力なく歩き続け、麻矢の部屋へと戻ってきていた。

僕は窓辺の床に置かれているタオルで汚れた肉球を拭くと床におりて、ゆっくりと寝床であるベッドの下へと向かう。寒い夜風が吹く中を帰ってきたので体が冷え切っていた。体の奥底にヘドロのように疲労が溜まっている。いまはなにも考えずに眠ってしまいたかった。

「おかえり、クロ」

「んにゃ⁉」

突然声をかけられ、尻尾がぶわっと膨らむ。慌てて視線を上げると、ベッドの上から麻矢が、横になったまま微笑んで僕を見下ろしていた。

『起きていたんだ。驚かさないでよ』僕は前足で胸元を撫でる。

「ごめんごめん。ちょっと音が聞こえたから目が覚めちゃったの。それで、どうだった？　うまくいった？」

『ああ、うまくいったよ。あそこにいた魂は「我が主様」のもとに行った』

「それは良かったね。お疲れさま。けど、その割にはなんか元気ないね」

上半身を起こした麻矢は小首をかしげる。

『外は寒かったからね。この体は寒いのが苦手なんだ』

僕は適当に答えると、ベッドの下に潜り込もうとした。そのとき、温かく柔らかいものが胸元に触れる。次の瞬間、体が浮き上がった。

「にゃにゃー？」何が起きたか分からず、僕は爪を出しながら四肢をばたつかせる。

「あ、ちょっと、暴れないで」

背後から柔らかい声が聞こえてくる。ふり返ると、すぐ近くに麻矢の顔があった。どうやら麻矢に抱き上げられたらしい。

「よいしょっと。クロ、軽いね」麻矢は声を上げると、僕の体を胸に抱く。

『なんだよ急に？』暴れるのをやめた僕は、至近距離で麻矢の顔を眺める。

「うん、なんとなくクロがつらそうだったから。なにか嫌なことでもあったんでしょ」

『……べつに』

僕は視線を外してそっぽを向く。麻矢に話してもしかたがないことだ。

「言いたくないならそれでいいよ。とりあえず、一緒に寝よ」

麻矢は僕を抱きかかえたまま、ベッドに横になると、僕ごと体に毛布を掛けた。

『な、なんでここで寝ないといけないんだ』僕はうにうにと体をくねらせる。

「あ、こら。暴れないの。体が冷えたんでしょ。それなら、ベッドの下より一緒に毛布に入った方が早く温まるわよ」

麻矢は包み込むように、僕の体に両手を回した。麻矢の体温が冷え切った体全体に伝わってきた。僕は動くのをやめて大人しくなる。

「ネコと同じ布団で寝るのって夢だったのよね。こんな形でかなうなんて思ってなかったな」

『僕はいまはこんな姿をしているけど、本当は高位の霊的存在で……』

「はいはい、分かってるって」

麻矢は僕の頭を柔らかく撫でてくれた。その感触が心地よく、思わず喉がごろごろと鳴ってしまう。

「疲れたんでしょ、今日はゆっくり休んでね」

囁くような麻矢の言葉が体に染み入ってくる。冷たく凝り固まっていた心が、ゆっくりと解けていくような気がした。

『……ねえ、麻矢』僕は瞼を閉じると、言霊を発する。

「なに？」

『話を聞いてくれる？』

「うん、いいよ。聞いてあげる」

麻矢は僕の頭を撫でたまま、優しい声で言った。

『さっき、あの研究棟にいる地縛霊の所に……』

麻矢の温かさに包まれながら、僕はゆっくりと語りはじめた。

# 第三章　呪いのタトゥー

## 1

車が駐車場に滑り込むと同時に、急ブレーキがかかる。助手席に座る僕は大きくバランスを崩した。

『だから、さっきからもう少し慎重に運転してくれっていってるじゃないか！　僕はシートベルトがつけられないんだから』

僕はハンドルを握る麻矢に文句を言う。

「えー、けっこう安全運転したつもりなんだけど。それより着いたわよ。行こ」

悪びれることなくエンジンを切った麻矢は、シートベルトを外し運転席のドアを開ける。僕は小さくため息をつくと、麻矢の膝をジャンプで飛び越え外へと出た。助手席でずっと緊張していたため、体がこわばっていた。僕は前足を思い切り遠くについて背骨を伸ばす。

「ここが目的地なの？　病院っていうよりお屋敷って感じね」

　車から降りた麻矢が正面を見ながらつぶやく。そこには三階建ての大きな洋館が威風堂々と建っていた。

『うん、ここが目的地のホスピスだよ』

　そう、ここは洋館を改造したホスピス。不治の病に冒された者が、最期の時間をできるだけ苦痛なく過ごすための終《つい》の棲家《すみか》だった。

　二年ほど前、いまは『レオ』と名乗っている僕の友達は、犬の姿を借りてここに住み着き、そのままでは地縛霊になりそうな患者たちの『未練』を解決していった。

　その際、彼は過去にこの洋館で起きた殺人事件に関わる、大きなトラブルに巻き込まれたりもした。その頃この周辺担当の『道案内』だった僕は、彼が奮闘している様子を興味深く観察したものだった。

　懐かしいな。思わず口元がほころんでしまう。

　あの時は、まさか自分も地上に降りることになるとは想像もしていなかった。……それもこれも、彼がボスに僕を推薦したせいだ。僕の脳裏に金色の毛並みをした犬の姿がよぎる。ストレスを感じた僕は、地面を前足の爪でがりがりと掻いた。

「……なにしてるの、クロ？」

『ちょっと嫌なことを思い出してね。それじゃあ、千崎の遺品を探しに行こうか』

　僕は洋館に向かって歩きはじめる。そう、べつに僕は旧交を温めに来たわけではない。千崎との約束を果たすためにここに来る必要があったのだ。本当なら一人……一匹で来たかったのだが、ネコの足で向かうには、大きな丘の上にそびえ立つこのホスピスは離れすぎていたので、「車で連れて行ってあげるよ」という麻矢の言葉に甘えることにしたのだ。かくして、普段は麻矢の母親が使っている小さな車を借りて、僕と麻矢はこのホスピスにやって来ていた。

しかし、麻矢の運転は荒かったな。まるで初心者のように……。

とあることに気づき、僕は足を止めると、大きく目を見開いて麻矢の顔を見上げる。

「クロ、どうかした？」麻矢は小首をかしげる。

『麻矢、一つ訊きたいんだけど……、君って車の運転できたの？』

「え？　ちゃんと免許は持っているよ。デスクの上に置いてあったの、クロが見つけてくれたんじゃない」

麻矢は肩にかけたバッグから運転免許証を取り出して、僕の目の前に掲げる。

『その免許証は、本当の「白木麻矢」のものだろ？　その体を使っている君は、生前に運転免許証を持っていたの？』

「さあ？　まだ私、生きていた頃のこと思い出していないもん。けれど、なんとなく運転の仕方を覚えていたから、たぶん持っていたと思うわよ」

『たぶんって……』僕は絶句する。帰りは歩いて帰った方がいいだろうか？

「そんなことより、早く行こうよ」

麻矢は僕をうながすと駐車場と隣接する庭園に入っていった。しかたなく僕もそのあとを追う。庭園には花壇が敷き詰められ、その間を縫うように通路が張り巡らされていた。通路で立ち止まって僕はあたりを見回す。さて、彼はどこにいるかな。

僕の視線が庭園の中心で止まった。そこは小さな丘になっていて、中心部分に青々とした葉を茂らせた桜の大樹が生えている。彼はそこにいた。

桜の樹の下に置かれたベンチに、ナース服姿の若い女性が腰掛け、その前に座った大型犬の頭を撫でている。

「お利口ね。それじゃあ『お手』」

ナースが手を差し出すと、彼はその手に自分の前足を重ねた。尻尾がちぎれんばかりに左右に振られている。

「次は『伏せ』」

ナースの言葉と同時に、彼は地面に伏せる。

「よし、じゃあ最後。これできたら、おやつのシュークリームをあげるね。はい『ちんちん』」

ナースが薄茶色の拳大の塊（たしか「シュークリーム」とかいう食べ物だ）を見せながら言うと、彼は後ろ足二本で立ち上がりながら、はっはっと荒く息を吐く。その口元からは涎《よだれ》が垂れていた。

……これが本当に、僕と同じ高位の霊的存在なのか？

僕は何度もまばたきをくり返しながら、彼の醜態を眺め続ける。

長く地上にとどまっていると、僕もああなってしまったりするのだろうか？　恐怖で全身の毛が逆立つ。やはり、できるだけ早く成果を上げて、またもとの『道案内』に戻らなくては。

僕が決意を固めていると、ナースは手にしていたシュークリームを彼にくわえさせる。

「はい、大事に食べるのよ。それじゃあ私は仕事に戻るからね」

シュークリームを愛《いと》おしそうに芝生の上に置く彼の頭を一撫でてすると、ナースは洋館へと戻っていく。レオはそんなナースに一瞥《いちべつ》もくれることなく、尻尾をふりふりシュークリームをゆっくりと齧《かじ》りはじめた。僕は脱力感をおぼえながら歩き出す。

「ねえ、あのワンちゃん、本当にクロの同類なわけ？　普通の……というかちょっと馬鹿っぽい犬にしか見えないんだけど」

一度レオと会っている麻矢は、いぶかしげにつぶやく。

『……残念ながら』

なんとなく恥ずかしい思いをしながら、レオに近づく。レオは意識のすべてをシュークリームに注いでいるのか、僕たちに気づく様子はなかった。

『……なにをやっているんだ、君は』

僕が呆れながら言霊をかけると、シュークリームの皮に小さく開けた穴から、中のクリームを舐めていたレオは、大きく体を震わせて僕を見る。

『な、なんでお前が？』

『「なんでお前が？」じゃないよ。なんだい、そのみっともない姿は』

『し、しかたがないじゃないか！　最近、ちょっと太りすぎだとか言われて、三日に一個しか、「しゅうくりいむ」をもらえないいんだ。だから、こうやって少しでも堪能《たんのう》するために、少しずつ食べているんだよ』

……いや、食べ方だけじゃなくてね。

僕が呆れかえっていると、レオは大口を開けてシュークリームにかぶりつく。もしかしたら、僕に食べられると思ったのかもしれない。甘みを感じることのできないネコが、デザートなどに興味を持つわけがないじゃないか。お刺身ならともかく……。

『それで、私になんの用事があってきたんだ？』

シュークリームを咀嚼し終えた彼は、背筋を伸ばして訊ねてくる。高位の霊的存在としての威厳を取り戻したつもりかもしれないが、口の端にクリームが付いていてはそれも台無しだ。

「ねえ、クロ。私にも分かるように話してよ」隣に立つ麻矢が少々不満げに言う。

ああ、そうか。いまは肉体を持っている麻矢には、こちらが意識的に伝えようとしない限り、言霊が伝わらないのか。これは失礼した。

僕が軽く首をすくめると、レオが目を剝いた。

『彼女は私たちの正体を知っているのか！』

『ああ、まあ……』僕は曖昧に答える。

『なにを考えているんだ！　人間に私たちの存在を知らせてはいけないことぐらい当然だろ！』

『……君だって二年前にバレていたじゃないか』

僕が視線の湿度を上げると、彼は視線を逸《そ》らしながら「くぅー」と鳴いた。それで誤魔化しているつもりなのだろうか？

『なんにしろ、彼女は大丈夫だ。僕たちの正体を他人にバラしたりしない。君が最初に正体を知られたあのレディと同じように、僕に協力してくれているんだよ』

僕が言霊で言うと、レオはどこかまぶしそうに目を細め、雲一つない青空を見上げて『菜穂《なほ》か……』と言霊でつぶやいた。きっと、彼にとって大切な女性のことを思い出しているのだろう。邪魔をしてはいけない気がして、僕は黙っていた。強い風が吹き、僕のひげを揺らす。

『分かったよ。それでなんの用なんだ？』

大きく息を吐いたあと、レオは麻矢にも聞こえるように言霊を発した。急に言霊が聞こえてきて驚いたのか、麻矢が軽くのけぞる。

『一昨日、僕が「我が主様」のもとに送ったある男との約束を守るために、この病院に保管されているものが必要なんだ』

『ある男？』彼は首をひねる。

『ああ、千崎という男だ。二、三ヶ月前にこのホスピスで死んだはずだ。覚えているかい？』

僕が訊ねると、彼の尻尾が垂れ下がった。

『ああ、覚えているよ……。膵臓癌で死んだ男だな。たしか四月八日のことだ。そうか、やっぱり彼は地縛霊になっていたのか……』

『彼がここで死んでいたのにはびっくりしたよ。てっきり、ここで死ぬ患者たちの「未練」は、すべて君が晴らしているものだと思っていたのに』

僕が少々皮肉を込めて言うと、彼は哀しげに首を振った。

『いくら私でも、地縛霊化しそうな全員を救えるわけじゃない。特にあの男は、この病院に運ばれてきたとき、すでに意識もほとんどないような状態で、その日の夜には命を落としたからな。彼の「未練」がなんなのかさえ、私には調べることができなかった……』

レオは悔しげにうなだれる。

『あー、べつにそんなに落ち込む必要はないよ。千崎はちゃんと僕が「我が主様」のもとに送っておいたから、安心しなって』

『本当なら私の仕事なのに、迷惑かけたな。彼の魂がどこに行ったかわからなくて困っていたんだ。それで、彼との約束っていうのはなんなんだ？』

『ノートだよ』

『のおと？』彼は目をしばたたかせた。

『そう、彼は死ぬときまで、ノートを肌身離さず持っていたはずなんだ。彼は身寄りがないから、そのノートはこの病院に保管されていると思うんだけど』

『たしかに、引き取り手のいない遺品は院内に保管されているはずだ。ちなみに、それには何が書かれていたんだ？』

『……千崎のすべてだよ』

千崎は自分に残された時間が短いことを悟ってから、もし自分が死んだら誰かに渡そうと、それまでに調べたことを一冊のノートにまとめたらしい。

そのノートを見て、小泉夫婦が殺害された事件について少しでも調べて欲しい。それが千崎が僕に頼んできたことだった。

『そうか……。ついてきてくれ』

曖昧な僕の答えからなにか悟ったのか、レオはそれ以上追及することなく歩き出した。

洋館の入り口近くまで来て、彼は足を止める。

『ここで待っていてくれ。すぐに戻ってくるから』

『僕たちは入っちゃいけないのかい？』

『そこの彼女ならともかく、お前が入り込んだりしたら大騒ぎになるかもしれないだろ。お前はいま、獣の体に封じられているんだぞ』

『君だって同じじゃないか』

僕が抗議を込めて「にゃー」と鳴くと、レオはへたくそなウインクをしてきた。

『私は特別なんだ。なんといっても、この病院の「ますこっと」だからな』

彼は得意げにあごを反らすと、正面玄関から洋館の中に入っていった。しかたなく、僕と麻矢は玄関脇で彼を待つ。

「ねえ、クロ。そのノートが見つかったら、小泉夫婦と南郷純太郎さんを殺した犯人を探すために捜査をするの？」

手持ちぶさたなのか、麻矢が話しかけてくる。

『捜査っていうほどたいしたことをするつもりはないよ。僕がドッペルゲンガーと人食いの廃墟の真相を教えてあげたことで、千崎はその犯人に目星がついたらしいんだ。ノートを見ればその人物のことが分かるって言っていたから、そいつについて少しだけ調べてみるつもり』

「えー、なんかかっこいいな、それ。ねえ、私にも協力させてよ」麻矢は身を乗り出してくる。

『……なんでそんなに乗り気なんだ』

「え？　だって興奮しない？　殺人犯の捜査だなんてさ。普通じゃなかなか経験できないことじゃない。もしかしたら、それをすることで私も満足して成仏できるようになるかも。それなら一石二鳥じゃない」

軽く頬を紅潮させながら麻矢は言う。自分の『未練』がなんなのかさえ分かっていない麻矢が、それくらいで『我が主様』のもとへ行けるようになるかはかなり疑わしいが、試してみる価値はあるのかもしれない。けれど……。

『けれど、殺人事件について調べるんだよ。危険かもしれないじゃないか。その体は、本来は君のものじゃないんだから、あまり危険にさらすのは感心しないな』

「大丈夫よ。そんな危険なことはしないから。ネットとかで情報を集めて、クロをサポートしてあげるだけ。クロ、ネットって知っている？」

『当然知っているよ。魂を導く「道案内」は、人間についてそれなりに知識を持っている必要があるからね。パソコンとかいう機械を使って、世界中の情報を集めることができるんだよね』

「そう。それなら、クロの調査にも安全に協力できるでしょ」

まあ、さすがにそれくらいなら危険ってことはないか……。

『分かったよ。それじゃあ一緒に調べよう』

「そうこなくっちゃ」

麻矢は僕の頭をぐりぐりと撫でる。その感触の心地よさに、僕は思わず目を閉じ、喉を鳴らしてしまう。

『お待たせ』

言霊が聞こえてきて、僕は居ずまいを正す。見ると、レオがルーズリーフのノートをくわえて洋館から出て来ていた。

『たぶんこれだろう。確認してみてくれ』

彼はくわえていたノートを地面に置く。その表紙には『小泉沙耶香事件　捜査記録』と記されていた。

『うん、これで間違いなさそうだね』

僕は肉球でノートに触れると、ページを一枚めくる。そこには細かい文字がびっしりと並んでいた。これを全部読むとなると、かなり骨の折れる作業になりそうだ。とりあえず、家に戻ってからじっくりと読むとしよう。

『助かったよ。それじゃあまた』

僕はノートをくわえて持っていこうとする。しかし、そのノートは体の小さな僕が運ぶにはやや大きすぎた。どうしても地面に引きずってしまう。

前足の肉球で挟んで、二本足で歩くわけにはいかないし……。

僕が運送方法に悩んでいると、麻矢が僕の口からノートをとりあげた。

「私が運んであげる」

『ああ、それじゃあ頼もうかな。ありがとう』

僕が礼を言うと、麻矢はノートを小脇に挟んできょろきょろと辺りを見回した。

『うん、どうかしたか？』

「この辺りにお手洗いとかないかなって思って。帰る前に寄っておきたいんだけど」

『お手洗い？　ああ、トイレのことだね。それなら庭のどこかで……』

「できるわけないでしょ！」

「んにゃ？」

甲高い声を上げた麻矢の前で、僕は首をひねる。ああ、そういえば人間は排泄するとき、誰にも見られたくないんだっけか。排泄も食事などと一緒で、肉体が生命活動を維持するために必要な行為なのだから、べつに恥ずかしがる必要などないと思うのだけど……。

『手洗いなら、館内に入ってすぐ左に、見舞客用のものがある。それを使えばいい』

レオが麻矢に言霊を飛ばす。麻矢は「ありがとう」と、小走りに洋館に入っていった。よっぽど切羽詰まっていたようだ。僕はレオと二人……二匹外に残された。

『それで、肉体を持った感想はどうだい？　地上に降りてある程度経つんだろ？』

唐突に彼が世間話を振ってきた。僕は後ろ足で顔を掻く。

『まったく、不便なことこのうえないね。重力には縛り付けられるし、物体を通り抜けることもできない。しかも、呼吸、食事、排泄とかいろいろ面倒なことをしないといけないし』

小さくため息をつきながら、僕は言霊を飛ばしていく。

『たしかにその通りだけど、食事はなかなかいいものじゃないか』

『……まあ、それは認めざるを得ないね。特にマグロのお刺身なんて』

このまえ麻矢がくれたマグロの赤身の記憶が頭に蘇り、思わず口から涎が漏れてしまう。僕は慌てて前足で口元を拭った。

『お刺身？　そんなものより、しゅうくりいむの方が……。まあ、それはどうでもいいか。それで人間の感想はどうだ？　新しい「仕事」で人間のことが少しは分かってきただろ？』

『……あまり印象は変わらないよ。なんというか……愚かな存在だ。自分の欲求のためには他人を平気で犠牲にすることもあるけど、その一方で、他人を自分以上に大切にしたり、なにかに脇目をふることなく人生を捧げたりすることも……。本当に不合理だよ』

なぜか僕は、何度か言葉に詰まりながら言霊を飛ばす。彼はそんな僕を、目を細くして見つめてきた。なんとなく居心地が悪い。

『その不合理さこそ、人間の魅力なんだって私は思うけどね』

『不合理さが魅力……？　どういうことだい？』

意味が分からず、僕は首をひねる。彼は機嫌良さそうに尻尾を振った。

『そのままの意味だよ。悠久の時間を漂う私たちとは違って、人間はわずかな時間しか与えられていない。だからこそ必死にもがき、合理性よりも自らの感情を優先して行動するのさ。その短い時間を精一杯輝かせるためにね』

彼はどこか得意げに説明をする。

『……僕にはよく分からないよ』

『私と違ってお前は、地上に降りてからあまり時間が経っていないからな。けれど、そのうちお前にも分かるときが来るよ。合理性よりも感情を優先してしまう気持ちが』

『なんでそう言い切れるんだい？』

『お前はいま、「道案内」だったころと比べて、はるかに深く人間と接しているからだよ』

彼はまた、へたくそなウインクをしてくる。

僕のような優れた存在が、合理的な判断力を失い、感情に溺《おぼ》れることなどあり得ない。そう思ったが、なぜか反論する気にはなれなかった。

「おまたせー。あれ、クロどうかした？　なんか難しい顔して」

『いや、なんでもないよ。それじゃあ行こう』

僕は戻ってきた麻矢をうながすと、すたすたと歩きはじめる。

「あっ、ちょっとそんな急がないでよ」

麻矢と並んで駐車場まで戻った僕は、ふり返って洋館の前に広がる庭を眺める。

黄金の毛の犬が、桜の大樹の下で気持ちよさそうに寝そべっていた。

2

「この阿久津一也《あくつかずや》っていう人が、刑事さんが犯人じゃないかって疑っていたっていう人よね」

ベッドに腰掛けた麻矢が、低い声で言う。

『ああ、そうみたいだね……』

カーペットの上に座り、すぐ目の前に開かれたノートを眺めながら、僕は言霊を発する。千崎が文字通り命をかけて調べただけあって、ノートに記されていた内容はかなり詳しいものだった（ただし、かなりの悪筆で解読に苦労した）。

そして、このノートの中でももっとも重要なのが、いま開かれているページだった。そこには数人の人物について、調べた内容が記載されていた。

＊南郷純太郎　六十二歳
サウス製薬会長。晴明《せいめい》大学卒業後、研究員として父親が社長を務めるサウス製薬に就職。父親の急逝を機に社長に就任し、サウス製薬の業績を上げ、会社の規模を拡大させる。三年前に社長職を息子にゆずって会長に就任した。その後、晴明大学峰岸《みねぎし》研究室の人物を積極的に雇うようになった。

自費で様々な研究用品を買い込んでは、研究棟に運び入れていた。そのため、なにか研究を行っていると思われていたが、その研究用品をどこに運び入れていたかは不明。

社内でも、会長がどこかで怪しい研究をしているという噂が立っていた。

今年の四月五日、自宅近くでトラックにはねられ死亡。自殺と見られているが真相は不明（殺害された可能性は？）

自分で研究者をスカウトして、なにか怪しい『秘密の研究』を行っていた？（そうだとしたらどこで？）

＊小泉昭良　死亡時二十八歳　秘密の研究員？
晴明大学薬学部大学院卒　在学時は峰岸研究室に所属。大学時代は野球部所属。

五年前の四月よりサウス製薬社員となる。

大学の研究室で妻となる柏村《かしわむら》沙耶香と出会い、在学時に結婚。子供はいない。

営業部に所属していた。担当する病院はごくわずかだったが、もともとサウス製薬会長である南郷純太郎と懇意《こんい》にしていた病院だったので、最低限の営業成績は上げていたとのこと。

日中は基本的に外回りに出ていて、どんな行動をとっているかは不明。

一昨年の十二月十三日にサウス製薬研究棟の一室で首を切って死亡。使用されたナイフが小泉沙耶香殺害に使用されていたものだったこと、またその他の状況より妻を殺害したことを後悔して自殺したと思われている。（絶対に違う！）

十二月十三日の深夜に妻が殺された橋の上でたたずんでいた！　あれは間違いなく小泉昭良だった！

＊小泉沙耶香　死亡時二十七歳（旧姓　柏村）　秘密の研究員？
晴明大学薬学部大学院卒　在学時は峰岸研究室に所属。

大学時代はボランティアサークルに所属、大学四年生の時はサークルの代表も務めた。かなり行動力があったらしく、たびたびボランティアでアフリカなどに行っていた。

五年前の四月より夫である小泉昭良とともにサウス製薬に就職し、会長秘書となるが、会長である南郷純太郎の対外的な仕事に同行することは少なかったとのこと。そのため、会長の愛人ではないかという噂も立っていた。

一昨年の十二月五日に帰宅中に橋の上で何者かに襲われて刺殺。遺体は橋から落とされ、翌日の朝に発見された。

小泉昭良は犯人じゃない！　誰がやった？

＊阿久津一也　二十七歳　秘密の研究員？
晴明大学薬学部卒　在学時は峰岸研究室に所属。小泉夫婦の後輩にあたる。また、小泉沙耶香が在学中に所属していたボランティアサークルにも所属していた。
一昨年、大学卒業後、東京の製薬会社に就職する予定だったが、卒業直前に内定を蹴ってサウス製薬に就職を決め、四月から勤務（その際に、先輩である小泉沙耶香が口利きしたという話も）。

資料室勤務。勤務内容は一人で資料室に籠もり、過去の研究資料を整理するというもので、南郷純太郎が阿久津の入社に合わせて作った職場。資料はすでにかなり整理されていたので、ほとんど仕事はなかったのではないかとの情報。

かなり陽気な性格だが、激高しやすい一面もあった。

小泉沙耶香と言い争っているところを目撃されている。その際、小泉沙耶香は「人体実験なんかできない！」と物騒なことを叫んでいた（その一ヶ月後に小泉沙耶香は刺殺された）。

最近では、南郷純太郎・柏村摩智子《まちこ》と言い争っているところも目撃されている。

桜井知美《さくらいともみ》という名の一歳年上の恋人がいる（同じボランティアサークルで知り合った）。

今年四月五日から会社に出勤しなくなり、現在行方不明（南郷が死んだ日！　逃亡した？）。

最重要容疑者!!　　行方を捜す必要あり！

＊柏村摩智子　二十四歳　秘密の研究員？
晴明大学薬学部卒　在学時は峰岸研究室に所属。小泉沙耶香の妹。

大学院への進学が決まっていたが、姉が死亡した四ヶ月後、サウス製薬に入社（仕事は姉と同じ会長秘書）。

就職の前に「姉さんの無念を晴らす」と友人に語っていた。姉の死の真相を探るという意味

か？

＊峰岸誠《まこと》　五十八歳

晴明大学薬学部教授。南郷純太郎の学生時代の後輩で、自らの研究室の優秀な学生を多くサウス製薬に就職させてきた。

抗生《こうせい》物質や抗ウイルス薬などの研究で多くの業績を上げていて、厳しい性格だが指導には定評があり、学生からの信頼も厚い。

ノートに記されていた人物の詳細に再度目を通した僕は、大きく息をついたあと、上を見る。ちょうど僕を見下ろしていた麻矢と視線が合った。

「たしか、千崎っていう刑事さんが亡くなったのって、四月八日だったよね？　けど、このノート、四月五日に南郷純太郎って人が死んだことまで書いてある」

『たぶん、動ける限り調べ続けたんだろうね。けれどついに限界が来て、丘の上にあるあのホスピスに運び込まれ、そしてすぐに命を落としたんだ』

「……悔しかっただろうね」

しみじみと言う麻矢を見ながら僕はうなずく。だからこそ千崎は、この事件を調べると僕に約束させてから、『我が主様』のもとへと向かったのだ。

千崎の想いを考えると、どうにかして犯人を見つけ出して、罪を償わせて……。

そこまで考えたところで、僕は首をぷるぷると振る。僕が千崎に約束したのは、この『阿久津一也』という人物について調べるということだけだ。僕には地縛霊の『未練』を解決して、『我が主様』のもとへと送るという大切な仕事がある。すでに『我が主様』のもとへと行った千崎にこだわり過ぎるわけにはいかない。

ただ、一連の事件の犯人は、すでに三人もの人間を殺害している可能性がある。犯人の動機は分からないが、今後も犯行を続けるかもしれない。そうだとすると、放っておくとさらに地縛霊が生まれるかもしれないので、それを防ぐのもある意味僕の仕事とも……。

いや、そんな不確実な根拠で、そちらに力を割《さ》くわけにはいかない。地縛霊を探して、その『未練』を解決することを優先させなければ。けれど……。

「クロ、どうしたの、固まっちゃって」

物思いに耽っていた僕は、麻矢に声をかけられ我に返る。

『あ、いや、なんでもないよ』

「それならいいんだけど、急に空中見つめて固まらないでくれる。ネコってよくそういう行動とるけど、ちょっと怖いんだよね。なんか霊魂とか見ているみたいで」

『麻矢だって、ちょっと前まで地縛霊だったじゃないか』

「それはそれ、これはこれ。それよりさ、これってかなり重要な情報じゃない」

麻矢はノートを指さす、そこには『柏村摩智子』と記されていた。

『うん。小泉沙耶香の妹が、姉の死後にサウス製薬に入社していたなんてね』

「しかも、ここに書かれているとおりだとすると。この柏村摩智子って人、お姉さんの遺志をついで、『秘密の研究』に参加していたってことになるよね。そして、その研究に関わっていた人で、いまも死んだり姿を消したりしていない人って、この柏村摩智子さんだけでしょ」

『たしかにそうだ。この柏村摩智子というレディにコンタクトをとる必要はあるだろうね。けれど、それよりまず……』

「……阿久津一也よね」

『そう、この男だよ』僕は大きくうなずいた。

千崎はこの阿久津一也という人物が、小泉夫婦殺害の真犯人ではないかと疑っていた。それもそうだろう。小泉夫婦と同じく『秘密の研究』に参加したと思われ、事件の一ヶ月前には小泉沙耶香と激しく言い争っていたという。しかも、『秘密の研究』の参加者なら、もちろん旧南郷邸の地下にあるであろう研究室や、そこからサウス製薬の研究棟へと続く秘密の通路の存在を知っていたはずだ。小泉昭良を騙《だま》して殺したという犯人像にも一致する。

さらにこのノートによると、阿久津一也という男は四月五日、南郷純太郎が死んだ日から行方をくらませているらしい。この男が南郷を車道に押し出してトラックにはねさせて殺害し、どこかへ逃亡したのではないだろうか？　この男を見つけ出す必要がある。

「けれど、もし四月五日からずっと姿をくらませていたとしたら、二ヶ月以上行方不明なんでしょ。どうやって探し出すわけ？」

『このノートを誰かに見せて、警察に捜索させるっていうのはどうかな？』

「たぶん、それを警察に見せても、まともに取り合ってもらえないと思うよ。だって、南郷純太郎と小泉昭良は自殺ってことで、警察の中では片《かた》がついているんでしょ」

『けれど、それは間違っているんだ。その三人を殺した真犯人がいるはずなんだよ』

「それをどうやって警察に納得させるわけ？　地縛霊とお話しして分かりましたなんて言ったら、からかっていると思われるわよ」

『それじゃあ、ネコから聞きましたっていうのは？』

「……それ、本気で通じると思っているの？」

『いや、言ってみただけ』

麻矢から冷たい視線を浴びた僕は、前足の肉球を舐めて誤魔化す。……最近、外を歩き回っているせいか、肉球が荒れ気味なんだよね。

「なんにしろ、警察には頼れないと思う。そもそも、もう結論が出ている事件が間違っていたなんて、警察が簡単に認めるわけないし」

『なんだいそれは？　間違っていたら、その間違いを認めてあらためるのが当然じゃないか』

「自分の間違いを認めるのって、なかなか難しいものなのよ。プライドが邪魔してね」

プライドが邪魔をする？　やっぱり下らない感情が邪魔をして、合理的な判断ができないってことか。まったく、どうしようもない生き物だ。

「とりあえずね、柏村摩智子っていう人のことは私が調べてみるよ。サウス製薬に友達だって言って連絡して、取り次いでもらう。うまくいけば、会って話を聞いて、阿久津一也の情報を聞き出せるかも」

なるほど、それはグッドアイデアだ。

『あと、できれば峰岸誠という男にも話が聞きたいな。「秘密の研究」に関わっていた四人を指導したことがある人物だ。なにかインフォメーションを持っているかも』

「ええ!? けれど、大学の教授なんでしょ。そう簡単に話できるかな? それに私、そういう人と話すのちょっと苦手なんだけど……」麻矢は引きつった笑みを浮かべる。

『どんな立場だろうが、なにも気にする必要なんてないよ。所詮は同じ人間なんだから』

「いや、たしかにそうなんだけど……、なんとなく偉い人の前では気が引けちゃうのよね」

まったく情けない。どうして人間は自分と他人との間の優劣を気にするのだろう?

『大丈夫だよ。峰岸という男に話を聞く方法は、ちゃんと考えているから』

「あ、そうなんだ。よかった。それでどんな方法なの? もしかして、その教授に直接会って、記憶を覗き見るとか?」

よほど大学教授と話すのが嫌だったのか、麻矢の表情はまだ固かった。

「それは難しいね。魂には生まれてからこれまでの記憶が、すべて刻まれているんだ。その中で、こちらが狙った記憶だけをピックアップして覗き込むことはできないんだよ」

「あれ? 南郷菊子さんのときは、記憶を覗いたんじゃなかったっけ?」

『あれは、その時に南郷菊子が仏壇の前で、夫のことを思い起こしていたからだよ。そのとき魂の表面に浮かび上がっていた記憶を覗き込んだだけなんだ』

「へー、そういうものなんだ。それじゃあ、その峰岸教授からどうやって阿久津一也の情報を引き出すの？」

『いまの麻矢みたいに、人間が権威に弱いのを利用するんだよ』

「権威？」

小首をかしげる麻矢に、僕はウインクしながら言霊を飛ばした。

『麻矢、この街の警察署はどこにあるんだい？』


寒い……。車の屋根の上で丸くなりながら、僕は体を震わせる。

六月だというのに、今日はやけに気温が低かった。目だけ動かして視線を上げると、厚い雲が空を覆っている。そのうち雨が降ってきそうだ。その前に用事を済ませてしまいたいが。

丘の上にあるホスピスから千崎のノートを持って帰った翌日。僕は早朝から、駐車場に停まっている車の屋根に陣取り、車道を挟んで対面にある建物、この街の警察署の入り口を監視していた。しかし、昼近くになっているというのに、目的の人物を見つけることができない。

もしかしたら、あの男はもうこの警察署に勤めていないのではないか？　そんな不安が胸によぎったとき、スーツを着た若い男が署内から出てきた。

「にゃー！」目的の男を発見した僕は、一声大きく鳴き声を上げる。

人は良さそうな、どこか弱々しい顔つき。背は高いが華奢《きゃしゃ》な体。小泉沙耶香が殺害された事件で、千崎とコンビを組んでいた刑事、久住だった。

久住は警察署のわきにある路地へと入っていく。僕は勢いよく車の屋根から飛び降りた。左右を見て車が来ないことを確認すると、僕は全速力で車道を横切り、久住が消えた路地へと飛び込む。十数メートル先に久住の背中が見えた。僕は久住の足下を走り抜けて追い抜く。

「……黒猫？　なんだよ、不吉だなぁ」

軽く息を弾ませながら立ちふさがった僕を見て、久住は顔をしかめた。

こんな見目麗しい僕をつかまえて不吉とは失礼な。たしかに、日本では黒猫は不吉と言われることもあるけど、国によっては吉兆とされているんだぞ。

「うにゃー！」

僕は抗議の意味も込めて一声大きく鳴くと、久住と目を合わせ、その魂に干渉する。とたんに久住の目が焦点を失った。それを見て、僕は口の両端をわずかに上げる。

思った通りだ。千崎の記憶の中で初めて見たときから、目をつけていたんだ。これほどイージーに魂に干渉できるなら、行動をすべてコントロールすることも十分可能だろう。しかし、べつに精神的に弱っているわけでもないのに、こう簡単に支配下における人間は本当に珍しい。この男よほど、良く言えばピュア、悪く言えば単純なのだろう。

さて、それじゃあはじめるとしようかな。

『これから僕の質問に答えるんだ。いいね？』

僕が言霊を飛ばすと、久住はゆっくりとうなずいた。

『阿久津一也という男のことは知っているか？』

「あくつ……かずや……」

久住はたどたどしく言う。どうやら、阿久津一也についてはなにも知らないらしい。

『小泉沙耶香殺害の第一容疑者だよ。千崎が調べ上げたんだ』

「小泉沙耶香殺害……？　千崎さんが……？」

久住は熱にうかされたような口調でつぶやく。

『そうだ。さらに阿久津一也という男は小泉昭良や南郷純太郎も殺害している可能性がある』

「……たしかに、あの事件は小泉昭良が妻を殺して自殺したってことで解決したけど、なにか納得がいかなかった。千崎さんが外で小泉昭良を見ているっていうし……。千崎さんが退職後もその事件について調べていたって噂は聞いていたけど……」

久住は比較的はっきりした口調で話しはじめた。僕にコントロールされる状態に馴染《なじ》んできたのかもしれない。

『いまからあの事件を調べ直せないかい？　阿久津一也は四月から行方不明になっているらしいんだ。どこか遠くに逃亡している可能性も高い。なんだっけか？　指名手配とかそういうのをやって、居所を突き止めたりは？』

僕が期待を込めて言霊を飛ばすと、久住はゆっくりと首を左右に振った。

「それは無理だ。あの事件はもう正式に終了している。小泉昭良が犯人でないよっぽど確実な証拠でも出てこない限り、再捜査なんてできない。そもそも、指名手配はその人物の容疑がかなり固まってはじめて出せるものなんだ」

『それじゃあ、君一人だけでも阿久津一也の調査にあたるってわけにはいかないか？　警察という肩書きがあれば、いろいろと調べられるだろ』

そうすれば、僕の仕事はかなり楽になる。しかし、久住は再び首を左右に振った。

「いま受け持っている仕事で手いっぱいなんだ。上司の指示もなしに、もう終わった事件を調べる余裕はない」

まったく、上司がなんだっていうんだよ。そんなもの気にしないで、もっと自由に……。そこまで考えたところで、僕は自分の体を見る。

そういえば、僕もボスの命令でこんな格好になっているんだっけか……。

久住を責める気持ちが急速にしぼんでいく。なんとなく、組織の歯車として働いているものとしての親近感すら湧いてくる。

『いろいろ無理言って悪かったね。けれど、もう二、三時間だけ付き合ってもらうよ』

僕は上目遣いに久住を見つめながら、魂への干渉をさらに強くした。

「どうぞおかけください」

峰岸誠は低い声で久住にソファーを勧めると、自分もゆっくりと対面のソファーに腰掛けた。

「失礼いたします」

久住は手に持っていたボストンバッグを床に置き、ソファーに腰を下ろす。

もっとゆっくり下ろしてくれ！　バッグの中で僕は身じろぎをした。

僕と（僕にコントロールされた）久住は、小泉夫婦、阿久津一也、そして柏村摩智子が通っていたという晴明大学で、その四人を学生時代に指導した峰岸誠という教授と会っていた。

久住が刑事と名乗ってアポイントを取ったところ、すぐに会えるということなのでタクシーでやって来たのだ。ちなみに、僕は途中のスポーツ用品店で久住に買わせたボストンバッグの中に潜《ひそ》んでいたりする。

適度に狭くて暗いバッグの中はどうにも居心地よく、途中で何度も睡魔に襲われたが、もし眠ったら久住のコントロールを失ってしまうので必死に耐えた。

そうこうして晴明大学へやって来た僕と久住は、教員棟という四階建ての建物にある峰岸の教授室へと通されていた。

わずかに開いたジッパーの隙間から、僕は外の様子をうかがう。教授室というからかなり広い部屋を想像していたが、十畳ほどのスペースにデスクと来客用のソファー、そして本棚だけが置かれた簡素な部屋だった。デスクやソファーもごくありふれたものだ。本棚には大量の専門書がぎっしりと詰め込まれていた。

部屋の観察を終えた僕は、正面のソファーに座るスーツ姿の男に視線を移す。厳つい顔をした男だった。髪のボリュームはあるが、かなり白いものがまざっている。長身でがっしりした体格をしていた。

「それで、刑事さんが私になんの用でしょうか？」

峰岸は鋭い視線を久住に向ける。いきなり訪れた刑事を歓迎していないことが、その態度に滲んでいた。僕は峰岸を見たまま、久住の魂に干渉して指示を出す。

「阿久津一也さんはご存じですか？」

久住は僕が望んだとおりの質問を口にする。まずはなんの前置きもなく本題をぶつけて、反応を見てみるとしよう。

「もちろん知っています。私の研究室のOBだ。優秀な学生でしたよ」

峰岸は片眉をぴくりと動かすと、低い声で言った。僕は久住に次の質問を指示する。

「その阿久津一也さんが、現在行方不明になっていることは知っていますか？」

「……知っています。たしか四月初旬から職場に出なくなっていたとか。サウス製薬から、私の方にも問い合わせが来ました。まだ見つかっていないと聞いています」

ああ、やっぱりいまも阿久津一也は行方不明なのか……。

「たしか、この研究室からサウス製薬には、多くの学生が就職しているんですよね？」

「先日、交通事故で亡くなったサウス製薬会長の南郷純太郎さんが私の大学時代の先輩で、懇意にしてもらっていたんです。その関係で、優秀な学生を何人か紹介しました」

「阿久津一也さんもその一人ということですか？」

僕が久住を通して訊ねると、峰岸は首を左右に振った。

「いえ、彼の場合は私の紹介ではなく、それ以前にサウス製薬に就職していた、うちの教室のOGに頼み込んだらしいです」

「小泉沙耶香さんですね」

僕は間髪を容れずに、久住にその名前を言わせる。峰岸の目に警戒の色が浮かんだ。

「ええ、その通りです。……よく調べてありますね。なぜ刑事さんがそこまで阿久津君のことを気にしているんですか？　彼の失踪《しっそう》に関係あるんですか？」

「それについてはお話しすることはできません。ただ、とある事件に阿久津一也さんが関与している可能性があるんです」

僕は思わせぶりな口調で久住にそのセリフを言わせる。峰岸は無言のまま、ほとんど表情を動かさなかった。

「峰岸先生、阿久津一也さんは失踪してから、先生に連絡をしてきたりはしませんでしたか？」

「さあ……よくおぼえていません」峰岸は硬い声で答える。

「とても重要なことなんです。思い出してはいただけませんか？」

「なぜ彼を追っているかも教えてくださらないのに、こちらだけ一方的に質問に答えるのはフエアじゃない。私は教え子たちのことを息子や娘だと思っています。息子が不利になるかもしれない情報を、そう簡単に他人に教えるわけにはいきません」

峰岸の態度には、鉄のように硬い意思が透けて見えた。この男は阿久津一也という男の居場所を知っているかもしれない。しかしそうだとしても、それを教えてくれそうにはなかった。

峰岸はいま、阿久津一也について考えているはず。それなら、いますぐ峰岸の精神に干渉して記憶を読み取ってしまおうか？

一瞬、そんなアイデアが頭をよぎるが、僕はすぐにボストンバッグの中で首を振る。

だめだ。もしいま峰岸の精神に干渉すれば、僕のコントロールから逃れた久住が我に返ってしまう。……しかたがない、正攻法でいくしかないか。

「承知いたしました。無理なお願いをして申し訳ありませんでした。それでは少し話は変わりますが、先生の教室ではどのような研究を行っておいでなのでしょうか？」

突然話題が変わり、峰岸は二、三度まばたきをくり返す。

「そうですね……主に研究しているのは、感染症の治療薬についてですね。抗生物質や抗ウイルス薬、抗真菌《しんきん》薬などの薬理作用などについて研究しています。現在でもそれらの薬は多く存在しますが、微生物も耐性をつけてきています。簡単に言えばいたちごっこになっている状態なんです。ですから、常に新しい薬の開発が求められています。それに、人類がまだ克服していない感染症もたくさんある。私の研究室では微生物の研究を通し、人類と感染症の戦いに貢献したいと思っています」

舌に油がさされたかのように、峰岸は饒舌《じょうぜつ》になる。

「そうですか。サウス製薬に就職した先生の教え子の方々は、やはり就職後もそのような研究を行っていたのですか」

この研究室の卒業生たちが、サウス製薬で行っていたと思われる『秘密の研究』。それについてのヒントが欲しかった。

千崎が遺したノートによると、小泉沙耶香は阿久津一也に「人体実験なんてできない」という、物騒なことを言っていたらしい。どんな恐ろしい研究が、あの『地下の研究室』では行われていたのだろう？

「守秘義務というものがありますから、彼らがどのような研究をしていたか、詳しいことは知りません」

峰岸は口の端を軽く上げた。

「恩師のあなたにも教えていないんですか？」僕は久住の口を通じて疑問をぶつける。

「製薬会社にとって、会社で行っている研究はトップシークレットなんですよ。新しい薬を創り出し、それを自社で売り出したり、その特許料で利益を上げたりするために、会社は大量の資金を研究につぎ込んでいるんです。画期的な薬が発明できれば莫大な利益が出る。それだけに、製薬会社の社員は情報の漏洩《ろうえい》には細心の注意を払っているんです」

「けれど、具体的な研究内容は分からなくても、教え子の皆さんが研究を続けているかぐらいは知りませんか？」

僕が食い下がると、峰岸は大きくうなずいた。

「ええ、彼らは時々研究室に顔を出してくれましたから、それくらいは知っていますよ。みんな、ここで学んだことをもとに、しっかり研究を続けていると言っていました」

峰岸は一瞬顔をほころばせるが、すぐに哀しげな表情を浮かべる。

「なのに、一番期待していた学生にあんなことが起きるなんて。彼女が生きていれば、きっと素晴らしい成果を上げてくれたはずなのに……」

「それはもしかして、小泉沙耶香さんのことですか?」

久住の口を通して訊ねると、峰岸はふっと弱々しい笑みを浮かべた。

「本当によく調べておいでですね。そう、彼女のことです。まさか夫に殺されてしまうなんて……。私の研究室にいたころはとても仲が良かったので、信じられません」

「……夫が真犯人とは限りませんよ」

久住にそう言わせてから僕は失言に気づく。そのことを峰岸に伝えても、警戒心を強くしてしまうだけだ。案の定、峰岸はいぶかしげに眉をひそめると、「どういうことですか?」と低い声で訊ねてきた。

「いえ、なんでもありません。気にしないでください。ちなみに、小泉沙耶香さんはそれほど優秀な研究者だったんですか?」

僕は久住に両手を胸の前で振らせて誤魔化そうとする。

「ええ、とても優秀でしたよ。研究者としてだけではなく、人間としても素晴らしい女性でした。ボランティアサークルに所属して、よくアフリカに行っていました。そこでいろいろな経験をしてきたらしく、よく『苦しんでいる人たちの役に立つような研究をしたい』と言っていましたね。……本当に残念です」

峰岸は唇を固く結んで首を左右に振ったあと、手首に視線を下ろした。

「ああ、刑事さん、申し訳ありません。もうすぐ次の講義の時間なので、失礼させていただいてもよろしいでしょうか」

まあ、しかたがない。最低限の情報を集めることはできたし、今日のところはこのあたりで終わりにするか。

僕は久住を立ち上がらせ、峰岸に向かって手を差し出すように指示を出す。

「あまりお力になれなくて申し訳ありません」峰岸は軽く会釈をした。

「いえ、貴重なお話をうかがうことができました。ところで峰岸先生、もし阿久津一也から連絡があったら、その際はご一報いただけませんでしょうか？」

久住にしゃべらせながら、僕は峰岸の反応をうかがう。

「……検討いたします」

再び声が低くなった峰岸の態度からは、その気がないのは明らかだった。

「ありがとうございます。それでは失礼いたします」

僕の指示に従い、久住は峰岸に礼を言うと、ボストンバッグを持って教授室を出た。

『よし、この辺りで下ろしていいぞ』

教員棟から出た久住を、人気《ひとけ》のない建物の裏手へと誘導すると、僕は言霊で指示を出す。久住はボストンバッグを地面に置き、ジッパーを開けた。僕はバッグから這い出す。

『ご苦労さん。君は警察署に戻っていいよ』

久住は小さくうなずくと、身を翻して歩きはじめる。警察署に戻ったところで我に返った久住は、僕にコントロールされていた間の記憶はないので、いつの間にか数時間が経っていることに混乱するかもしれない。それに、姿を消していたことで上司に叱られる可能性もある。それについては少し気の毒に思うが、事件を解決するためにはしかたがない犠牲だろう。

さて、いろいろ情報も得られたことだし、帰るとするかな。

僕はてくてくと歩いて大学のキャンパスを出ると、麻矢の家を目指して進んでいく。毎日のようにこの街を散歩しているが、この辺りまで来るのは初めてだった。

ああ、そうだ！　あることを思いつき、僕は足を止める。千崎のノートによると、阿久津一也の住んでいた場所は、ここと麻矢の家の間にあったはずだ。いま阿久津一也がそこにいるとは思えないが、住んでいた場所を見ておくのも悪くない。

僕は頭の中でこの街の地図を思い浮かべると、目的地にむかって走りはじめた。

十数分後、目的地が近づいてきた頃、ブロック塀の上を走っていた僕の鼻先に水滴が触れた。僕はその場でストップして天を仰ぐ。厚い雲から大粒の雨が落下してきていた。

ああ、とうとう降ってきたか。僕は顔を振って鼻先についた水滴を落としながら「んにゃ」と鳴く。ネコの体は、濡れることをとても不快に思うようにできているのだ。できることなら、雨が降る前に帰りたかった。

しかたがない、目的地はすぐそこだし、阿久津の住所まで行ってから雨宿りができる場所を探すとするか。

僕は全力で走りはじめる。ものの数十秒で目的地にたどり着くことができた。そこはやや古びたアパートだった。おそらくは単身男性用のアパートなのだろう。

たしか、阿久津一也が住んでいるのは一階の六号室とかだったはず……。

アパート前の駐車場を通り抜けた僕は、阿久津一也の部屋に向かう。部屋の前の外廊下には屋根がついておらず、強くなってきた雨が降り注いでいた。

えっと、六号室、六号室っと……。

毛皮に降り注ぐ雨に辟易《へきえき》しつつ、外廊下を奥に進んでいった僕は、そこで足を止める。数メートル先に若い女が一人立っていた。

体を濡らす雨を気にする素振りも見せず、そのレディは閉まった玄関扉を眺め続けていた。

僕はゆっくりと彼女に近づいていく。その時、僕は甘ったるい匂いを感じ、足を止めた。

ネコとしてではなく、高位の霊的存在として感じとった匂い。僕はこの正体を知っていた。『道案内』をやっていたとき、頻繁に経験した匂いだ。

これは、自らの死を意識した人間が、強い後悔や心残りをおぼえたときに発する匂い。僕たちはこの匂いを『腐臭』と呼んでいた。

この『腐臭』を発する人間が命を落とすと、高いパーセンテージで『未練』に縛られ、地縛霊となる。ということは、このレディはなにかの病気で、死が近いということだろうか？

僕は霊的な目を凝らして、彼女の体を透視《とうし》していく。『道案内』が持つ、基本的な能力だ。

ああ、これはなかなか……。

僕は顔をしかめる。彼女の筋肉や内臓など、全身の至るところで炎症が起こっているのが見えた。『道案内』としてこれまで、このような症状の人間を多く見てきた。たぶんこれは『膠《こう》原《げん》病』という病気の一種だろう。体内に侵入した異物を排除するためにある免疫系が誤作動を起こし、自らの体を攻撃してしまう疾患。

かすかにだが、心臓にも炎症が及んでいるところをみると、たしかにこのまま放置すれば、数ヶ月から数年後にこのレディが命を落とす可能性は高いだろう。

透視を終えた僕は首をひねる。けれどこれくらいの病状なら、いまのこの国の医療でしっかり治療すれば、命の危険は避けられるんじゃないだろうか？

「一也君……」

わずかに開いた彼女の唇から漏れた弱々しい声を聞いて、僕は目を見開く。彼女はいま間違いなく「一也君」と言った。このレディは阿久津一也の関係者か？

二ヶ月以上も行方不明の男の部屋の前で、雨に濡れるのもかまわずたたずむ女性。

僕は千崎のノートに書かれていたことを思い出す。たしか、阿久津一也には年上の恋人がいたはずだ。

これはチャンスだ！「一也君」とつぶやいたところをみると、いま彼女の魂には阿久津一也との思い出が浮かび上がっている可能性が高い。それを読み取らせてもらおう。

雨に濡れる不快感も、興奮でどこかへ飛んでいってしまった。

「んにゃーお！」

彼女の足下に近づいた僕は、大きく一声鳴く。彼女は体を震わせると、視線を下ろして僕を見た。こわばっていた表情がかすかに緩む。

「あら、ネコちゃんじゃない。こんなところでなにをしているの」

彼女はしゃがみ込むと、僕の顔を覗き込んでくる。

申し訳ないけど、ちょっと君の記憶を覗かせてもらうよ。彼女と視線を合わせた僕は、その魂への干渉をはじめる。さて、君の記憶を覗かせてくれ。

彼女の目がうつろになった。薄く口紅が塗られた唇がゆっくりと開く。

「……タトゥー。……呪《のろ》いのタトゥー」彼女は小さな声でつぶやいた。

呪いのタトゥー？　いったいなんの話だ？

彼女と精神をシンクロさせながら、僕は眉をひそめる。

「……全部、あのタトゥーからはじまった」

彼女の記憶が僕の頭に流れ込んできた。

3

「体調はどう？」ディスプレイの中から阿久津一也が話しかけてくる。

「すごく良いわよ。主治医の先生が昨日の診察で、ステロイドをまた減量してくれたの」

「おっ、すごいじゃん。順調だね」

一也は満面の笑みを浮かべる。つられるように知美の顔もほころんだ。体の調子がいいこと、そしてパソコンのディスプレイ越しながらも恋人と会話できていること、どちらも嬉しかった。

「それで、いつ頃帰って来られそうなの？」

知美が訊ねると、一也の笑みがかすかに固くなる。

「予定通りあと二ヶ月はかかりそうなんだ。……ごめん」

「あっ、そういう意味じゃないから気にしないで。こうやって話せるんだから、そんなに寂しくないから」

強がっているのに気づかれないように、知美は笑顔を作る。しかし、自分でも表情がこわばっているのが分かった。

一歳年下の恋人である阿久津一也がアフリカに渡ってから、すでに一ヶ月が経っていた。大学のボランティアサークルに所属している一也は、去年わざと一単位だけ履修をせずに留年をした。そして、今年度の初めに早々とその単位を取り、さらに東京の製薬会社に就職を決めたあと、かねてからの夢だったというアフリカへのボランティアに旅立った。まだ水道の通っていない村を巡って、そこに井戸を掘るという事業を手伝っているらしい。

比較的治安の安定している地域しか回らないという話だったが、二年半前に一也と交際しはじめてからというもの、これほどの期間離れたことがなかったので、どうしても不安だった。数日に一度はインターネットが使える街まで戻るらしく、こうやってパソコン越しに話をすることはできる。しかし、ディスプレイに粗い画質で映し出される一也の姿を見ると、自分と恋人の間の距離を思い知らされ、胸の奥が締め付けられた。

可能なら、自分も一也とともにアフリカに行きたかった。もともと、一也とはボランティアサークルの先輩後輩の間柄だ。数年前までは、知美自身も年に一回ほど、海外にボランティアに行っていた。現在の仕事であるウェブデザインも、ネット回線さえあれば（回線スピードが遅くて苦労するだろうが）できないこともない。しかし、知美の体内で暴れ回る免疫系がそれを許してくれなかった。

知美は横目で、部屋の隅に置かれた姿見を見る。この三年間飲み続けている副腎皮質《ふくじんひしつ》ステロイドホルモンの副作用で、頰のあたりに少し肉のついてしまった自分の姿が映った。知美は唇に力を込めると目を伏せる。

三年前、すでに地元の銀行への就職も決まり、あとは大学の卒業を控えるだけとなっていた知美を突然病魔が襲った。特に忙しい生活を送っているわけでもないのに、常に重い疲労を感じ、微熱が続くようになった。天気のよい日に外に出かけると、顔や腕などの露出していた部分が赤く腫《は》れ上がった。体はむくみ、少し運動しただけで息苦しさが生じることもあった。

近所の内科を受診したが、「就活の疲れじゃないですか」とビタミン剤を処方されただけだった。しかし、薬を飲んでも症状が改善するどころか悪化していき、ついには立ち上がることすら苦労するようになった。

あまりにも異常な体の変調に恐怖を覚えた知美はタクシーを呼び、街に唯一ある総合病院へと向かった。必死の思いで診療受付を終え、待合室のソファーに座り込んだところで記憶は途切れている。

次に意識を取り戻したとき、知美はベッド上に横たわり、体にはいくつものチューブが繋がっている状態だった。混乱した知美が周囲を見渡すと、離れた街に住んでいるはずの母親がすぐそばで心配そうに自分を見下ろしていた。その母の隣には、白衣姿の男が立っていた。

白衣姿の男はゆっくりとベッドに近づいてくると、主治医だと名乗ったうえで、知美が待合室のソファーで意識を失い、そのまま一時的に心停止をしたこと。その場に駆けつけてくれた医師たちによりなんとか蘇生したが、危険な状態だったのでそのままＩＣＵに運ばれて、二週間近くも人工呼吸管理され、集中治療を受けたということを、淡々と説明していった。

その話をベッドに横たわったまま呆然と聞いた知美は、パニックになりかけながら喘ぐように訊ねた。なぜそんなことが起きたのか。自分の体になにが起こっているのか。

主治医は小さく息を吐いたあと、陰鬱な口調で言った。

「全身性エリテマトーデス。ＳＬＥと呼ばれる難病です」

あの日から三年あまり、知美は自らの免疫系が全身の臓器を攻撃するというこの難病と闘い続けてきた。最初に入院したとき、心筋炎を起こし心停止までした知美の病状は、ＳＬＥ患者の中でもかなり重症の部類らしく、闘病は苦しいものだった。

退院後も全身の倦怠感や光への過敏症はなかなか消えず、決まっていた銀行の就職も諦めなくてはならなかった。毎日内服しなくてはならない大量の副腎皮質ステロイドの副作用、その中でも特に「満月様顔貌《がんぼう》」と呼ばれる顔に脂肪がついていく症状は、知美の精神を蝕んだ。密《ひそ》かに誇りに思っていた、ほっそりとした頬辺りに肉がついていくにつれ、知美は鏡を見ることが怖くなっていった。

一人ではこの三年間、耐えることはできなかっただろう。大切な恋人が、一也が支えてくれたからこそ、私は自らを哀れむことをやめ、前に踏み出すことができたのだ。

知美はSLEと診断されてから半年ほど経ったあの日、一也から連絡があった日のことを思い出す。その頃、知美は大学は卒業したものの働くこともできず、引きこもりのような生活をしていた。病気が分かって最初の頃は、同じ文学部だった友人やサークルの仲間が毎日のように見舞いに訪れていたが、四ヶ月も経つとみんな新年度の新しい生活で忙しいのか、知美に声をかけてくれる者はほとんどいなくなっていた。だからこそ、サークルの後輩である一也が食事に誘ってくれたことは嬉しかった。

浮腫《むく》んでいる顔を鏡で見て少し暗い気分になりながらも、久しぶりに化粧をした知美は、一也が予約してくれたダイニングバーで二人で食事をした。その間、一也は知美の病気のことについて一言も口にしなかった。

知美はいろいろと世話をした後輩が、その恩返しとして自分を元気づけるために食事に誘ってくれたと思っていた。

食事を終え、気を使ってくれた礼を言って別れようとしたとき、知美は唐突に一也に手首を摑まれた。その手に込められた力に知美が一瞬恐怖を覚えた瞬間、一也は思い詰めた表情で口を開いた。

「知美先輩、俺と付き合ってくれませんか?」

知美はすぐにはその言葉が理解できなかった。ゆっくりと、目をかけていた後輩がなにを言ったのかが脳に染みこんできたとき、知美の胸に最初に湧き上がった感情は、困惑でも、喜びでもなく、怒りだった。

同情で交際なんて申し込んで欲しくない。いくら難病に冒されて弱気になっていても、それくらいのプライドは残っている。知美はそのことを強い口調で伝えながら、一也の手を振り払おうとした。しかし、一也が手を放すことはなかった。

「同情なんかじゃありません! 前からずっと知美先輩にあこがれていました! 本当なら、先輩の卒業式のときに告白するつもりだったんです!」

人通りの多い路上で告白され、知美は混乱した。それが一也の本心から出た言葉なのか分からなかった。

「いまは無理。ちょっと考えさせて」

顔を左右に振りながら言うと、ようやく手を放してくれた一也から逃げるように家に帰り、ベッドに潜り込んで頭から布団をかぶった。

その翌日から、毎日のように一也から電話がかかってくるようになった。電話の向こうで一也は何度も、同情から告白したのではないとくり返し、そしてあらためて交際のことを考えて欲しいと懇願した。

最初のうち、知美は信じられなかった。自分のように難病に冒され、人生の先が見えなくなってしまった人間と、同情ではなく交際しようとする人間がいるなんて。しかし、執拗なまでの一也からの告白に、凍りついていた心はゆっくりと、しかし確実に溶かされていった。

二人で食事をしてから一ヶ月ほど経った深夜、知美は一也の誘いに応じ深夜の大学へと向かった。正門は夜十時には閉められているが、広大なキャンパスにはその気になればいくらでも忍び込むことができ、学生たちの深夜のデートスポットと化していた。

裏門の近くで満面の笑みを浮かべる一也と顔を合わせたときも、知美はまだ答えを出せずにいた。一也の行動が自分に対する同情からくるものではないということは、疑っていなかった。しかし、交際をすれば自分は一也の負担になるかもしれないという想いが、知美を悩ませた。

知美は一也と言葉を交わすことなく、ゆっくりと二人並んで深夜のキャンパスを歩いた。

やはりダメだ。一也のためにもはっきりと断るべきだ。

知美がそう決断しかけたとき、一也が手を握ってきた。その大きな手の感触に、知美の胸で心臓が大きく跳ねた。

「先輩、いい所があるんですよ」

一也は微笑むと、「いいところ?」と小首をかしげる知美の手をとり、ずんずんと歩き出した。引きずられるようについていく知美を、一也はキャンパスの中心辺りにある十階建ての建物へと連れていき、エレベーターに乗せ、最上階へと連れて行った。

「この建物って……」

「理科棟ですよ。化学科、物理学科、あとは俺たち薬学科とかが研究に使う建物です」

一也は笑顔を浮かべると、再び知美の手を取ってエレベーター脇にある階段をのぼった。

「ここです」

階段をのぼりきったところにある扉を一也が開けると同時に、強い風が吹き込んできた。髪を押さえながら扉の外に出た知美は、大きく息を呑んだ。広々とした屋上、そこから街の夜景が一望でき、見上げると満天の星も広がっていた。空と地上でまたたく光を眺めていると、無数の宝石の海に浮かんでいるような心地になった。

知美はゆっくりと屋上の端まで進むと、柵に手をかけてその光景を眺めた。

「先輩、気をつけてくださいね。ここの柵、ちょっと低いんで。あんまりかぶりつきで見ると、落ちちゃいますよ」

いつの間にか隣にやって来た一也が、冗談めかして言った。

「ここって……」

「理系学生の穴場スポットなんですよ。この街だと、ここより高い建物がほとんどないんで、街全体が見渡せるんです。深夜まで研究する学生がいるんで、建物に鍵がかかっていないし、屋上も天文学科の学生のために開放されているんです」

一也は知美の右手を両手で包み込むように握ると、真っ直ぐに目を覗き込んできた。

「知美先輩、もう一度だけ言います。俺と付き合ってください。病気なんて関係ないです。二人でなら支え合えば、どんなことでも乗り越えていけますよ。俺が先輩を支えるから、先輩が俺を支えてください」

知美は口を開いた。しかし、すぐには返事をすることができなかった。突然病魔に襲われてから数ヶ月ため込んでいた感情が、胸の中で暴れ回っていた。喉の奥から嗚咽が漏れ、視界がぼやける。知美は歯を食いしばると、目を固く閉じ、必死にうなずいた。

きらめく星の下で、一也は知美を柔らかく抱きしめてくれた。


「知美さん。おーい、知美さん」

記憶を反芻《はんすう》していた知美は、一也に声をかけられ我に返る。

「あっ、ごめん。なんだっけ？」

「大丈夫？　ちょっと疲れてる？」ディスプレイの中の一也が、心配そうに眉をひそめる。

「ううん。全然大丈夫。体調はすごく良いよ」

その言葉に嘘はなかった。この三年、ＳＬＥの病状は少しずつながら、確実に改善していた。飲む薬の量も次第に減ってきている。最近では、それほど日差しが強くない日は、日中でも普通に外出できるようになっていた。

それもこれも、全部一也のおかげだ。一也と交際をはじめ、再び前を向くことができるようになったからこそ、病気に立ち向かうことができているのだ。

「一也君こそアレルギーは大丈夫？」

知美は画面に向かって訊ねる。一也はかなりのアレルギー体質で、口にできないものも多かった。アフリカでしっかり食事ができているのか不安だった。

「ああ、それは問題なし。ちゃんと注意してくれているから。あ、そうそう。ちょっと見て欲しいものがあるんだ」

一也がはしゃいだ声をあげるのを聞いて、知美は眉根を寄せた。一也は二十四歳だというのに、子供っぽいところがある。こういう口調でしゃべるときは、決まってなにかおかしなことをして知美を困惑させるのだ。

「今度はなにしたわけ？」

知美が警戒しながら訊ねると、一也は着ていたTシャツをたくし上げた。

「なんなのそれ!?」

ディスプレイに映し出された光景を見て、知美は悲鳴のような声を上げる。一也のへその横に、小さな絵が描かれていた。

「なにって、見たら分かるじゃない。タトゥーだよ。蛇《へび》のタトゥー」

映像が粗くて最初ははっきりとは分からなかったが、たしかに言われてみれば、それはとぐろを巻いた蛇の姿だった。

「タトゥーって、なに考えているのよ!?」

「いま井戸を掘っている集落では、蛇のタトゥーを入れることが魔除《まよ》けのまじないなんだって。そこの村長に勧められたから、ちょっと入れてみたんだ」

一也はまったく悪びれる様子を見せなかった。

「四月から会社で働くんでしょ。外国じゃ普通かもしれないけど、日本の会社じゃタトゥーなんて入れていたら問題になるじゃない。それに、温泉とかもタトゥーお断りのところ多いし」

一也は時々このように、その場のノリだけで行動することがあるのだ。以前にも通りかかった中古車ショップで赤くて派手な軽自動車に一目惚《ひとめぼ》れし、その場で契約して知美を驚かせたことがある。知美は軽い頭痛をおぼえ、額を押さえた。

「大丈夫だって。ボランティア仲間に昔同じようなタトゥー入れてもらったって人がいたんだけど、その気になればレーザーですぐ消せるんだって。問題ありそうなら、日本に帰ってすぐに消すからさ」

屈託ない一也の笑顔を見て、それ以上文句を言えなくなる。

「お、なんだよ阿久津君。そのタトゥーを彼女に見せてるの？」

一也ではない男の声がパソコンから響いてきた。どうやら、ボランティア仲間のようだ。

「はい、彼女もかっこいいって言ってくれました」画面の一也がふり返る。

そんなこと一言も言っていないじゃない。知美は唇を尖らせた。

「気をつけなよ。けっこう通訳がいい加減だからな。魔除けのタトゥーだと思っていたのが、実は『呪いのタトゥー』とかだったりしてな」

笑い声とともにそんな不吉なセリフが聞こえてくる。

「ちょっと！　呪いってどういうこと？」

「冗談だって、知美さん。アフリカンジョークってやつ」

知美が軽く身を乗り出すと、一也は再び正面を向きながら、ぱたぱたと手を振る。

「それとも、もしかして知美さん。『呪い』とか信じる方だったりする？」

からかうような口調で言われ、知美は一瞬言葉につまる。

「……べつに、そんな非科学的なもの信じてるわけじゃないけど」

だからって、呪いなんて言われたら気分悪いじゃない。知美は心の中で文句を言う。

「あっ、ごめん。そろそろ次の人と代わらないといけないみたい。また来週に話せると思うから、ちょっと待っててね」

「うん。分かった……」

せっかく久しぶりの恋人との通話だったというのに、本当に話したかったことを言えずに終わってしまった。知美の胸に不満がくすぶる。

「知美さん」

通話を終えようとパソコンに手を伸ばした瞬間、これまでの軽薄な口調とは違う、静かな声で一也が名を呼んできた。知美の手が止まる。

「なに？　なにかあったの？」

粗い映像でもわかる、一也のどこか思い詰めたような表情に不安が湧き上がる。

「いや、そういうわけじゃないんだ。ただ、日本に帰ったら知美さんに聞いて欲しいことがあるんだ」

「聞いて欲しいこと？　いまじゃだめなの？」

「こんな画面越しじゃなく、ちゃんと直接会って言いたいんだ。大切なことだから」

「大切なこと……」

知美はその言葉をおうむ返しする。淡い予感に心臓がとくんと鳴った。

「あ、本当にもう代わらないといけないみたい。知美さん、それじゃあね。愛しているよ」

笑顔で歯の浮くようなセリフを口にすると、一也は手を振った。

「うん、じゃあね」

知美が手を振ると、ディスプレイに映っていた映像が消える。

知美は目を閉じる。瞼の裏に映像が消える直前の一也の笑顔が蘇ってきた。


いったい何があったというのだろう？

ベッドに腰掛けた知美は、文庫本を読むふりをしながら、そっと同じ部屋にいる一也の様子をうかがう。一也はカーペットに置かれた座椅子に腰掛け、テレビのニュース番組を見ていた。しかしその目は虚《うつ》ろで、ニュースに興味がないのは明らかだった。

一昨日、一也は約三ヶ月のアフリカでのボランティアから帰国した。空港へと迎えに行っていた知美を見つけると、一也はスーツケースを引きずりながら笑顔で近づいてきた。しかし、その顔に浮かんでいた笑みはどこか弱々しく、そして暗い影がさしていた。

街へと帰る電車の中でも、一也はどこか心ここにあらずといった感じで、アフリカでの話を聞こうとする知美の言葉もあまり耳に入っていない様子だった。

きっと長旅で疲れているんだ。そう思った知美は、本当なら自分のマンションで一緒に夜を過ごしたかったが、自宅でしっかり休むように勧め、アパート前まで一也を送った。その翌日も休養をとってもらうために会うことはせず、そして今日、夕方に一也を自宅に呼んで夕食を振る舞った。

まる一日しっかり心身を休めれば、また陽気な恋人に戻ると思っていた。しかし、今日も一也は口数が少なく、時々見せる笑顔もどこか無理矢理つくっているように見えた。

まだ疲れがとれていないのだろうか？　たしかに顔色はあまりよくないように見える。そういえば、アフリカからの連絡でも、後半からはよく「疲れが溜まっている」とか「体がだるい」などの弱音を吐くようになっていた。

「ねえ、一也君」

知美は文庫本をわきに置くと、一也に声をかける。一也はテレビから知美に視線を移し、笑みを浮かべた。どこか人工的な笑みを。

「知美さん、どうかした？」

「ううん、ちょっと疲れているみたいだから、大丈夫かなって思って」

「……うん、少し体がだるいかな。けれど、大丈夫だよ。あと二、三日すれば元気になるよ」

一也はおどけるように肩をすくめる。少しだけ、いつもの一也の調子が戻ってきていた。

「再来月からは俺も社会人になるんだから、こんなことで弱音吐いていられないよね」

「そうだよね……、一也君、社会人になるんだよね」

知美はかすかに不安をおぼえる。あともう少しで、自分たちの関係は大きく変わるだろう。一也は東京で働きはじめる。このままでは遠距離恋愛になり、これまでのように気軽には会えなくなってしまうだろう。

私も東京に引っ越そうか？　ありがたいことに、ウェブデザイナーの仕事は順調で、引っ越しするだけの資金は十分にあった。ネット環境があればどこでも仕事はすることができる。一也の引っ越し先の近くにマンションを借りれば、いままでと同じように会うこともできるだろうし、社会人になってなにかと忙しくなるであろう一也を癒やしてあげることもできるはずだ。

いや、それならいっそのこと一緒に……。

知美は口元に力を込める。これまではなんとなく、かなり先のことの様な気がして、一也と来年度からのことをしっかりとは話してこなかった。けれど、いつまでも曖昧なままにはしておけない。知美は乾燥した唇を舌で舐めて湿らせると、ゆっくりと口を開いた。

「一也君。二ヶ月ぐらい前に言っていた、『日本に帰ったら聞いて欲しいこと』って……なに？」

知美は震える声で訊ねた。一也は一瞬目を見開いたあと、唇を噛んでうつむいた。その態度が知美の不安をあおる。

心臓の鼓動が痛みを感じるほどに加速していくのを感じながら、知美は一也の言葉を待った。粘着質な時間が流れていく。

一也はたっぷり三分は黙り込んだあと、うつむいたまま口を開いた。

「……ごめん、いまはまだ言えないんだ。……いまはまだ」

蚊の鳴くような声で一也はつぶやく。知美はこれまで、これほどに弱々しい一也を見たことがなかった。なぜかは分からないが、自分の質問が一也を追い込んでしまったことに気づく。

「う、ううん。全然いいのよ。気にしないで。ちょっと気になっただけだから」

胸の前で両手を振って、なんとかその場を取り繕おうとする。しかし、一也はうつむいたままだった。知美は慌てて話題を変えようとする。

「そういえば、あの魔除けのタトゥー見せてよ。あれ？『呪いのタトゥー』だっけ」

知美はつとめて明るい口調で、おどけるように言う。その瞬間、うつむいていた一也の顔が跳ね上がった。

「呪いのタトゥー？」

知美を見つめながら、一也は低い声で言う。まるで硝子《ガラス》玉が眼窩《がんか》にはまっているかのように、その目からは感情の色が消えていた。知美の背筋に冷たい震えが走る。

「あ、あれよ。ボランティアの仲間が冗談で言っていたじゃない。通訳が間違っているかもしれないって」

しどろもどろになりながら、知美は言葉を重ねる。一也はゆっくりと視線を知美から、シャツに覆われた自分の腹へと落としていく。タトゥーが刻まれた自分の腹に。

次の瞬間、一也は歯茎が剝き出しになるほどに唇をゆがめた。

「違う！　呪いのタトゥーなんかじゃない！　そんなわけがないんだ！　そんなわけ……」

一也は両手で自分の肩を抱くと、小さく震え出す。知美が唖然としている間に、その震えはどんどんと強くなっていく。知美は慌てて一也の体に手を回した。

「一也君、落ちついて。大丈夫だから。大丈夫だから、ゆっくり深呼吸をして」

知美が腕に力を込めると、少しずつ一也の震えは弱くなっていく。次の瞬間、一也も知美の体に腕を回してきた。二人は無言のままお互いを抱きしめ続ける。まだ完全にはおさまっていない一也の震えが、知美の体に伝わってくる。

「……知美さん、ありがとう。もう落ちついたよ」

数分して、一也は小さな声でつぶやくと、知美の体に回していた腕を解く。知美もゆっくりと力を抜いていった。

知美と一也の視線が絡む。どちらからともなく、二人の唇が重なった。

一也は強引に知美の口腔内に舌を侵入させると、舌を絡めていく。セーターの上から強く胸を揉《も》まれ、知美の息が弾んだ。

一也は知美の体を抱き上げ、ベッドの上に運ぶと、乱暴な手つきで知美のセーターをたくし上げていく。これまでにないほど強引な一也に少し驚きながらも、下着姿になった知美は一也の体に腕を回した。知美の首筋に舌を這わせた瞬間、唐突に一也の動きが止まった。

「一也……君？」

不審に思った知美が声をかけると、一也は「ああっ！」と悲鳴のような声をあげて上半身を跳ね上げる。その顔は炎で炙《あぶ》られた蠟《ろう》のように歪んでいた。

「ど、どうしたの？　大丈夫よ、ちょっと驚いたけど、嫌じゃないよ」

再び抱きつこうと手を伸ばした知美の肩を、一也は両手で摑むと、引きはがすように押した。

知美の口から小さく悲鳴が漏れる。

「あ、あ、あ……」言葉にならない声をあげながら一也は立ち上がり、両手で頭を抱えた。

「どうしたの……一也君」知美はかすれ声で訊ねる。

「違うんだ……。絶対に『呪い』なんかじゃない……。そんなわけがないんだ……」

頭を抱えたまま、ぶつぶつとつぶやきながら一也は後ずさっていく。そのあまりにも異様な様子に、知美が下着の胸元を隠しながら立ち上がると、一也はびくりと大きく体を震わせた。

「大丈夫よ。大丈夫だから」

なにが起きているのか分からないまま、知美は「大丈夫」とくり返すことしかできなかった。

「ごめん。いまは、いまはダメなんだ……」

迷子の幼児のような表情を浮かべて知美を見つめると、一也は身を翻して玄関へと向かった。

「一也君!?」

知美が止める間もなく、玄関扉を開けた一也は部屋の外へと飛び出していった。扉が閉まる重い音が、やけに大きく知美の鼓膜を揺らした。

「この前はごめん」

テーブルを挟んで対面の席に座る一也が、つむじが見えるほどに頭を下げる。

「それはいいんだけど……。それより、この一ヶ月なにをしていたの？」

知美は眉間にしわを寄せながら、約一ヶ月ぶりに会う恋人に言う。

「いや、ちょっといろいろとね」

「いろいろとじゃないでしょ。一ヶ月も連絡取れなくなって！」

首をすくめて上目遣いに視線を送ってくる一也に、知美は怒声をぶつける。

先月、あまりにも異常な様子で部屋を飛び出した一也に、知美は必死に連絡を取ろうとした。しかし、それから一ヶ月近く、一也は一度も電話にもメールにも反応することがなかった。知美は一也のアパートも何度も訪ねたのだが、やはり一也と会うことはできないでいた。

もしかしたら、このまま二度と一也とは会えないのかもしれない。そんな身を裂くような不安を抱えながら毎日を過ごしていると、昨日唐突に一也から電話が来て、今日会って話がしたいと言ってきたのだ。

そして、昼下がりのカフェで待ち合わせをし、約一ヶ月ぶりに顔を合わせた瞬間、一也は深々と頭を下げたのだった。

なんの連絡もなく消えていたことへの怒りと、一ヶ月ぶりに恋人と顔を合わせることができた喜びと安堵で、知美の頭の中はごちゃごちゃになっていた。必死に次に言うべき言葉を探していると、ウェイトレスが二人の前にカップを置いた。

知美は一也に鋭い視線を浴びせながら、一口カップの中のダージリンティーをすする。その温かさと芳醇な香りが、少しだけ冷静さを取り戻させてくれた。

知美は一度大きく息をつくと、ゆっくりと口を開く。

「それじゃあ、あらためて説明して。この一ヶ月、なにがあったのか」

一也はコーヒーをブラックのまま一口含むと、知美と視線を合わせた。

「本当にごめん。なんていうか……、アフリカでいろいろ悲惨な状況を見てさ。ちょっとしたPTSDみたいになっていたんだよね。それで、あんなに取り乱して。だから、実家の近くの総合病院の精神科で、この一ヶ月治療を受けていたんだ」

一也は淡々と説明していく。しかし、そのよどみない語り口は原稿を読み上げているかのようで、知美の不信感をあおった。

「……一也君が行っていたのって、治安が良い場所だったんでしょ。そんなところでPTSDになるような経験をしたわけ？」

「治安がいいと言っても、日本と比較できるレベルではないからね。かなり悲惨な光景も見てきたよ。子供が病気でどんどん死んでいったり……」

一也の表情に暗い影が差す。その言葉には感情が込められていた。きっと一也がアフリカで悲惨な光景を見てきたということは本当なのだろう。けれどそれが、一也があれほどに取り乱した原因だとは、素直には納得できなかった。

「……呪い」知美がぼそりとつぶやく。一也の表情に露骨な動揺が走った。

「あの夜に一也君、なにかと『呪い』って口走っていたじゃない。あれって、なんだったの？」

知美が低い声で訊ねると、一也は気を落ちつかせるためかコーヒーをもう一口飲んでから、陰鬱な声で話しはじめた。

「……俺が行った村では、かなり子供が死んでいたんだよ。……衛生状況がかなり悪かったからね。そして、子供が死ぬときまって村の人たちが、『これは呪いだ』って騒いでいたんだ。呪いは親から子に受け継がれる、先祖の呪いが子供を殺したんだってね」

「いまだにそんなことが信じられているんだ……」

知美が表情をゆがめると、一也は暗い表情のままうなずいた。

「うん。かなり辺境の土地で、まだ祈禱師《きとうし》が病人を診ているような所だからね。そして、俺がそこにいる間にも何人も子供が命を落として、そのたびに村中が『呪いだ！』って騒ぎ回ったんだ。そのうちに、俺もなんとなく、本当に『呪い』があるような気がして……」

一也の声は尻すぼみに小さくなっていった。そんな一也を知美は見つめ続ける。

『呪い』なんて非科学的なものがあるわけがない。けれどそう思えるのは、きっと私が安全圏で、人の『死』というものが過剰なほど日常生活から隔絶《かくぜつ》されたこの日本という国で生きているからなのだろう。もし一也のように実際にその村で過ごし、目の前で次々と人々が命を落としていくのを目《ま》の当たりにしたら、私も『呪い』の存在を信じてしまうかもしれない。

ＰＴＳＤになったという一也の話を、知美は次第に受けいれていく。

「それで、治療してよくなったの？」

緊張しながら訊ねると、一也は笑顔でうなずいた。

「一ヶ月しっかり治療したおかげで、かなりよくなったよ。もうあの夜みたいなことは起きないから安心して」

「……そう。それならいいけど」

知美は曖昧にうなずく。一也の笑みが、以前のように屈託ないものではなく、どこか暗い影を含んでいることが気になった。

「……一也君、そんな状態で来月からちゃんと東京で働けるわけ？　製薬会社の営業って大変なんでしょ。それに、東京に行くならそろそろ引っ越ししなくちゃ」

この一ヶ月、一也と連絡が取れなかったので、今後のことを考える余裕なんてなかった。けれど、こうやってまた一也と会えたのだから、来月以降のことも考えなくては。

一也の精神のバランスが不安定なら、やっぱり私も東京に引っ越して、そばで支えて……。

「あっ、東京の製薬会社に勤めるのはやめたよ」

あっけらかんと言い放った一也のセリフに、知美は目を剝く。

「えっ⁉　なに言っているわけ⁉」

「だから、東京の会社の内定は辞退したんだ。主治医の先生に、いまはあまり環境を大きく変えたり、心身にストレスをかけない方がいいって言われたからね。まあ人事の人はぶつぶつ文句を言っていたけど、精神的な問題だって説明したら理解してくれたよ」

「それじゃあ、来月からどうするの？」

無職になったとしたら、私の収入で養えるかしら。仕事は順調だからできないことはないかもしれないけど、安定した仕事じゃないし。それに、もし私の夢を叶《かな》えるとしたら……。

「大丈夫、この街の製薬会社に勤めることになったよ」

「はぁ？」一也がなにを言っているのか理解できず、知美は甲高い声を上げる。

「だから、薬学部の先輩のツテで、この街にあるサウス製薬ってところに勤めることができるようになったんだ。知美さんも知っているでしょ。小泉沙耶香先輩だよ」

小泉沙耶香は知っていた。ボランティアサークルの先輩だ。かなりアグレッシブな人で、よく海外ボランティアに行っていた。たしか、とくにアフリカに多く行っていたはずだ。

「けれど、ストレスかけちゃいけないんでしょ？　製薬会社に入ったら意味ないんじゃ……」

「サウス製薬には営業じゃなくて、研究員として就職するんだ。給料は下がるけれど、ストレスは格段に少なくなるはずだよ。もともと俺、研究好きだからさ」

「それならいいけど……」

知美は口ごもる。脳裏をあの夜の一也の姿がよぎっていた。またあんなことにならなければいいが……。

ただ、一也がこの街で就職してくれるのは嬉しかった。これで一也と離ればなれに暮らすことはなくなった。

「それじゃあ知美さん、俺が社会人になってもよろしく。これからも仲良くやっていこうね」

一也は明るい口調で言うと、テーブル越しに手を差し出してくる。知美は一瞬ためらってから、その手を握った。

しかしなぜか、胸の中の不安は消えるどころか膨らみ続けていた。

やはり『呪い』が一也を変えてしまった。知美はそう思わずにいられなかった。

アフリカから帰り、サウス製薬に就職してからの一也は、明らかに以前と違っていた。まず、知美との夜の生活がなくなった。学生時代は若いこともあって、一也の方から積極的に求めてきていた。しかし、アフリカから帰ってきて以降、一也から誘ってくることはなくなった。

知美が恥ずかしい思いを我慢して誘っても、唇を重ねたり、体に触れてはくれるものの、最後までは決してしようとはしなかった。

最初の頃は、愛情が冷めてしまったのではないかと不安に思っていた。しかし、就職した一也は以前よりも頻繁に知美と会いたがるようになり、週に三、四回は知美の部屋に泊まっていくようになった。

一也の腕に抱かれていると、それだけで心が満たされ、しだいに性行為がないことに不満を抱かなくなっていった。

ただ時が経つにつれ、一也は少しずつ、しかし明らかに消耗していった。最初のころは夜九時頃までには仕事を終えていたようだが、就職してから一年も経つと、日付が変わる頃に知美の部屋を訪れることが増えていった。

「もう少し仕事量を減らせないの？　いったいどんな研究をしているわけ？」

知美がそう訊ねると、一也は「この研究を早く完成させないといけないんだ。研究内容については、守秘義務があるから言えないんだ」と強い口調でくり返した。そのたびに、知美は強い不安と無力感にさいなまれた。

一也が変わっていっている。一番近くで見てきた知美には、それが明らかだった。

以前より痩せて、頬骨が目立つようになった。睡眠不足のせいか、いつも目は充血していた。そして変化は、外見だけではなく、性格にも表れはじめた。もともとは陽気な性格だったのに、暗くふさぎ込むことが多くなった。些細《ささい》なことに苛立つようになり、知美とぶつかることも増えて来た。ストレスのせいか、頻繁にアレルギー症状を起こすようになり、何度も全身に蕁麻《じんま》疹《しん》が出て苦しんでいた。そして、いつしか精神科の主治医から処方されたという薬を大量に飲むようになっていた。

それでも、知美は必死に一也を支え続けた。どん底にいた自分を救ってくれた一也を、今度は自分が救いたかった。

そんな張り詰めた毎日が二年ほど続いた四月初旬のある夜、とうとう破綻《はたん》の時がやってきた。

その日の二十一時頃、知美がチーズケーキをフォークで崩しながら部屋で仕事をしていると、インターホンが連続して鳴らされた。鳴り止《や》まないインターホンに恐怖を感じながらドアスコープを覗き込むと、外廊下にうなだれた一也が立っていた。

「一也君、どうしたの？」

知美が扉を開けると、一也は無言のまま、泥酔者のようなおぼつかない足取りで部屋の中へと入ってきた。これまで一也は、部屋に来る前に必ず一報を入れていた。それなのに今日は連絡なくやって来たうえ、態度も普通ではない。扉の鍵を閉めた知美は、早足で一也のあとを追って部屋に入った。

一也はベッドの前で跪《ひざまず》くと、唐突に固めた拳を何度もくり返し布団に叩きつけはじめた。

「落ちついてよ。なにがあったわけ？」

知美は慌てて一也の肩に手を添える。一也は手の動きを止めると、ゆっくりとふり返った。その表情はゆがみにゆがんでいて、泣いているようにも笑っているようにも見えた。

「呪い……」

一也がぼそりとつぶやいた瞬間、知美は心臓を鷲摑《わしづか》みにされたような気がした。この二年間、その単語を一也が口にしたことはなかった。一也を変えてしまうきっかけになったその単語を。

「な、……なにを言っているわけ？」

自分でもおかしく感じるほどに、知美の声は上ずっていた。

「会長が……ふざけたことを言い出したんだ」

一也はうつむくと、ぼそぼそと独り言のようにしゃべり出した。

「会長って、サウス製薬の会長のこと？」

「そう……。俺はずっと会長と一緒に研究していたんだ。けれど今日、あの人がとんでもないことを言い出して……」

「一也君の研究って、あんな大きな会社の会長さんと一緒にやっていたの⁉」

知美は目をしばたたかせる。

「俺はあの研究にすべてを賭けていたんだ！　それなのにあの人は……」

知美の質問に答えることなく、一也は再び布団に拳を叩きつける。

「会長さんとなにがあったの？」

一也を背中から抱きしめながら、知美は必死に質問を重ねる。

「俺のことを見捨てたんだ！　あいつと一緒になって俺を見捨てやがって！　たしかに研究を完成させたのはあいつだよ。けど俺だって貢献してきたんだ。なのに……ふざけやがって……」

「あいつって？」

「……沙耶香先輩の妹、俺の研究仲間だ。あいつ、研究成果を俺に使わせないつもりなんだ。俺から隠すために、データを分割して会長と保管しやがった。そんなこと絶対に許さない！　絶対に……」

沙耶香先輩の妹？　いったいどういうこと？　知美は混乱する。

「なにがあったの？　一也君はあの会社で、いったいなんの研究をやって来たの？」

知美は緊張しながらその質問を口にした。一也がかたくなに隠し続けた研究内容。いったいそれはなんなのだろう？　それを一也に使わせないとはどういうことなんだろう？

一也は体を硬直させると、首の関節が錆び付いたような動きでふり返り、知美と視線を合わせる。その表情には激しい逡巡が浮かんでいた。

数十秒の沈黙のあと、一也は喉の奥から声を絞り出す。

「……呪いを解くための研究だよ」

「呪いを……？」

あまりにもオカルトめいた響きに、知美は眉をひそめる。これはなにかの冗談なのだろうか？　いまの時代の日本で、呪いの研究なんて……。

「そうだよ。あそこでの研究が完成すれば、俺は助かると思っていたんだ」

「ちょっと待って、一也君が助かるってどういう意味？」

胸の中で暴れ回る不安を必死に押し殺しながら、知美はかすれる声で訊ねた。

「俺は呪われているんだ！」一也は両手で顔を覆う。

「一也君、落ちついて。お願いだから落ちついて。呪いなんかない。そんなの全部迷信なのよ」

知美が必死に声をかけると、一也はゆっくりと顔を上げた。

「……迷信なんかじゃない。あのアフリカの村では、呪いが広がっていたんだ。それで大人も子供もどんどん死んでいったんだ」

焦点を失った一也の目が知美をとらえる。感情の浮かんでいない硝子玉のような目。二年前のあの夜と同じ目。知美は必死に悲鳴を飲み込んだ。

「こ、ここはアフリカじゃないの。その村からは一万キロ以上離れてるのよ。呪いがあったとしても、ここまでは届かないわよ」

知美は子供に言い聞かすように、諭すような口調で言う。しかし、一也はゆっくりと首を左右に振った。

「二年前から俺はずっと呪われ続けているんだよ。このタトゥーを入れたときから！」

突然、一也がシャツをたくし上げた。へその横に刻まれた、とぐろを巻いた蛇のタトゥーが露《あら》わになる。舌を出した蛇のリアルな姿。恋人の体に描かれたその禍々《まがまが》しい絵に、知美の表情がこわばる。

「そ、それは『魔除けのタトゥー』なんでしょ。きっと、それが『呪い』もはじき飛ばしてくれるわよ」

知美は必死に言葉を重ねる。どうやれば恋人を説得できるのか、もはや分からなかった。

「魔除け？　魔除けなんかじゃないさ。このタトゥーこそ『呪い』そのものなんだよ。俺はこのタトゥーに殺されるんだ！」

一也は声を嗄《か》らして叫びながら立ち上がり、テーブルに置かれたケーキ皿から小さなフォークを手に取った。次の瞬間、一也はフォークを無造作に自分の腹、とぐろを巻いている蛇に突き刺した。知美は悲鳴を上げることもできず硬直する。その間にも、一也はフォークを腹に突き立て続けた。

刃先はそれほど尖っていないので、深く突き刺さることはなかったが、それでも皮膚が破れ、血があふれてくる。十秒もすると、蛇の姿がほとんど確認できなくなるほど傷口が広がっていった。

「やめて!」

ようやく金縛《かなしば》りが解けた知美が、体当たりするように一也に抱きつく。フォークを持った手が虚空で止まり、そしてだらりと垂れ下がった。手の中からフォークがこぼれ落ちる。

「なんでこんなことするのよ……。もうやめてよ……」

知美は切れ切れに懇願する。こわばっていた一也の体から力が抜けていった。

「……ごめん」

耳をすまさなければ聞き逃してしまいそうなほど小さな声で、一也は謝罪する。知美はただ声を押し殺して泣き続けることしかできなかった。やがて、一也も小さく泣き声を漏らしはじめる。二人は抱き合ったまま、嗚咽を漏らし続けた。

どれだけ時間が経ったのだろう。知美には数分の気もしたし、一時間以上経った気もした。

二人はどちらからともなく体を離した。

「ねえ、一也君。……もうあんな会社辞めなよ」

知美が鼻をすすりながら沈黙を破る。一也は固く口を閉じたまま、返事をしなかった。

「会社を辞めて、この部屋で二人で暮らすの。一也君、仕事が忙しすぎてストレスが溜まっているんだよ。何ヶ月か休めば、きっと元気になるって。大丈夫、ウェブデザインの仕事は順調だし、貯金はけっこうあるから、二人で過ごすくらいならできるよ」

一也からの返事はやはりない。しかし、その表情がいくらか緩んだように知美には見えた。知美は胸を押さえて、心を落ちつかせる。大切なことを言うために。

いまがそのタイミングなのかは分からなかった。けれど、何年も胸の奥に秘めていたこの想いを、これ以上とどめておくことはできなかった。知美は乾いた唇を軽く舐める。

「二人で暮らして、家族になろうよ。一也君と私と……そして私たちの子供で」

「子供!?　でも、たしか……」

大きく目を見開いた一也の前で、知美はゆっくりとうなずく。

「うん。病状が悪かったときは妊娠は無理だって言われてた。けれど、一也君が支えてくれたから、この三年間で飲む薬の量もすごく減ったの。だから主治医の先生も太鼓判を押してくれた。いまの状態なら、妊娠して子供を産めるって」

一生付き合っていかなくてはならないこの病気になったとき、私は未来を失った。けれど一也のおかげで、いまは未来が見えている。一也とともに子供を育てていくという明るい未来が。

「いつまでも病状が安定しているかは分からないの。もしかしたら急にまた悪化して、妊娠ができない状態になるかもしれない。だから一也君、お願い。……私と家族になって」

あらん限りの勇気を振り絞って、知美は言葉を紡いだ。あとは一也の答えを待つだけだった。

きっと家族になれば、一也の心に巣くった『呪い』も解くことができる。すぐには無理かもしれないが、ゆっくりともとの一也を取り戻すことができる。本当の意味でお互いを支え合って生きていける。知美はそう確信していた。

一也は震える唇を開いた。しかし、その口から言葉がこぼれることはなかった。顔の筋肉が細かく複雑に蠕動《ぜんどう》していく。

一也の両手がゆっくりと知美に向かって伸ばされる。その体を抱きしめるように。緊張でこわばっていた知美の表情がほころんでいく。しかし、その手は知美の体に触れる寸前で停止した。一也が顔を伏せる。

「一也君？」

知美が声をかけた瞬間、一也は勢いよく顔を上げた。伸ばされていた手が知美の肩を摑み、勢いよく押し離す。知美は小さく悲鳴を上げながら、カーペットの上に倒れた。

一也は大きく舌打ちをしつつ立ち上がると、知美を睥睨《へいげい》する。部屋に湧いた害虫を見るかのような冷めた視線に射貫《いぬ》かれ、知美は呆然とする。

「ど、どうしたの……、一也君？」

倒れ込んだままの姿勢で、知美はこわばった舌を必死に動かす。

「どうしたじゃねえよ。なにを調子乗ってんだよ、あんた」

一也の吐き捨てたその言葉は、弾丸のように知美の胸を貫いた。

「調子に……乗ってる？」

「そうだよ。家族になりたい？　俺との子供が欲しい？　なに馬鹿なこと言ってんだ。俺があんたに惚れ込んでいるって、本気で思っていたのかよ？」

一也は唇の端を上げると、小馬鹿にするように鼻を鳴らした。

「だって、病気の私を心配してくれて……」

「心配？　そんなものするわけないだろ。ああでも言っときゃ、病気になって弱気になってるあんたをおとして、抱けると思っただけだよ。あんたいい女だったからな。けれど、いくらいい女でも飽きちまうもんだな。抱くのが面倒になってきたんだよ。まあ、それでも飯とか作ってくれるからキープしてたけど、まさか俺と結婚したいとか言い出すなんて、ちったぁ身の程ってやつを知れよ」

再び大きく舌打ちをする一也を前にして、知美は言葉を失っていた。いま起こっていることが現実だとは思えなかった。

知美は焦点の定まらない目を恋人に、いや恋人だと思い込んでいた男に向ける。一也は固い表情で知美を見下ろし続けていた。

「……一也君」

知美は必死に声を絞り出すと、一也に向かって震える手を伸ばす。溺れる者が助けを求めるかのように。

指先が一也のズボンに触れた。その瞬間、一也は歯を食いしばると、勢いよく身を翻し、玄関へと向かっていく。玄関の鍵を開け、ノブに手をかけたところで一也は動きを止めた。

知美は一也の背中を見つめる。全部嘘だと言ってくれるという、儚《はかな》い希望を抱きながら。

「俺の前に二度とその面を見せるんじゃねえぞ。子供作りたきゃ、他の男と作りな。俺みたいな男じゃなくて、もっといい男探しなよ」

そう言い残すと、一也はふり返ることなく玄関から出て行く。

扉が閉じた瞬間、知美は自らの未来が壊れた音をたしかに聞いた。


あの日から、一也と連絡が取れなくなった。電話をしても「電源が入っていないか、電波の届かない……」というアナウンスが流れるだけだし、どれだけメールを送っても反応はなかった。そのうち、知美は一也のアパートを訪れるようになった。けれど、一也に会うことはできなかった。

やり直せると思ったわけではなかった。ただ、一度だけでいいから話がしたかった。どこからが嘘だったのか知りたかった。

しかし、一也は完全に姿を消してしまっていた。そんな人間は最初からいなかったかのように。まるで、すべて自分の脳が創り出した幻であったかのように。

一也のことを想うたび、あの満天の星の下、屋上で愛を囁かれたことを思い出す。あれは嘘なんかじゃなかった。少なくともあのときは、一也は私を愛してくれていた。知美はそう信じていた。そう信じたかった。

きっと、『呪い』が一也を変えてしまったのだ。アフリカで刻まれた『呪いのタトゥー』、あれによって一也は別人になってしまった。知美はそんな非現実的なことを信じるようにさえなってきていた。

再び生きる目的を、未来を失った知美は、薬の内服を怠るようになってきた。当然のようにＳＬＥの病状は悪化していき、全身を冒す耐えがたい倦怠感のせいで、仕事もまともにできなくなった。すべてが悪い循環にはまり込んでいた。

あまりにも病状が悪いので、主治医は一時的に入院して治療をすることを強く勧めてきた。しかし、知美はそれを拒否した。未来を失ってしまった自分がこれ以上命を長らえることに、なんの意味があるのか分からなかった。心臓が止まったら楽になれるのに、そんなことすら考えるようになっていた。

あの悪夢のような夜から二ヶ月以上が経ったある日、知美はまたふらふらと一也のアパートへと向かった。

降りしきる雨の中、傘をさすこともせずアパートを見上げた。このまま雨に溶けてしまいたい。そんなことを考えていたとき、足下から「んにゃー」という鳴き声が聞こえた。

驚いて視線を落とすと、足下に可愛らしい黒猫が座りこみ、つぶらな瞳を向けていた。

4

僕が魂への干渉を終えると、虚ろだった知美の目に焦点が戻って来た。

「あら？　私……？」

知美は軽く頭を振ると、不思議そうに僕を見る。僕は大きく身震いをして、体についた水分をふるい落とした。

「大丈夫？　濡れて寒くない？」知美は触れたら砕けそうな儚い笑みを浮かべる。

まあ、たしかに寒いけど、これも仕事だからね。僕は「んにゃ」と短く鳴いた。

「あなた、首輪しているってことは、どこかのおうちに飼われているんでしょ？　風邪ひかないうちに帰らなくちゃだめよ」

お互い様にね。僕は軽く知美の魂に干渉して帰宅をうながす。

「……体冷えちゃったし、私も帰ってお風呂入ろうかな」

再び僕の頭を撫でながら、知美は独りごちた。そうした方がいいよ。まあ、僕はどんなに体が冷えても、絶対に風呂になんか入らないけどね。

「じゃあね、ネコちゃん。君もおうちに帰るのよ」

知美は哀しげに微笑みながら、僕の頭から手を離した。

ああ、そうだ。知美の目を見ながら、僕はもう一度その魂に干渉する。

これから数日間、眠る前にほんの少しだけ窓を開けていてくれ。僕の体が通り抜けられるくらい少し。

一瞬動きを止めて不思議そうに首をひねると、知美はゆっくりと体の向きを変えた。

さて、僕も麻矢の家に帰ろうかな。知美の記憶を覗くことで、阿久津一也という男についていろいろと知ることができた。あとは……あそこを調べるだけだ。

これからの行動をシミュレートしながら、僕は肉球でアスファルトを力強く蹴った。

あれ？　本降りの雨の中、麻矢の部屋に戻った僕は目をしばたたかせる。部屋に麻矢の姿がなかった。カーペットに下りた僕は、全身を震わせて、毛皮についた水をはじく（ちなみに、麻矢がいるときにこれをやると、すごく怒られる）。

さて、麻矢はどこにいるのだろう？　もしかしたら出かけているのだろうか？　リハビリのために歩いた方がいいと言われているらしく、日中麻矢はよく散歩に出ている。けれど、こんな雨では散歩には適さないだろう。ということは、一階のリビングで『白木麻矢』の両親と話でもしているのだろうか？

うーん、できればこの濡れた体をドライヤーで乾かして欲しいのだけれど。

しかたがないので、僕は「にゃー！　にゃー！」と大声で鳴いてみる。これだけ大声を出せば、麻矢が家にいれば気づくだろう。

数十秒鳴き続けると、ドアの向こう側からばたばたと階段を上がってくる音が聞こえた。あっ、やっぱり麻矢は家にいたのか。けど、いつもより若干足音が重い気が……。

「クロちゃん。ダメでしょ、静かにしないと」

ドアを開けて顔を見せたのは、『白木麻矢』の母親だった。

「いま、警察の人が来て、麻矢とお話ししているの。あとでおやつあげるから、少し静かにしていてね」

警察？　警察がなんで麻矢と？　僕は二、三度まばたきをすると、母親の足下をにゅるりと抜けてドアから出る。背後から「あっ、クロちゃん！」という声が聞こえてきた。

廊下に出た僕はきょろきょろと辺りを見回す。短い廊下の先に一階へと降りる階段があり、その手前に一つドアが見えた。この家で麻矢の部屋以外の場所へ行くのは初めてだった。

僕は数メートル歩いてドアの前に立つ。ここは誰かの部屋なのだろうか？　たしか、両親の寝室は一階にあると麻矢が言っていたはずだが……。

僕がドアを見上げていると、後ろから近づいてきた母親が僕の体を抱き上げた。

「クロちゃん。この部屋はダメよ。……いまは誰もいないの」

背後から聞こえてくる母親の声は、どこか寂しげに聞こえた。このドアの奥でなにかあったのだろうか？

あっ、そうだ。こんなことをしている場合じゃない。僕は全身をうにうにと動かして母親の腕から逃れると、走って階段を駆け下りていく。警察が麻矢になんの話をしているかを聞かなくては。

階段を下りて左右を見回すと、ぼそぼそと話す声が聞こえてきた。僕はそちらの方向に向かう。玄関の近くにリビングがあり、ソファーに座った麻矢が対面に座る中年の男となにか話をしていた。

僕は迷わずリビングへと侵入する。突然入り込んできた僕を見て、中年の男は目を大きくした。おそらくは刑事なのだろう。麻矢が軽く目配せを送ってくる。

「クロちゃん。こんな所まで来て……。もうここにいても良いから、大人しくしているのよ」

追いついてきた母親は、僕の頭を一撫ですると、麻矢の隣に腰掛けた。

「すみません。ネコがこんな所まで来て」

母親が謝ると、刑事は「いえいえ、構いませんよ」と手を振り、話しはじめる。

「それじゃあ、あらためてお話を続けさせていただきます。先ほども説明した通り、麻矢さんを轢き逃げした車については、タイヤ痕《こん》や遺留品《いりゅうひん》から車種は分かったものの、防犯カメラなどが少ない川沿いの道だったこともあり、犯人を割り出せずにいます。申し訳ございません」

刑事は深々と頭を下げた。

「いえ、そんな……」麻矢は首をすくめる。

「ただ、事件のすぐあとに、川沿いを上流に向かって猛スピードで走って行く赤い軽自動車が目撃されていて、それが麻矢さんを轢き逃げした車だと考えております」

「その車がどこに行ったのか、分からないんですか？」

母親が身を乗り出して訊ねると、刑事は渋い表情を浮かべた。

「それが、川沿いの道から出るところで、どこかの防犯カメラに映るはずなんですが、いまのところ見つかっておりません。どこに消えたのか、まだ不明です」

「……そうですか」母親は力なくうなだれた。

「申し訳ありません。それで今日うかがったのは、新しい事実が分かったので、麻矢さんからお話を聞きたかったからなんです」刑事の声が低くなる。

「私に聞きたいことって……」麻矢の表情に緊張が走った。

「実は、事故を遠くから見たという目撃者が出てきまして、少し状況が変わってきたんです」

「状況が変わったって、どういうことですか？」母親が不安そうに訊ねる。

「犯行車両は後ろからゆっくり麻矢さんに近づいて、そこから急にスピードを上げて衝突したということなんです。まるで、最初から麻矢さんを狙っていたかのように」

「そんな……」

母親は言葉を失う。麻矢の表情もこわばっていた。そして、驚いていたのは僕も同じだった。麻矢が狙われていた？　そう言えばこの前、麻矢はまた川沿いの道で轢かれかけたと言っていた。もしかしたらあれも偶然ではなく、狙って麻矢を轢こうとしたのだろうか？

「しかも目撃者の話では、麻矢さんをはねたあと車は停車して、運転手が降りてきたということでした。サングラスとマスクをした男だったそうです。最初その目撃者は、運転手が麻矢さんを介抱するつもりだと思ったということです。けれどその男は、倒れている麻矢さんのバッグを拾うと、すぐに車に戻ってそのまま走り去っていったということでした……」

刑事はそこまで言うと、大きく息をつく。リビングに重い空気が満ちていく。

「なんで……、なんでその目撃者の方は、すぐにそのことを言ってくれなかったんですか？」

母親が震える声で言う。

「最初は関わり合いになるのが怖かったそうです。ただ、我々が現場に置いた情報提供を呼びかける看板を見て、まだ犯人がつかまっていないこと、私たち警察がたんなる轢き逃げ事件だと思っていることを知って、勇気を出して通報してくれたということです」

刑事は母親を落ちつかせるためか、ゆっくりとした口調で言う。

「それじゃあ、麻矢は普通に轢き逃げされたわけじゃないんですか……？」

母親の問いに、刑事は重々しくうなずく。

「はい、私たちは今回の件を、強盗事件と考えて捜査をはじめています。麻矢さん」

唐突に刑事に名前を呼ばれた麻矢は、「は、はい！」と背筋を伸ばす。

「事故に遭われてから二ヶ月も意識がなかったので、バッグがなくなっていたことはお気づきじゃなかったでしょう。ちょっと思い出していただきたいんですが、轢かれた際に持っていたバッグに、なにか貴重なものは入っていましたか？」

「え……え、いや。貴重な物なんて……」

麻矢は言葉を濁す。当然だ。麻矢には『白木麻矢』の記憶がないのだから、バッグの中身など知るわけがない。

「そうですか。そうなると、犯人は麻矢さんを個人的に狙ったわけではなく、行きずりの犯行だったのかもしれません。それで麻矢さん。つらいでしょうが思い出してくださいませんか？車にはねられたときのことで、なにか覚えていることはありませんか？　どんな小さなことでもいいんです」

刑事は軽く身を乗り出す。麻矢は細かく頭を振った。

「目が覚めてから、以前のことがよく思い出せなくなっているんです……。本当にすみません」

「気になさらないでください。ただ、もしもなにか思い出したらこちらに連絡ください」

刑事は麻矢に名刺を渡す。

この刑事は、犯行が麻矢を狙ったものではないのかもしれないと言った。しかし、先日麻矢はもう一度轢かれかけている。誰かが『白木麻矢』のことを狙っている可能性は高い。

なんだかおかしなことになってきた……。

刑事が会釈をしてソファーから立ち上がるのを眺めながら、僕は眉根を寄せるのだった。


「つまり、阿久津一也は『呪いのタトゥー』を入れてから、おかしくなったってこと?」

ドライヤーを片手に麻矢が訊ねてくる。

『あ、もっと尻尾の付け根辺りに……。そう、そこ……』

「ちょっとクロ。聞いてるの?」

『聞いているよ。聞いているから、もっと尻尾の付け根に……』

香箱座りした僕は、優しい温風の心地よさにうっとりしながら言霊を飛ばす。

刑事との話を終えて部屋に戻ると、麻矢が濡れた毛皮を乾かしはじめてくれた。僕は温風を浴びながら、今日集めてきた情報を麻矢に話しはじめていた。

「……まじめに答えないと、またシャワーに連れて行くわよ。クロ、雨の中走ってきて、けっこう汚れているんだから」

『麻矢の言うとおりだよ。「呪いのタトゥー」を入れてアフリカから帰ってきて以来、阿久津一也は次第におかしくなっていったんだ』

僕は慌てて居ずまいを正す。

「けれど、『呪い』なんて非科学的なもの、本当にあるわけじゃないでしょ。あ、でも。クロもある意味非科学的な存在だから、あり得なくもないのか……」

麻矢のセリフを聞いて、僕は鼻を鳴らす。

『最近の人間は全知全能にでもなったみたいに、自分たちが認知できないものはすべて「非科学的」とか言って存在を否定するよね。ちょっと前まで、地球の周りを太陽が回っているとか思っていたくせにさ』

「全知全能になったつもりなんてないわよ。だから、少しでも進歩しようと頑張っているんでしょ」

麻矢は口をとがらすと、僕の顔面に温風をかけてくる。

『まあ、たしかに頑張ってはいるかもしれないね。与えられた短い時間の中でなにかを遺し、それを次のジェネレーションに繋いでいく。それをくり返すことによって、種として大きく進歩をしていっているのは認めるよ。けど、せっかくの進歩を、自分たちの首を絞める方向に使っているふしもあるけどね』

僕は目を閉じながら、言霊を飛ばす。

「私たちはべつに、種として進歩したいとか思って生きているわけじゃないんだけどな……」

『種の進化はあくまで結果論だからね。君たち個人個人がすべきことは、与えられた時間を必死に悔いなく生きることなんだと思うよ。そして次のジェネレーションの誰かが、その想いを繋いでいってくれる。そうなれば、その人生にはきっと意味があったことになるんだろうね』

「意味がある人生か……」僕の顔面に温風を当てたまま、麻矢がつぶやく。

あの、……そろそろ顔が熱くなってきたんだけど。

『とりあえず、進化がおかしな方向に行って、自分たちの手で絶滅したりしないで欲しいよ。長い間「道案内」として関わってきて、人間という種にはそれなりに思い入れがあるからさ』

ん？　人間に思い入れ？

熱さに我慢できなくなり、体をずらして温風を避けながら僕は首をひねる。

人間なんて、『道案内』だった僕にとっては『荷物』でしかなかったはずだ。欲と感情に操られ、非合理的な行動をする下等な生物。ずっとそう思ってきた。そんな人間に思い入れ……？

困惑する僕のあご下を麻矢が撫でてくる。僕は反射的に目を細めて、ごろごろと喉を鳴らしてしまう。

「大丈夫だよ。たしかに人間は愚かで残酷なところもあるけど、他人のことを思いやる優しさも持っているの。だから間違った方向に進んだとしても、いつかは正しい方向に修正できるはず。私はそう思うな」

他人を思いやる優しさか……。

『……そうかもしれないね』

僕は言霊で答えた。自らの感情よりも合理的な判断を優先する僕たちには、自分よりも他人を優先する『優しさ』というものがいまいち理解できない。人間はよく、その『優しさ』により道理に合わない行動を起こす。僕はそれをずっと愚かな行動だと切り捨ててきた。けれど、それこそが人間という種の取り柄なのかもしれない。僕たちが持っていない取り柄……。

「クロ、どうしたの、遠い目をして？　魂抜けちゃいそうなぐらい気持ちよかった？」

物思いに耽っていた僕は、麻矢の言葉で我に返る。いつの間にか、麻矢が僕の顔を覗き込んできていた。

『い、いや。なんでもないよ。なんにしろ、人間は自分の人生が有限だということを常に意識して、一生懸命毎日生きて欲しいね。そうすれば、地縛霊になるような情けないことは……』

そこまで言ったところで失言に気づき、僕は言霊を止める。

「ああ、気にしないでいいよ。クロの言うとおりだし。きっと私も、本当に生きていた頃は、自分がいつか死ぬなんて意識してなかったんだと思う」

麻矢は哀しげに微笑んだ。

『やっぱり、自分が本当は誰だったのか、思い出せないのかい？』

僕は上目遣いで麻矢を見る。麻矢は小さく肩をすくめた。

「全然ダメ。もしかしたら、思い出す価値もないような人生だったのかも。ぐだぐだ目標もなく生きて、死ぬ直前になってようやく、大切な時間を無駄に消費していたことに気づくような……。そういう人って、いまの日本に多いんじゃない」

自虐的に言う麻矢に向かって、僕はうなずく。

『ああ、たしかに多いよ。はっきりとした「未練」ではなく、無為に過ごした人生に対する後悔からくる、曖昧な「未練」。これまでの時代にはあまり見られなかったものだね』

「この国って、すごく安全で快適なの。もちろんそれは素晴らしいことなんだけど、そのおかげでというか、せいでというか、人の『死』に接する機会がすごく少ないのよ。自分がいつか死ぬってことを忘れてしまうくらい……」

『……人間が死ぬことを畏《おそ》れ、それから目を逸らそうとするのはとても自然なことだよ。ただ、どれだけ目を逸らしても、人間は心の奥底では忘れてはいけないんだよ。自らが限られた時間を生きていることをね』

「『死』を忘れずに生きるか……。『メメント・モリ』ってやつよね。私ももっとはやく気づいていれば、地縛霊なんかにならないで済んだのかもしれないな」

弱々しい声でつぶやく麻矢に、僕はかける言葉が見つからなかった。

「けどね、いまはすごく充実しているんだ」

麻矢はブラシを手にとると、僕の黒く柔らかい毛を梳《と》かしはじめる。

「こうやって、一時的にだけど生きかえることができて、クロのお手伝いもできてさ」

『あっ、そうだ。柏村摩智子についてはなにか分かったのかい？』

　重要なことを思い出した僕は、顔を上げて麻矢を見る。麻矢は顔を左右に振った。

「今日、サウス製薬に問い合わせてみたの。そうしたら、二ヶ月前、今年の四月八日から無断欠勤しているんだって。なんか、……行方不明になっているみたい」

　行方不明？　驚いて僕は喉からキュッと音を立ててしまう。

『秘密の研究』に関わっていた最後の一人まで、姿を消してしまったっていうのか？

「私、もう少し調べてみるつもりだけど、これってもしかしたら……」

　硬い表情でつぶやく麻矢に、僕はうなずく。

『うん、もしかしたら柏村摩智子っていう女も、命を落としている可能性はあるね』

　麻矢は頭痛でもおぼえたかのように頭を押さえる。

「もう、本当にわけが分からない。その『地下の研究室』に関わった人はどんどん消えていっちゃうし、私は誰かに狙われているかもしれないし」

『いや、狙われているとは限らないよ。さっきの刑事だって、行きずりの可能性があるっていっていたじゃないか』

　僕は麻矢をあまり不安にさせないように、思ってもいないことを言う。しかし、麻矢は力なく顔を左右に振った。

「けど、この前も轢かれかけたのよ」

『偶然かもしれないじゃないか』

「……この前ね、部屋を整理していたらこんなもの見つけたの」

麻矢は暗い顔でデスクの抽斗をあけると、その中から片手におさまるほどの黒く無骨な直方体の器機を取り出した。なにやら、先に小さな金属製の突起がある。

『なにそれ？』

僕が訊ねると、麻矢は器機の側面にあるボタンを押した。その瞬間、ビビビッという音とともに、金属の突起の間に電撃が走る。驚いた僕はその場でジャンプすると、空中で体を一回転させた。

「スタンガンよ。これを押しつけたら、男の人でも痺れて動けなくなるの。護身用の武器ね」

何とか足から着地し、体をかがめて警戒する僕に向かって、麻矢は渋い表情で肩をすくめる。

『なんでそんなものが……』

「そう、私もなんで『白木麻矢』がこんなものを持っているのか分からなかった。けれど、彼女が誰かに狙われていたとしたら、これを持っていたのも納得できるでしょ」

麻矢はスタンガンを抽斗に戻すと、再びブラシを手に取り、僕の毛を梳かしはじめた。

「ねえ、『白木麻矢』が事故の時に犯人を見ていたり、誰が自分を狙っているか分かっていた可能性ってないのかな」

ブラッシングを続けながら、麻矢がつぶやく。

『まあ、可能性はあるだろうね……』

「それじゃあさ、この子の記憶を私が見るわけにいかない？」

『記憶を見る？』意味が分からず、僕は聞き返す。

「だって、この子の記憶って脳の中にあるんでしょ。それなら、いまこの体を使わせてもらっている私なら、その記憶を見ることができるんじゃない？」

借りている体の記憶を見る。そんなことは可能なのだろうか？　これまで他人の体に魂が入り込んだことなど見たことがなかったので、それができるかどうか僕にもわからなかった。

まあ、たしかに記憶は脳と魂、両方に刻まれていく。高位の霊的存在である僕がちょっと干渉して脳に刺激を与えれば、そこに蓄積《ちくせき》されたメモリーを魂に逆流させることも可能かもしれない。けれど……。

僕は前足の毛繕いをしながら、いろいろとシミュレーションをしてみる。

「どうなの？　できるの？　できないの？」

麻矢がやけに思い詰めた表情で詰め寄ってくる。

『たぶんできるとは思うよ。ただ、……一つ問題がある』

「問題ってどんな？」

『その体の脳の記憶と、君の魂に刻まれた記憶はまったく違うものだ。つまり、脳のメモリーを君の魂に流し込んだ場合、君は「白木麻矢」の二十数年分の記憶を一気に浴びることになる。おそらくそれはかなりの苦痛を伴うことになる』

「……苦痛ってどれくらい？」

『それは誰にも分からないよ。そんなこといままでやった者はいないからね。最悪の場合、……魂が崩壊してしまうかもしれない』

僕は正直に伝える。麻矢の表情がこわばった。

まあ、これだけ脅せば、麻矢も諦めるだろう。僕は体をひねると、尻尾の毛を舐めはじめる。ドライヤーの温風を浴びたので、少し毛のボリュームが増えている。スマートな外見をキープするためには、もう少し舐め梳かさなくては。

「……やって」

麻矢がぼそりとつぶやく。僕は「にゃ⁉」と声を漏らした。

「この子の記憶を私に見せて。苦しいのは我慢するから」

麻矢は固い表情を浮かべたまま、僕を真っ直ぐに見つめてきた。

『さっきの話を聞いていなかったのかい？　最悪の場合……』

「私が崩壊するかもしれない。けれど、あくまでそれは最悪の場合なんでしょ」

『なにが起こるか誰にも分からないんだよ。なんで君がそんなリスクを冒さないといけないんだよ？』

「……この子を助けたいの」

麻矢は自らの胸に手を置くと、ゆっくりとした口調で話しはじめた。

「この子は轢かれたとき、きっと恐ろしい経験をしたはず。だから自分の殻の中に閉じこもっちゃったんだと思うの。そしてこの前、誰かがまた私を……この子を轢こうとした。犯人が分からない限りこの子は危険だし、自分の殻から出てこないかもしれない」

……たしかに、そうかもしれない。

「だから、どんな危ない橋を渡っても、この子を助けたいの。体を貸してもらっているお礼ってこともあるけれど、それ以上に、この子を助けられたら、私は自分が存在した意味を見つけられる気がするの」

麻矢の顔には決意が漲《みなぎ》っていた。それはこれまで僕が『道案内』として見てきた、殉職者や死地におもむく戦士、自らの信念のために命をかけた者たちが浮かべる表情に似ていた。

『自分が存在した意味……』

麻矢の迫力に圧倒されながら、僕はその言葉をおうむ返しする。

「私はもう死んで、自分が誰だったかさえ分からないけど、この子は違う。この子には未来がある。その未来を守ることができれば、私は自分が生まれてきた意味を見つけられるかもしれない。もう死んだあとだから、少し遅いけどね」

麻矢はおどけるように言うと、少し哀しげに微笑んだ。

『「白木麻矢」を守るためには、自分が消滅するリスクを冒すこともいとわない。そう言っているんだね？』

僕の問いに、麻矢は一瞬の躊躇もなくうなずいた。

「お願い、クロ。やって」

僕は麻矢の目の前に座ると、その目を見つめる。麻矢が視線を外すことはなかった。

『……後悔はしないかい』

「ええ、絶対に」

『……分かった。やってみるよ。けれど、何度も言うけれど、僕の「仕事」は君みたいな地縛霊を「我が主様」のもとへと送ることだ。どんなことがあっても、君を消滅させるわけにはいかない。もし危険だと判断したら、すぐにストップするよ。それでいいね？』

麻矢は大きく息を吐くと、力強くうなずいた。

「うん、それでいい。ありがとう、クロ。それじゃあ、さっそくだけど……やって」

麻矢は口元に力を込める。その表情を見て、僕は覚悟を決める。

麻矢が、僕をカラスから助けてくれ、寝床と食事をくれ、トイレの掃除をし、毎日ブラッシングをしてくれた恩人がここまで決意を固めているんだ。僕のプライドにかけて、麻矢に消滅することなく、『白木麻矢』の記憶を見てもらおう。

『いくよ、麻矢』

僕は高位の霊的存在としての能力をフルに動員して、『白木麻矢』の脳に干渉をはじめる。大脳に蓄積されたメモリーが、いまその体を使っている魂に流れ込みはじめた。

麻矢は「うっ!?」とうめくと、表情をゆがめる。押し寄せてくる記憶の奔流に晒《さら》されはじめたのだろう。その額に脂汗が浮かぶ。

「ああっ！」

次の瞬間、麻矢は両手で頭を抱え、その場にうずくまった。体が小刻みに震えはじめる。

ダメか？　やっぱりあまりにも無謀な賭けだったのか？

僕は脳への干渉を止めようとする。その時、麻矢は僕の顔の前に手を突き出した。

「続けて……。大丈夫だから続けて。……お願い」

血走った目で僕を見つめながら、麻矢は声を絞り出す。僕は迷いながらも、記憶を流し込み続ける。

もう少し、もう少しで、すべての記憶のダウンロードが終わる。どうかそれまで無事でいてくれ。麻矢を見つめながら、僕は必死に祈った。

永遠とも思える数十秒のあと、すべての記憶が魂へと刻み込まれた。僕はすぐに脳への干渉を止める。同時に、体を震わせていた麻矢がその場に崩れ落ちた。

『麻矢！』

僕は麻矢に駆け寄ると、柔らかい頬を肉球で押す。しかし、麻矢は瞼を閉じたまま、微動だにしなかった。

失敗してしまったのだろうか？　負荷に耐えられず、麻矢は消滅してしまったのだろうか？

「んにゃー、んにゃー、んにゃー……」

僕は声を上げながら、麻矢の体を前足で必死に押しはじめる。不安と後悔が、僕の小さな胸の中で渦巻いていた。

「……痛い」

「にゃ？」

聞こえて来たかすかな声に、僕は耳をぴくりと動かし、前足の動きを止める。視線を顔の方に向けると、麻矢が薄目を開けていた。

『麻矢！』「にゃー！」

言霊と鳴き声が重なってしまう。

「クロ、興奮しすぎて爪が出てるよ。先っぽが刺さって痛い」

麻矢は弱々しく微笑む。僕が自分の前足を見ると、たしかにいつの間にか鋭い爪が出ていた。

『あっ、ごめん』

僕が慌てて爪を収納すると、麻矢はゆっくりと体を起こし、目元を押さえながら頭を振った。

「覚悟はしていたけど、想像以上にすごかったな……。本当に粉々になりそうだった……」

麻矢はベッドに背中をもたせかける。

『それでどうだった？「白木麻矢」を轢いた犯人が誰か分かった？』

僕が訊ねると、麻矢はゆっくりと首を左右に振った。

「ううん……、だめだった。この子、はね飛ばされた瞬間に意識を失っていたみたい。川沿いを歩いていて、後ろからエンジン音が近づいてきたところまでの記憶しかなかった。……一年以上前に、時々夜道で知らない人につけられていることがあったらしくて、その時にスタンガンを買ったんだけど、最近はそういうこともなかったから持ち歩いていなかったみたい」

『そうなんだ……』

尻尾が垂れ下がってしまう。これほどのリスクを冒したというのに、収穫なしなのか……。

「残念だけど、しかたないよね……」麻矢は片手で顔を覆うと天井を仰ぐ。

『そんなに気を落とさ……』

僕はそこで言霊を途切れさせ、目を見開く。一瞬、自分が見ているものが理解できなかった。

僕は右の前足で両目をこする。しかし、目の前の光景が変わることはなかった。

天井を見上げながら、麻矢は笑っていた。片手で顔を覆っているが、その小さな手から覗く麻矢の顔には笑みが浮かんでいた。

心から楽しげでいて、そして暗い影が差した笑みが。

『ま、麻矢……』

僕がおずおずと言霊をかけると、麻矢の顔から潮が引くように笑みが消えていく。

「うん？　クロ、どうかした？」麻矢は一瞬で沈んだ表情に戻る。

『い、いや。なんでもない』

いま見たものはなんだったのだろうか？　言いようのない不安が全身の細胞を冒していく。そんな僕の鼻先に、麻矢は指を差し出した。本能的に僕はその匂いを嗅ぐ。ミルクのような柔らかい香りが、わずかながら不安を希釈《きしやく》してくれた。

きっと麻矢は、あれほどのリスクを負ったというのになんの収穫もなかったことに絶望し、笑うことしかできなかったのだろう。そうだ、そうに違いない。

僕は必死に自分に言い聞かすと、麻矢の指をぺろぺろと舐めた。

「相変わらず、クロの舌ってざらざらしているね。ちょっとくすぐったい」

麻矢は反対の手で、僕の耳の裏を掻いてくれた。

『野生の獲物をつかまえたときは、この舌のざらざらで獲物の皮を剝《は》いで肉を食べるんだ』

麻矢がカリカリをくれるおかげで、まだその経験はないが、この前ノラ猫がそうやってネズミを食べているのを見た。

「そ、そうなんだ……。あんまり知りたくなかったな、その情報……。それで、クロはこれからどうするの？」

麻矢は唇の端を引きつらせると、さっと指を引く。

『ん？　どうするって、そろそろ夜のカリカリの時間だから、それを食べようかと……』

「そういうことじゃなくて、阿久津一也の件。なんかさっき、人間なんてなんにも知らない馬鹿だみたいなこと、偉そうに言っていたじゃない。ということは『呪いのタトゥー』みたいなものも本当に存在するわけ？」

僕は事実を言っただけで、べつに偉そうにしたつもりなんてないけど？

『さあ、僕の知る限りそんなものはないけれどね。ただ、僕も人間なんかよりははるかに高位の存在とはいえ、世界のすべてを知っているわけじゃないからなぁ……』

「やっぱり偉そう……」

ぼそりとつぶやいた麻矢の声は聞こえないふりをしつつ、僕は話を続ける。

『まあ、可能性としては、その「呪い」の存在を信じ過ぎたせいで、実際に体に変調をきたしたってことだね。人間の精神と肉体はディープに結びついているから。阿久津一也の「呪い」がそういう類《たぐい》のものだったっていう可能性はなくはない』

「『呪いのタトゥー』を刻まれたって暗示をかけられて、そのせいで精神的におかしくなったってこと？　けれど……」

『そう、けれど阿久津一也はサウス製薬で南郷純太郎、そして小泉沙耶香の妹の柏村摩智子とともに、「呪いを解くための研究」をしていたと言っていた。それを考えると、「呪い」が自己暗示からくるものだとは考えにくいね』

「小泉夫婦と南郷純太郎は殺されて、阿久津一也と柏村摩智子は行方不明……、いったいその研究室でなにが行われていたわけ？『呪いを解く研究』ってなんなの？」

『地下研究室に連続殺人事件のヒントが隠されているのはたしかだ。だから今夜にでも……』

「そこを調べるのね？」

麻矢の言葉に僕はうなずく。

『うん。地下の研究室でなにが行われていたかが分かれば、桜井知美を救うきっかけになるかもしれないし、この街で続いているおかしな事件の犯人を見つけられるかも。それに、椿橋で地縛霊になっている小泉沙耶香を『未練』から解き放てるかも。だから、今夜あそこに忍び込んでみるつもりだよ』

「それじゃあ、私も一緒に行ってあげる」

麻矢の言葉に僕は目を剝く。

『いや、あそこにはなにがあるか分からなくて危険だから……。そうじゃなくたって、麻矢は誰かに狙われているのかもしれないし……』

「けれど、地下にある研究室に行くんでしょ。そこに行くまでに扉とかあったりするんじゃない？　クロの体じゃ、ちょっと重い扉だと開けないでしょ」

痛いところを突かれ、僕は頬の辺りの筋肉を引きつらせた。

たしかに四キロ足らずのこの体は、身軽ではあるが非力だ。最近は取っ手にしがみついてノブを回すという方法をおぼえたため、その気になればこの部屋のドアぐらいは開けられるけど、少し重い扉となると歯が立たない。

『けど、危ないかも……』

「大丈夫よ。ちゃんと警戒するし、いざというときのために、これも持っていくから」

麻矢は再び抽斗から取り出したスタンガンを、顔の前に掲げた。

「ねえクロ。私、自分が誰なのかも分からなくてずっと不安だったの。なんで自分がこの街で彷徨っているか、なんで自分が存在しているか分からなかった。けれどさっきも言ったように、クロに協力していると、自分がここにいる理由が分かりそうな気がするの。だからお願い」

麻矢は僕を抱き上げると、顔の前に持ってくる。僕と麻矢の鼻先がかすかに触れた。

自分が存在する理由が分からない、か。きっとそれは恐ろしいことなのだろう。『道案内』という任務のために創造された僕たちとは違い、人間は最初からなにかのために存在しているわけではない。与えられた短い一生の中で、自らの存在理由を必死に探していかなくてはならないのだ。そして麻矢は、いま自分の存在理由を見つけつつある。

一度は『未練』に縛られ地縛霊になった麻矢にとって、これは最後のチャンスかもしれない。

『分かったよ。それじゃあ今日の深夜、二人で……じゃなくて一人と一匹であの地下研究室に忍び込もう』
「うん！」麻矢は僕の体を下ろすと、力強くうなずいた。
『それじゃあ、とりあえず……』
「とりあえず、なに？」麻矢は身を乗り出す。
『お腹がすいたんで、そろそろ夕食のカリカリをちょうだい』

『麻矢、大丈夫かい？』

僕は後ろを歩く麻矢に声をかける。雑草の生い茂る庭を、麻矢は懐中電灯で足下を照らしながら進んでいた。塀の陰になっているこの庭は、街灯の明かりも十分には届かず、かなり暗い。まあ、それでもネコである僕の目には十分な明るさなのだが、人間の目では足下もほとんど見えないのだろう。

「だ、大丈夫」

そう言った瞬間、麻矢はなにかにつまずいて大きくバランスを崩す。小さな悲鳴を上げながらなんとか踏みとどまった麻矢を見て、僕はため息を漏らした。やっぱり麻矢を連れてきたのは間違いだったかもしれない。二ヶ月以上も寝たきりだった麻矢の体力は、まだ十分には回復していないのだ。ようやく麻矢と僕は、旧南郷邸の庭にある納屋の前までやって来た。

「それじゃあ、開けるよ……」

麻矢は緊張をはらんだ声で言うと、引き戸を横に開いていく。扉の奥を覗き込んだ僕は、「にゃ」と声をあげる。そこには地下へと続く階段が大きく口を開けていた。

『やっぱりここに「秘密の通路」があったんだ』

推理が間違っていなかったことを確認して、僕は満足する。

「ここ、スイッチがあるわね」

おそるおそる納屋に入った麻矢がつぶやきながら、扉のわきにあったスイッチを入れる。階段に明かりが灯った。明るさに僕は目を細める。

『……かなり深いね』

緩やかに右にカーブして奥へと続いている階段を、僕は警戒しながら下りはじめる。麻矢も僕のあとについてきた。三十段ほど下りると、突き当たりに重そうな鉄製の扉が見えてきた。そのわきには番号を打ち込むボードが見える。

しまった、どうやら鍵がかかっているようだ。扉の前まで来た僕は、ボードを見上げながら「にゃー」と鳴く。

「この扉の奥が『地下の研究室』なの？」

追いついてきた麻矢が、ボードをつつきながらつぶやいた。指先がボードに触れるたび、ピッピッと電子音が響き渡る。

『たぶんそうなんだろうね。けれど、ドアに鍵がかかっているんじゃどうしようもないな』

僕はうなだれながら周囲を観察する。研究室に入れないとしても、なにかヒントになるようなものがないだろうか。辺りを見回した僕は、あることに気づく。

『……この階段、けっこうホコリが積もっているけど、足跡が残っているね』

「え？　私たちの足跡じゃないの？」

『ううん、それ以外の足跡。少なくとも最近、誰かがこの階段を通ったみたいだ』

僕は床に顔を近づける。扉の前で誰かがうろうろしていた跡が残っていた。

「それって、もしかして阿久津一也が……」麻矢は声をひそめる。

『かもしれないね。あとは、小泉沙耶香の妹の柏村摩智子という女性か、他の第三者か……』

言霊でつぶやいていると、目の前のドアがゆっくりと横に開いていった。

「んにゃ？」

僕は目をしばたたかせる。口を半開きにした麻矢が、扉に手をかけて開けていた。

『え？　どうやってロックを開けたの？』

「なんか、ためしに力込めてみたら、普通に開いちゃった。最初から鍵なんてかかっていなかったみたい」

麻矢は拍子抜《ひょうしぬ》けしたような表情を浮かべる。

ドアがロックされていなかった？　秘密の研究室なのに？

どういうことだろう？　もしかしたら、足跡を残した人物が、わざと開けていったのだろうか？　しかし、そうだとしてもなぜ？　疑問が頭蓋骨を満たしていく。

「クロ、入らないの？」

麻矢に声をかけられ、僕は我に返る。そうだ、ドアが開いていた理由はあとで考えればいい。いまは、この研究室でなにが行われていたかを探ることが重要だ。

『行こう』僕は警戒を解くことなく、ゆっくりと扉の奥へと進んでいく。

「電気つけるね」

麻矢がドアのわきにあったスイッチを押すと、室内が蛍光灯の白い光で満たされた。まぶしさに目を細めながら、僕は部屋の中を見回す。

そこは二十畳ほどのスペースの研究室だった。部屋の中心を横切るように置かれた巨大な研究用の机には、遠心分離機《えんしんぶんりき》とかいう名前の機械や顕微鏡、そしていくつものビーカーやフラスコなどが置かれていた。部屋の奥にはワインセラーのようなものもある。たしかあれは、微生物の培養《ばいよう》を行う装置だったはずだ。

右手の壁に沿って置かれている本棚には大量の専門書らしき書籍が詰め込まれていて、逆に左側の壁には、マウス用のケージが積まれ……。

……マウス？　……ネズミ？

本能が疼《うず》いてしまい、僕はすたすたとケージの前へと移動して中を覗き込む。しかし、すべて中は空っぽだった。僕は眉根を寄せると、ケージをがしがしと叩いて、やり場のない狩猟本能を発散させる。

「なんていうか……、『ザ・研究室』っていう感じね」

部屋の中に入ってきた麻矢は、きょろきょろと辺りを見回すと、部屋の隅に置かれたパソコンの電源を入れる。

『ここでなにが行われていたのか調べないとね。麻矢はそのパソコンを調べてくれる』

「うん、分かった」

麻矢はパソコンデスクの前の椅子に腰掛けると、パチパチとキーボードを叩きはじめた。

うーん、あのパソコンという器機は思った以上に便利そうだ。今後、地上で『仕事』をしていくうえで、僕もその使い方をマスターしておいた方がいいだろうか？　ネコはパソコンに寄ってくるという話も聞いたことがあるし。

僕は巨大な実験用のデスクに飛び乗ると、漂ってくる様々な薬品の匂いに顔をしかめながら、そこに置かれている紙を覗き込んだ。それは、英文で書かれた論文のようだった。僕は日本を担当する前は、イングランドで『道案内』をやっていたこともある。英語ならお手のものだ。

僕は肉球で紙をめくっていく。そこに書かれている内容を読んでいくにつれ、紙をめくる前足の動きは加速していく。

もしかしたら……。僕はデスクの上に置かれている論文に、次々と目を通していく。それらの論文のテーマはほぼ同じだった。頭の中で一つのアイデアが浮かぶ。

顔を上げた僕は、本棚に視線を向けた。そこに収められている書籍の背表紙を見た瞬間、僕は確信する。仮説が正しかったことを。

『麻矢……』

僕は難しい顔でパソコンをいじっている麻矢に言霊を飛ばす。

「なに、クロ？　まだ特になにも分かっていないんだけど……」

　ふり返った麻矢の手には、白いスティック状のものが握られていた。

『なにを持っているんだい？』

「ん、これのこと？　ＵＳＢメモリーっていうの。パソコンの中に入っているデータを、これに移すんだ。そうすれば、あとで家のパソコンでゆっくり、ここで何の研究をしていたか調べられるでしょ」

『その必要はないかもしれないよ』

「え？　どういうこと？」

『「呪い」の正体が分かったんだよ』

　僕は胸を張ると、麻矢に向かってウインクをした。

5

　爪で雨水管《うすい》をしっかりとホールドしながら、じりじりと三階まで上がると、僕はわずかに開いた窓の隙間に身を躍らせる。我ながら惚れ惚れするようなボディコントロールだ。もはや、完全にネコの体を使いこなしている。

　窓枠から飛び降り、カーペットの上に着地する。肉球が着地音を完全に吸収してくれた。

　さて、彼女はいるかな？　僕は顔を上げる。夜行性の動物であるネコの目は、窓からうっすらと差し込む月明かりだけでも、十分に部屋中を見通すことができた。

いた！　尻尾がぴーんと立つ。数メートル先のベッドで、桜井知美が眠っていた。

麻矢と『地下の研究室』に忍び込んだ翌日の深夜、僕は桜井知美の部屋に忍び込んでいた。マンションの場所は知美の記憶を覗いたときに確認していたし、知美に暗示をかけておいたおかげで窓がわずかに開いていたので、ここまで来るのは難しいことではなかった。

僕はカーペットの上を進むと、ピョンとジャンプしてベッドに飛び乗り、知美の顔を覗き込む。鼻先をつんとした『腐臭』がかすめる。この前に会った時より匂いがきつくなっている気がした。

もしかしたら、あの日に僕が干渉したせいで、阿久津一也との思い出をリアルに思い起こし、さらに『未練』が強くなったのかもしれない。

もしそうだとしたら、悪いことをしたね。僕が心の中で謝罪すると、わずかに開いた知美の唇から、「一也君……」というつぶやきが漏れる。どうやら、阿久津一也の夢を見ているようだ。ちょうどいい、それじゃあその夢にちょっとお邪魔させていただこう。

さて、夢の中から戻って来たときに、彼女の『腐臭』は消え去っているだろうか？

窓が開いているせいで少し寒いので、僕は香箱座りではなく、枕元で体を丸める（俗に『アンモニャイト』と呼ばれる姿勢だ）と、知美と精神をシンクロさせはじめた。

目を開けると、僕はやはり知美のベッドの枕元でアンモニャイトの体勢になっていた。

一瞬、夢への侵入に失敗したのかと思う。しかし、よくよく見るとそうではなかった。

部屋の蛍光灯はついているし、ベッドに横になっていたはずの知美がカーペットの上に座り込んでいる。そして、知美の視線は玄関のドアに注がれていた。

ああ、これは阿久津一也と別れた日の光景か。

僕はベッドから降りると、うなだれている知美の足に肉球で触れる。

「いつまでそうしているつもりだい？」

知美は体をびくりと震わせると、目を大きくして僕を見る。また「ネコがしゃべってい る？」とか騒ぎ出されるのだろうか？　毎度毎度説明が面倒くさいにゃあ。

「……ああ、そっか。これは夢なんだ。夢ならネコがしゃべっても不思議じゃないわよね」

知美はふっと弱々しい笑みを浮かべる。おお、これは話が早い。

「あなた、この前、一也君のアパートの前で会ったネコちゃんよね」

知美は僕の頭を撫でようと手を伸ばしてくる。そのままでは、知美の手が素通りしてしまうので、僕は慌てて精神を集中させ、この世界での実体を構成する。知美の手はしっかりと僕の額に触れた。

「ああ、そうだよ。君の『未練』を解決するために、夢に侵入しているんだ」

「未練？」知美はいぶかしげに聞き返す。

「そう、簡単に言えば君が恋人を失い、それと同時に未来を失ったことさ」

僕の言葉に知美の表情がこわばった。

「……あなたがなにを知っているって言うのよ」

手を引っ込めた知美は硬い声で言う。……もう少し撫でていて欲しかったのに。

「僕はなんでも知っているよ。難病になった君を阿久津一也が救ったことも、阿久津が『呪いのタトゥー』を入れて以来変わっていったことも、そして最後に君にひどい言葉を残して姿を消したことも」

「あなた……なんなわけ……？」知美は眉間にしわを寄せると、僕から少し身を遠ざけた。

「僕がなんなのかなんて、どうでもいいことさ。君の夢なんだから、君が好きなように解釈すればいい。それより大切なのは、君が真実を知ることだよ」

「真実……？　そんなもの、……分かっているわよ」知美は唇を噛む。

「分かっている？」

「そうよ。最後に彼が言い捨てていったことが全部本当なの。一也君は最初から私のことなんて愛していなかった。たんなる遊びだったのよ。そして、私が結婚の話を出したから、もう潮時だと思って捨てた。噛みすぎて味が無くなったガムを捨てるみたいに」

知美は右手で目元を覆った。彼女に近づいた僕は、その太ももに前足を乗せると、真下から知美の顔を覗き込む。

「本当にそうかな？」

「……なに言っているのよ。他に考えられないでしょ。常識的に考えて」

知美は僕から逃げるように、背中を反らせる。

「常識？　そんなものにとらわれていたら、せっかく目の前にある真実を見逃すよ。もっと頭をフレキシブルに使いなよ」

「……他にどういう解釈があるって言うのよ？」

知美の口調にわずかに、本当にわずかだが、期待の色がまざり出した。

「阿久津が言っていたじゃないか。タトゥーを入れたせいで『呪い』にかかったと。そして、君も心の底で疑っていたはずだ。恋人が変わってしまったのは、本当に『呪い』のせいだったのではないかってね」

「そ、それは……。たしかに、そんなことも考えたわよ。だって、明らかにあのタトゥーを入れてアフリカから帰ってきてから、一也君は変わったんだから。けど、『呪い』なんて常識的にあるわけ……」

「シャー！」

再び「常識的」と口にした知美に向かって、僕は威嚇する。知美の顔が恐怖で歪んだ。

「何度言えば分かるんだよ。『常識』なんてものはいったん忘れるんだ」

「な、なによ。それじゃあ、本当に『呪い』があるって言うの？　あのタトゥーのせいで呪われて、それで一也君が変わったって？」

「ああ、そのとおりだよ」僕は即答した。「そして、阿久津一也はその『呪い』を解くために、サウス製薬の秘密の研究室で必死に研究をしていたんだ。本人が言っていたとおりにね」

「で、でも、サウス製薬って普通の製薬会社でしょ。そんなところで、呪いを解くなんてそんなオカルトじみた研究をするなんて……」

「オカルトじみていなかったとしたら？」

「つまり、その『呪い』が科学的に解明でき、さらに治せる可能性があるものだったらってことだよ」

「科学的に解明できて……、治せる呪い……？」

「そうだよ。阿久津が『呪い』について言っていたことを思い出してみなよ。アフリカの村では、その呪いで子供を含む多くの人間が亡くなっていた。その呪いは、親から子に受け継がれると考えられていた。タトゥーを入れたことによって、一也はその呪いを受けた。そして、一也は絶対に君を呪わせないと誓った」

僕が淡々と事実を述べていくと、知美は突然、僕の両前足を摑んだ。

肉球を触られるのは、あまり好きじゃないんだけど……。

「なんなの、その『呪い』っていうのは？　分かっているなら教えて！　お願いだから！」

声を嗄らす知美に向かってうなずくと、僕はゆっくりと口にした。阿久津一也と桜井知美の人生を狂わせた『呪い』の正体を。

「ＨＩＶだよ」

「……エイチアイブイ?」

知美は大根役者が台本を棒読みするような、平板な口調でつぶやく。

「そう、HIV。ヒト免疫不全《ふぜん》ウイルスだよ」

「それってもしかして……」

「ああ、エイズの原因になるウイルスだね」

僕が答えると、知美はかすれた声で「……エイズ」とつぶやく。どうやら、急にぶつけられた新しい情報に、頭がついていっていないようだ。

まあいいや。説明していくうちに分かるだろう。

「HIVに感染してそのまま治療しなければ、数年後に後天性免疫不全症候群、つまりエイズを発症する。そうなると、体の免疫機能が破壊され、様々な微生物による感染症が引き起こされ、命を落とすことになる」

僕はHIVについての知識を語っていく。くり返すけど、『道案内』という人間の死と関係する仕事柄、僕は病気にはかなり詳しいのだ。

助けを求めるかのように視線を泳がせる知美に、僕は話を続ける。

「アフリカではこのHIVの感染が広がっていて、大きな社会問題になっているんだよ」

僕はかつて、アフリカで『道案内』を行っていたこともある。その際、エイズで命を失った人々の魂を、数え切れないほど『我が主様』のもとへと案内したものだ。

「じゃあ、一也君がボランティアに行っていた村で、……たくさんの人が『呪い』で死んだっていうのは」

「そう、ＨＩＶ感染が広がっていて、多くの住民がエイズで命を落としていたんだろうね。ＨＩＶは母子感染も起こすウイルスだ。『呪い』が親から子に移る、多くの子供が『呪い』により命を落としているという言葉とも一致する。おそらくその村では、ＨＩＶが感染症であるっていう『常識』はなく、親から子に引き継がれる『呪い』として扱われているんだろうね。だからこそ、一也はその表現をつかったんだよ」

「で、でも、なんで一也君がＨＩＶに感染なんかしたの？　たしか、ＨＩＶってそう簡単には感染しないんじゃ……」

少しは混乱がおさまってきたのか、知美は的確な質問を口にする。

「たしかに、ＨＩＶは感染者と普通に接しても感染することはない。感染の原因で一番多いのは、性交渉によるものだね」

「……もしかして」知美の表情が歪んだ。

「一也が感染者とセックスをして、ＨＩＶに感染したかもしれないと思っているのかい？」

僕がからかうように言うと、知美は口を固く結ぶ。

「まあ、その可能性もゼロではないのかもしれないけれど、僕はまず違うと思うな。君ももう少し恋人を信じてあげなよ」

「じゃあ、じゃあなんで、……一也君は感染したっていうの？」

知美はかすれる声をしぼり出す。僕はその場で立ち上がると、右前足の爪を一本出した。

「本人が言っていたじゃないか。おぼえていないのかい？　彼がどうして『呪われた』のか」

僕のセリフを聞いて、知美は大きく息を呑んだ。半開きの口からその言葉が漏れる。

「……タトゥー」

「ザッツライト！」

僕は柏手《かしわで》でも打つように、両前足を合わせる。ぽむっと気の抜けた音が響いた。

「ＨＩＶが感染する原因に、針刺し事故によるものがある。医療従事者が、ＨＩＶに汚染された注射針を誤って自分などに刺してしまうことによって感染するというものだよ。そして、タトゥーを入れる際には針を使用する」

「その針が……」

「ああ、阿久津は訪れた村の村長のすすめで、その村の彫り師にタトゥーを入れてもらったんだよね。きっと、そのときに使用された針がＨＩＶに汚染されていたんだ。ウイルスの知識がなければ、針の殺菌なんてしていないだろうからね」

「だから『呪いのタトゥー』って……」

「たしか、タトゥーを入れて以降の連絡では、阿久津は体調がすぐれない様子だったんだろ。たぶんそれは、ＨＩＶに感染したからだよ。最初ＨＩＶに感染すると、発熱や全身倦怠感などの症状が出る。そのとき阿久津は気づいたんだろうね。自分がＨＩＶに感染したかもしれないって。エイズで多くの人が死んでいるのを見てきたんだから、それも当然だ。だから、帰国して君と会ったとき、様子がおかしかったんだ」

「本当にそうなの？　あなたの言っていることは間違いないの？」

知美は両手で僕の顔を挟む。

「間違いないと思うよ。その証拠に、帰国後、阿久津一也は君とセックスをしようとしなかった。理由は分かるよね。HIVは性行為で感染するからさ。もちろんコンドームをつけることでかなりの高確率で予防できるけど、それでも絶対じゃない」

僕の説明を聞いた知美は、僕の顔を挟んでいた両手をだらりと下げる。

「なんで!?　なんで言ってくれなかったの？」

哀しげにつぶやきながら、知美は玄関のドアを見る。あの夜、一也が出て行ったドアを。

「きっと、阿久津一也は怖かったんだよ。君に拒絶されることがね」

僕は細かく震える知美の手に肉球で触れる。

「拒絶される？」

「そうだよ。HIV感染症は偏見の多い病気だ。日常的な接触では他人に感染させるリスクはほとんどないっていうのに、感染者は無知からくる差別に晒《さら》され、つらい思いをすることが少なくない。カミングアウトするのはそう簡単なことじゃないよ」

「でも、私は大丈夫だった！　どんなことでも受けいれられた。だって、HIVって、薬さえ飲んでいれば何十年もエイズにならないんでしょ？　私は彼と一緒にいるだけで満足だったの」

「うん、その通りだよ。君みたいに理解があるレディになら、彼はすべてを説明するべきだったんだろうね。おそらく彼も、いつかはカミングアウトして、君と一緒に生きていくつもりだったんだと思うよ。……けれど、きっと問題があったんだ」

「問題？　いったいなにが問題だったっていうの？」

「彼が重度のアレルギー体質だったことだよ。ＨＩＶ感染者はウイルス増殖を抑える薬を数種類飲むことで、エイズが発症するのを数十年間防ぐことができる。けれど、それらの薬にアレルギーを起こせば、薬を飲み続けることはできない」

知美は息を呑んだ。そんな知美の前で、僕は淡々と説明を続けていく。

「アフリカから帰ってきてから一ヶ月ほど、阿久津は姿を消してＰＴＳＤの治療を受けたと言っていたんだよね。きっとその間に阿久津は専門病院で検査を受け、自分がＨＩＶに感染していること、そして発症を抑える薬の多くに対してアレルギーがあることを知ったんだよ。薬を飲めなければ、数年でエイズを発症して命を落とす可能性がある。実際、それからの数年間で、彼はよくひどい蕁麻疹を起こしていたんだろ。ＨＩＶの薬はいくつもあるから、そのうちの飲めるものだけでも内服していたけれど、時間が経つにつれそれらにもアレルギーを起こすようになったのかもしれないね」

「じゃあ、一也君の言っていた『呪いに殺される』っていう言葉は」

「ああ、そのままの意味だったんだよ。そのままだと、彼はアフリカの村で『呪い』として扱われていたＨＩＶの感染によって命を落とすことになる。それも君にカミングアウトできなかった理由なんだろうね。恋人が数年の命だなんて知れば、君がつらい思いをするだろうから」

「そんな……」

「だからこそ、阿久津一也は最後の希望にかけた。サウス製薬で行われていた『呪いを解くための研究』、つまりＨＩＶの新薬の研究にね」

僕は昨夜忍び込んだ研究室を思い出す。あの部屋のデスクに置かれた大量の論文、そして本棚に収められていた文献、それらの大部分はＨＩＶとその治療について記されたものだった。

「じゃあ、東京の製薬会社の就職を辞めて、サウス製薬の研究員になったのはそのため？」

「そう、自分にも使える薬を開発するためだよ。阿久津はサウス製薬で必死にＨＩＶの新薬を作ろうとしていた。その薬さえ完成すれば、君と添い遂げることができるかもしれない。そう思ったんだろうね」

「でも……」

「ああ、でもダメだったんだろうね。実験自体が成功しなかったのか、その薬にもアレルギーが出たのか、それとも完成した薬を飲ませてもらえなかったのか。サウス製薬の会長に対して激怒していたところをみると、一番最後の説が有力かな。まあ、なんにしろ阿久津は失敗した。そして絶望した彼は、唯一の心のよりどころである君のところへ行ったんだ」

知美は無言のまま、僕の言葉に耳を傾けていた。僕は舌で口の周りを舐める。これから伝えることは、きっと知美にとってはつらいことだろう。しかし、それでも彼女は真実を知らなくてはならない。そうしなければ、きっと前には進めないだろうから。

「絶望し、自暴自棄になる彼に、君はこう言った。『子供を産んで、家族で暮らしていきたい』と。けれど、それは彼にはできなかったんだよ。子供をつくろうとすれば、君にＨＩＶを感染させてしまうリスクがあったから。そして、自分はあと数年以内にエイズを発症し命を落とす可能性が高かったから。だから、彼は決断したんだ。恋人の幸せのために、自分は消えようと」

口を押さえた知美の両手の隙間から、悲鳴のような声がかすかに漏れる。そんな彼女に向かって、僕は淡々と真実を伝えていく。あまりにも残酷な真実を。

「もし本当のことを伝えれば、君が必死に自分を支えようとすると、阿久津は知っていたんだよ。けれど、それは彼の望むことではなかった。彼は君に幸せになって欲しかった。たとえ、君のそばに寄り添うのが自分以外の男だったとしてもね。だから、彼は君にひどい言葉を浴びせかけた。そうすることで、君が自分から離れて、新しい未来を紡げると思ったから」

そこで言葉を止めると、僕は知美の涙で潤んだ目を覗き込む。

「阿久津一也の不可解な行動。それはすべて、君に対する愛から生じたものだったんだよ」

その言葉を口にした瞬間、周囲が真っ暗になった。

「にゃにゃにゃ⁉」

突然のことに僕はパニックになる。気づくと、いつの間にか足の下のカーペットが、固いコンクリートに変わっていた。

僕はきょろきょろと周囲を見回す。そこは夜の屋上だった。知美が一也の告白を受けいれた理科棟の屋上。空には無数の星がまたたいている。しかし、周囲の光景は、僕には少しくすんでいるように見えた。

屋上の端にいる知美を見つけ、僕は近づいて行く。知美はやや低い柵に手をかけていた。

「……一也君は、ずっと私のことを想ってくれていたのね」

夜景を遠い目で眺めたまま、知美は小さな声でつぶやく。

「ああ、そうだよ。阿久津一也の気持ちは最初から最後まで変わっていなかった。すべては君を愛し、幸せにするためだったんだ」

「最後の夜、私は一也君を支えたかったの。それなのに、結果的に一也君を追い詰めた……」

「それはあくまで結果論だよ。君が自分を責める必要なんてないんだ」

僕は知美に声をかける。下手に後悔が残ると、せっかく真実を知ったというのに、『腐臭』が消え去らないかもしれない。

「……私が欲しかった未来は、一也君との未来だった。子供ができなくてもよかったし、短い時間でもかまわなかったから、一也君と生きていきたかった。それなのになんで……」

「きっと阿久津一也は、冷静な判断ができなくなっていたんだよ。自分のちょっとした好奇心からＨＩＶにかかり、君との未来をめちゃくちゃにしてしまった。その罪悪感が、彼の行動の原動力だったんだよ。そして新薬を開発して、君との未来を取り戻すためには、どんなことでもしようと決心していたんだ」

そう……どんな恐ろしいことでも。

知美は唇を噛むと、夜景を見下ろす。まるで、一也の姿を探しているかのように。

「ねえ、……一也君はいまどこにいるの？」

「さあ、それは分からない。けれど少なくとも、阿久津一也は二度と君の前に姿を現すことはないだろうね。そして、君も彼を探すべきじゃない」

もし彼を探せば、知美は恐ろしい事実を知ることになるかもしれない。そうなれば、彼女はさらにつらい思いをすることになるだろう。

「このままじゃ一也君は……」

「ああ、治療を受けていないなら、いつエイズを発症していてもおかしくない。そんな阿久津一也がすべてを捨ててまで望んだこと、それは君に幸せになってもらうことだったんだ」

「でも、私は彼を忘れられない……」

「忘れる必要なんてないよ。君はずっとおぼえておくべきなんだ。君を絶望から救い出し、支えてくれた男のことを。そのうえで、前を向いて人生を歩んでいけば、彼は君の胸の中で生き続けることになるんだよ」

僕は自分が口にした気障なセリフで痒みを感じ、後ろ足でがしがしと首筋を掻く。

知美は唇を噛む。その目からは止め処なく涙がこぼれ出した。

その場で座り込んだ僕は、知美の嗚咽を聞きながらどこかくすんだ星空を眺める。時間がゆっくりと流れていく。

体感で数十分過ぎた頃、いつの間にか嗚咽が聞こえなくなっていることに気づく。見ると知美は細く息を吐きながら、濡れた目元を拭っていた。

知美は両手を大きく広げると、ゆっくりと天を仰ぐ。

「一也君……、ありがとう……」

知美の唇から、万感の想いが込められた感謝の言葉が漏れる。その瞬間、どこかくすんでいた星が一気に輝きを増した。

無数の星々が煌《きら》めく夜空、それは知美の記憶の中で見た星空そのものだった。

知美は目を細め空を仰ぎ続ける。きっと、そこに大切な恋人との思い出を見ているのだろう。

僕は知美から離れると、屋上の真ん中辺りでアンモニャイトの体勢になり、瞼を閉じた。

阿久津一也が最後まで自分を愛してくれていたことを知り、知美はきっと前を向いて歩き出せるだろう。彼とのメモリーを胸に抱いたまま。

そのために、彼女は最愛の恋人との決別を、いままさに乗り越えようとしている。

ここからは彼女の問題だ。もう僕が口を出すことではない。

僕はゆっくりと知美の夢からのエスケープを開始する。この世界での、僕の存在がゆっくりと希釈されていく。

目を開けると、僕は知美の部屋のベッドの上にいた。

大きくあくびをすると、僕は鼻をぴくぴくと動かす。

知美の夢に侵入する前に、甘ったるい『腐臭』が漂っていた部屋は、ミントのような清冽《せいれつ》な香りで満たされていた。僕は胸一杯に空気を吸い込む。

知美は乗り越えることができたのだ。

これからも哀しみは残り続けるだろう。しかし、その哀しみと幸せな思い出を胸に抱いたまま、彼女は自らの未来を切り開いていけるはずだ。阿久津一也が指し示してくれた未来を。

さて、それじゃあ僕はそろそろおいとましようかな。僕はベッドから降りると、カーペットの上を横切り、窓枠へとジャンプする。

わずかに開いた窓の隙間に体を滑り込ませる前に、僕はふり返ってベッドの上の知美を見る。閉じられたその目から涙があふれ、こぼれ落ちた。

頬を伝うその雫《しずく》は、窓から差し込む月光を反射して、きらきらと輝いていた。


麻矢の部屋に戻るため、僕は街灯と月明かりが照らす道をてくてくと歩いて行く。桜井知美を『未練』から解放するという仕事には成功したが、気持ちは重かった。

今日、夢の中で知美には告げなかった、いや、告げられなかったことがあった。

やはり阿久津一也こそ、あの『地下の研究室』に関わった人々の命を奪っている殺人者の可能性が高いということ。

『地下の研究室』では、HIVに対する新薬の研究が行われていた。HIVに感染し、アレルギーによって治療が行えていない阿久津一也にとっては、その研究の完成こそが最後の希望だった。最愛の恋人と寄り添って生きていくという未来をかなえるための、最後の希望。

しかし、彼の思惑通りにことは進まなかった。姿を消す寸前に、阿久津が知美に語った内容から考えるに、少なくとも研究は完成していた可能性が高い。けれど、彼がその恩恵にあずかることはできなかった。おそらく研究仲間内で、意見の対立でもあったのだろう。まだ人間に投与できるほどには研究が進んでいなかったのかもしれない。

そう言えば、小泉沙耶香は阿久津に「人体実験なんてできない」と言ったらしい。あれはもしかしたら、自分の体を使って実験して欲しいという阿久津の願いを、危険すぎると小泉沙耶香が拒否したのかもしれない。

今年の四月はじめ、阿久津一也が知美に別れを告げて姿を消したのと同時期に、南郷純太郎が殺害され、バッグから何かが盗まれた。

阿久津一也が南郷を殺し、そして彼が持っていた実験データを盗んだ。僕はそう考えていた。いまだに所在がつかめない柏村摩智子という女も、すでに阿久津の手にかかっているのかもしれない。

僕は近くにあったブロック塀に飛び乗ると、その上を歩きながら考え続ける。

すでに恋人との未来を諦めていた阿久津一也が、人を殺してまで研究データを盗み出し、HＩVを治療しようとするのは道理に合わない。しかし、すべてを失った阿久津は、すでにまともな判断ができなくなっていたのかもしれない。

一年半前に小泉夫婦の命を奪ったのも、きっと阿久津一也なのだろう。小泉沙耶香と研究について対立した阿久津は、自らの目的のために小泉沙耶香を殺害して、その罪を夫である小泉昭良になすりつけた。『秘密の研究』に小泉夫婦とともに関わっていた阿久津にしか、そんなことはできないはずだ。

いま阿久津一也はどこにいるのだろうか？　二ヶ月以上も姿を隠しているところをみると、もうこの街にはいないだろう。そうなると、僕や麻矢では探しようがない。

さしあたり、まず僕たちがやらなくてはいけないのは、行方不明になっているという柏村摩智子を探すことだ。小泉沙耶香の妹であり、最後まであの『地下の研究室』で行われていた研究に関わっていた人物。柏村摩智子を探し出し、その記憶を読むことができたなら、この事件の詳細がさらに分かるはずだ。……もし、柏村摩智子がまだ生きていればだが。

僕はふと顔を上げ、耳をぴくりと動かした。遠くから甲高い音が聞こえてくる。たしかこれは、消防車とかいう火事を消す車のサイレン音だったはずだ。

僕がブロック塀の上で立ち止まっていると、音はどんどんと大きくなってきた。数十秒後、すぐそばの道を真っ赤で巨大な車が数台連なって走り抜けていった。

どうやらこの近くで火事が起きているらしい。僕は塀のそばにあった大きな樹に飛び移ると、その幹に爪を立ててするすると登っていく。樹の先端まで上がると、それほど遠くない場所から火の手が上がっているのが見えた。

おお、かなり派手に燃えているね。

樹から下りて再びブロック塀に飛び移った僕は、炎が見えた方向に向かって駆けはじめた。地上に来てから火事を見るのははじめてだ。ちょっと見学させてもらうとしようかな。

頭によぎった『好奇心、ネコを殺す』という不吉な言葉を振り払いながら、僕は足を動かし続ける。数分間走り続けたところで、僕はちょっとした違和感をおぼえはじめた。

この辺り、以前に来たことがある。その違和感は目的地に近づくにつれて強くなっていく。

間違いない。ここはサウス製薬のすぐ近くだ。

胸に嫌な予感が湧きはじめたころ、消防隊員たちが放つ怒声が聞こえはじめる。

ブロック塀の上で足を止めた僕は、すぐそばにあった三階建ての民家に飛び移ると、その屋根の上に登る。数十メートル先に炎を上げる建物が見えた。

……嘘でしょ。僕は呆然とその場に立ち尽くす。

火炎を上げながら勢いよく燃えさかる建物、それはかつて南郷純太郎とその家族が住んでいた家、あの『地下の研究室』がある家だった。

研究室への入り口を隠していた納屋は崩れ落ち、地下へと続く階段から火が吹き出している。

その光景は、炎の蛇が地下から這い出しているかのようだった。

熱気が夜風に乗って顔に吹き付けてくる。しかし、僕はその場を動くことができなかった。

# 第四章　魂のペルソナ

## 1

「ねえ、やっぱりあの火事って、偶然じゃないよね？」

『たぶん違うだろうね。炎がとんでもない勢いで吹き上がっていた。きっとガソリンかなにかを撒《ま》いて火をつけたんだよ』

椅子に腰掛けている麻矢に向かって、ベッドの上で香箱座りをしている僕は言霊を飛ばす。桜井知美を『未練』から解放した翌日の夕方、僕は昨夜のことについて麻矢に説明をしていた。

「それじゃあ、やっぱり阿久津一也が放火したの」麻矢の表情がこわばる。

『……分からないけど、その可能性は高いと思うな』

「けど、なんで放火なんてする必要があるわけ？」

『色々考えられるよ。あそこで行われていた研究を隠すため。自分があの研究室に関わっていた痕跡《こんせき》を消すため。もしくは……理由なんてないのかもしれない』

「理由がない？」

『ああ、阿久津は本当に求めていたものを失ってしまったからね。もう、すべてがどうでもいいと思っているのかも』

「自暴自棄になっているってこと？」

『あくまでその可能性があるっていうだけだけどね。それより問題は……』

「私たちが忍び込んだ次の日に放火されたことよね」

『そう、それだよ』

僕はうなずく。僕たちが忍び込んですぐに放火された。これは偶然とは思えない。

「もしかしたら、誰かが私たちを監視していたのかな？」麻矢の表情に不安が走る。

『僕たちが監視されていたと考えるより、あの「地下の研究室」が監視されていたって考えた方がいいんじゃないかな。ほら、僕たちがあそこに行く前に、誰かが来た形跡があっただろ』

「けど、私この前、轢かれかけたし……。もしかしたら、私の行動がずっと監視されていたのかもしれないいじゃない」

たしかにそうだ。麻矢が誰かに狙われているのは、この事件と関係あるのだろうか？

いま麻矢が体を借りている『白木麻矢』という人物は、誰に轢き逃げされたのか？　阿久津一也はどこに潜んでいるのか？　誰がなぜ『地下の研究室』に放火したのか？

分からないことが多すぎて頭痛がしてくる。

僕は窓の外を眺める。夕日が外の景色を紅く染めていた。

か？」

ああ、そろそろ行かないと……。

僕は無言のまま窓枠に飛び乗ると、窓の隙間に前足の爪を差し込んで開いていく。

「あれ？　クロ出かけるの？　もしかして、なにか分かったの？　なにかを調べにいくとか？」

麻矢が期待のこもった声で訊ねてくる。僕はふり返ると、顔を左右に振った。

『いや、そろそろ街外れでネコの集会があるんだ。最近あまり顔を出していなかったから、今日は久しぶりに参加しようと思ってね』

定期的に参加していないと、なんとなく顔を出しづらくなってしまうのだ。

「あっそう。……いってらっしゃい」

不満げに口をとがらす麻矢に軽く前足を上げると、僕は窓から飛び出した。

事件のことなどを考えながら歩いているうちに僕は目的場所、この付近のネコのたまり場となっている空き地についた。背の低い雑草が生えている空き地の隅に、すでに十匹を超えるネコたちが集まり、丸くなって夕日を浴びたり、毛繕いをしたり、お互いにニャーニャーと声を掛け合ったりと、思い思いの行動をしている。

僕は集団のそばに近づくと、雑草の上に腰を下ろし、自慢の黒毛の毛繕いをしながら、集まっているネコたちを眺めはじめる。その多くは野良だが、中には僕と同じように首輪をしているネコもいた。

本来、ネコはかなり縄張り意識が強い生き物で（ちなみに僕の縄張りは麻矢の家の敷地内となっている）、お互いあまり接触しない。他のネコの縄張りを通り抜けるだけでも、威嚇されることがあるくらいだ。しかし、誰の縄張りでもなく緩衝《かんしょう》地帯となっているここでは、すぐ近くに他のネコがいても気にせずにいる。こんな集会が、毎日のようにここでは行われていた。

　正直に言うと、この集まりになんの意味があるのか、僕自身にもよく分かっていない。べつにボスがいて指示を出すわけでもないし、ネコ同士で情報交換をするわけでもない。ただなんとなく、この場にいるというだけなのだ。

　けれど、ここに来るとなんとなく落ちつくんだよね。きっと、本能なんだろうな。

　ただ、僕がこの集会に参加しているのは、たんに本能に従っているからだけではなかった。

　僕のそばに三毛猫が近づいてくる。これまでこの集会場で会ったことのないネコだった。彼女は（三毛猫は基本的にメスだ）僕に近づくと、ミャーミャーと鳴き声を上げる。おそらく、僕のいるこの場所を譲って欲しいのだろう。この位置は雑草も少なく、夕日も十分に浴びることのできる一等地だ。

　まあ僕は紳士だから、レディに場所を譲るのはやぶさかではないよ。けれど、そのかわりと言ってはなんだけど、ちょっと記憶を覗かせてもらってもいいかな。

　彼女と視線を合わせた僕は「んにゃー」と一声鳴くと、その精神に干渉をする。彼女は不思議そうに首をひねった。

　人間以外の動物にも当然、肉体の中には魂が存在する。僕はこの集会で集まるネコたちの魂に干渉しては、その記憶を読み取っていた。街中のネコが集まるこの場所でそれをすれば、この街のことをいろいろと知ることができて便利なのだ。

人間のように小難しいことをぐちぐちと考える生物と違い、ネコの魂は素直で干渉しやすい。きっと、本能の欲求に従い、勝手気ままに、しかし一生懸命に生きているからだろう。

と言うか、これが当たり前で人間の方がおかしいんだよな。三毛猫の記憶を探りながら、僕は口の端を上げる。

人間以外の生物の魂は、肉体が命を失うと僕たち『道案内』が導かなくても、勝手に『我が主様』のもとへと向かう。うろうろと地上を彷徨ったり、『未練』に縛られ地縛霊になったりするのは人間の魂ぐらいのものだ。

きっと人間以外の動物は、一日一日生命を維持し、子孫を残すことだけを考えて必死に生きているから、魂が迷うことがないのだろう。対して人間は、進化して安全な環境を作り出してしまったせいか、そうやって真摯に毎日を生きることを忘れてしまいがちになっている。

この地球上で唯一、自分たちにいつかは『死』が訪れるということを知っている生物が、それを知らない生物たちよりも怠惰《たいだ》に生き、死後に『未練』に縛られる。皮肉なことだね。

そんなことを考えながら、僕は三毛猫の記憶を探り続ける。どうやら彼女の縄張りは、かなり街外れ、この街の中心を流れるあの川の源流となっている池の周辺らしい。ここからは五キロほどは離れている。どうりでこれまで会ったことがないはずだ。

その辺りを縄張りとしているネコの記憶は覗いたことがなかったので、なかなか新鮮だった。どうやら池の周りは鬱蒼《うっそう》とした森になっていて、あまり人間が近づかないため、野良猫がそれなりに生息しているらしい。

「んにゃ!?」彼女の記憶をたどっていた僕は思わず甲高い声で鳴いてしまう。彼女の体がびくりと震えた。驚いたせいで僕の干渉から覚めてしまったようだ。

ああ、しまった。彼女の記憶のなかにとんでもないものが見つかったので、思わず興奮してしまった。

「な、なーお」

僕は三毛猫が逃げないように（ネコ同士なのに）猫なで声を出す。彼女はやや警戒しつつも、僕と視線を合わせてくる。僕は再び彼女の魂とシンクロして、その記憶を覗き込む。

頭の中に映像が浮かび上がってくる。それは車だった。鬱蒼とした森の中を進んでいく赤く小さな車。ナンバープレートは外されている。

これは麻矢をはねた車ではないだろうか？　たしか麻矢をはねた車は赤い軽自動車で、川の上流に走り去り、行方が分からなくなったはずだ。

僕の想像を裏付けるかのように、その車のボンネットはかすかにへこんでいた。きっと、麻矢がぶつかったときについたものだろう。ネコの低い視点から見た光景なので、残念ながら運転している人物の顔までは見えなかった。

この記憶が最初に見えたところを見ると、三毛猫にとってかなりインパクトのある出来事だったのだろう。普段は車など決して通るところではないだろうから、まあ当然だ。

その時彼女は混乱していたのか、かなり乱れ、途切れ途切れの記憶映像の中で、車は池に向かって進んでいく。

脳裏に浮かぶ映像に一瞬ノイズが入る。再び映像が蘇ったとき、そこに見えたのは、池に飲み込まれていく車の姿だった。そのすぐそばには『危険！　池に近づかないで！』と書かれた看板が見える。

車が見えなくなると、僕は三毛猫の魂への干渉をやめる。彼女は二、三度不思議そうにまばたきをすると、「ニャーオ、ニャーオ」と場所を譲るように催促してきた。僕はその場から移動する。三毛猫は僕が座っていた場所に陣取り、目を細めながら夕日を浴びはじめた。

僕は歩き出しながら、いま見た光景を思い出す。あれはおそらく、白木麻矢がはねられた日の光景なのだろう。警察が車を見つけられないのも当然だ。池の中に沈められていたのだから。

しかし、ナンバープレートを外した車ではねて、すぐにその車を池に沈めるとは、やはり白木麻矢の轢き逃げは、明らかに計画的な犯行だ。いったい誰がそんなことをしたというのだろう？　そもそも、なぜ白木麻矢は狙われているんだ？

僕は立ち上がると、ゆっくりと空き地から出ていく。なんにしろこれは、白木麻矢が襲われた事件を解くための大きな手がかりだ。池から車を引き上げ、それが誰のものか分かれば、犯人に大きく近づけるだろう。

家に帰って、今後どうするか麻矢と相談するとしよう。僕は麻矢の家に向けて走り出した。

十数分かけて家へと戻った僕は、出かけたときと同じようにわずかに開いている窓から、麻矢の部屋に飛び込む。

『麻矢、麻矢、大変なんだ。君をはねた車がどこにあるのか分かったよ！』

デスクの前に座り、パソコンの画面を眺めている麻矢に僕は言霊を飛ばす。しかし、麻矢は反応しなかった。まるで僕の言霊が聞こえていないように。

『……麻矢？　聞こえてるかい？』

僕はデスクに飛び乗ると、麻矢の顔の前に移動して注意を引こうとする。

「クロ……それ……。ネットのローカルニュースにそれが……」

麻矢は僕を、いや僕の後ろにあるディスプレイを震える指でさした。

「にゃ？」僕は首を回して、ディスプレイに表示された文字を目で追っていく。その内容が頭に入ってくるにつれ、全身の毛が逆立っていった。

『六月二十七日早朝、晴明大学の構内で大量の血がばらまかれていると大学関係者より通報があり、警官が現場に向かったところ、薬学部で教鞭《きょうべん》をとっている峰岸誠教授（58歳）の教授室で大量の血痕が発見された。峰岸教授の行方は分かっておらず、警察は峰岸教授がなんらかの事件に巻き込まれたものとして捜査にあたっている』

「これってもしかして……」

かすれた声で麻矢がつぶやく。僕は画面を見つめたまま、呆然と言霊を放った。

『阿久津一也が……峰岸まで殺した……？』

裏門の柵の下をくぐり抜けてキャンパス内に入った僕は、身を低くして走って行く。途中、女子大生が僕の可愛らしい姿を見て歓声を上げたりしたが、いまは彼女たちに撫でてもらう余裕はなかった。

## 2

さて、どの辺りだったかな？　この前は自分の足で来たわけではなかったので、いまいち場所が分からない。キャンパスの中を走りながら左右を見回していく。

あった！　目的の場所を見つけた僕は方向転換をして、そちらに向かう。正面百メートルほど先にある建物の周りを、黄色い規制線が取り巻き、制服を着た警察官と刑事らしき男たちがたむろしていた。

歩道を駆けていった僕は、建物に近づいたところですぐわきにある茂みに入り、今度はゆっくりと建物に近づいていく。建物が正面に見える位置にまでやってきたところで、僕は足を止めた。目の前にある建物、それは久住を操って峰岸誠に話を聞いた教員棟だった。

峰岸が大量の血痕を残して姿を消したというニュースを知った翌日、僕はさらに詳しいことを調べるため、朝早くから事件現場であるここにやって来ていた。

白木麻矢を轢いた車が池に沈んでいる件に関しては、あの事故の情報を集めているという番号に麻矢が電話し、情報を警察に提供していた。昨日の三毛猫の記憶を見る限り、あの辺りは車どころか徒歩でもほとんど人が入り込まないような場所だろう。車が通った痕跡が見つかれば、すぐに情報が本当であるということが分かり、池の底から車を引き上げてくれるに違いない。

白木麻矢の件に関しては、その車からいろいろなことが分かるはずだ。逆に言えば、車が引き上げられるまでできることはない。いまはまず、峰岸の件について調べるべきだ。

さて、あいつはここにいるかな？

僕は茂みに潜んだまま、建物の入り口を見つめ続ける。せわしなく警察関係者たちが出入りしているが、目的の人物はなかなか見つからなかった。

やはり、峰岸は阿久津一也に襲われたのだろうか？　長期戦を覚悟した僕は、茂みの中で香箱座りをしながら考える。その可能性は高い気がした。

おそらく阿久津はＨＩＶの新薬のデータを手に入れるために、あの『地下の研究室』に関わった人々を殺害している。けれど、峰岸はあの『地下の研究室』には関係ないはずだ。それなのに、阿久津が峰岸を襲う必要性があるのだろうか？

……もしかしたら、峰岸もあの研究に一枚嚙んでいたのだろうか？

小泉夫婦、阿久津、そして小泉沙耶香の妹である柏村摩智子。あの『地下の研究室』の研究員だった四人は、学生時代、峰岸に師事していた。研究についてアドバイスぐらいしている可能性は高い。

阿久津は『地下の研究室』に関わっていた全員の口を封じ、あそこで行われていた研究を闇に葬《ほうむ》るつもりか？　たしかにそう考えれば、あの地下室に火を放ったのも納得できる。しかし、恋人との未来を諦めた阿久津が、なぜそんなことをする必要があるのだろう？

……本当に、放火や峰岸襲撃は阿久津一也の仕業なのだろうか？

ふと、僕はその前提条件に疑問を持つ。たしかに、阿久津一也がもっとも怪しいのは間違いない。小泉夫婦と南郷純太郎を殺害したのは阿久津の可能性が高いだろう。けれどもしかしたら、放火や峰岸を襲ったのは他の人物ではないのだろうか？

僕の頭の中に一人の名前が浮かぶ。

柏村摩智子。小泉沙耶香の妹にして、『地下の研究室』での研究に携わっていた人物。

知美の記憶の中で阿久津が「あいつと一緒になって俺を見捨てやがって」と言っていたことから、僕は柏村摩智子という人物が阿久津に襲われ、姿を消していると思っていた。しかし、もしかしたら逆だったのではないか？

なんらかの理由で、姉が阿久津に殺されたのではないかと疑った柏村摩智子は、あの『地下の研究室』の一員になり、ともに研究をしながら阿久津を調べた。そして、姉を殺したのが阿久津であると確信した彼女は復讐を果たし、その後、自分と阿久津の接点である『地下の研究室』の痕跡を消しにかかっている。

自分の想像に寒気をおぼえ、尻尾が膨れあがってしまう。

もしいまの想像が正しければ、阿久津が完全に姿を消しているのも納得だ。すでに柏村摩智子の手によって殺害されているのだから……。

次の瞬間、建物から出て来た男を見て、僕は「にゃにゃにゃ！」と声を上げる。

久住淳、先日僕が操った刑事が、中年の男と並んで歩いていた。

やっぱりこの事件の捜査に参加していたか。読みが当たり、僕は尻尾をぴーんと立てる。

久住と中年の男（おそらく久住とペアを組む刑事だろう）は、なにやら話しつつこちらに近づいてきた。僕は茂みの中で息を殺しながらタイミングをうかがう。

中年の男は久住に「ちょっと待ってろ」と声をかけると、少し離れた所に立つ制服警官に近づいていく。

チャンスだ！　僕は所在なげにたたずむ久住の背中に向けて、「んにゃー」と声をかけた。

久住がふり返ってこちらを向く。その瞬間、茂みから顔だけ出した僕は久住と視線を合わせ、その魂に干渉した。久住の体が小さく震え、すぐにその目が虚ろになる。

相変わらず本当にコントロールしやすい魂だな。みんな、これくらい単純だと楽なんだけど。

『峰岸誠は殺されたのか？』

ふらふらとおぼつかない足取りで、茂みのすぐ前までやってきた久住に、僕は言霊を飛ばす。

「……ああ、その可能性が高い」

『遺体が見つかったのか？』

「いや、遺体はまだ見つかっていない。ただ、峰岸の教授室の中には争った形跡があって、血液が大量に飛び散っていた。合計すると二リットルを超えていたらしい。これだけ大量に出血すれば、生きている可能性は低いというのが検視官の見解だ」

『……それは間違いなく峰岸の血なのか』

「血液型は一致した。念のため峰岸の兄弟からDNAを提供してもらい、血液が峰岸本人のものであるか調べているけれど、その可能性は高いらしい」

少なくとも、峰岸が誰かに襲われたのは間違いないということか。僕は口の周りを舐めて湿らせると、もっとも知りたかったことを訊ねる。

『それで、犯人の目星はついているのか？』

「ああ、阿久津一也だ。昨日立ち上げられた捜査本部でも、阿久津が犯人と考えている」

あっさりと答えた久住の前で、僕は目を剝く。

『それは間違いないのか？』

「遺留品として発見された峰岸教授の携帯電話に、一昨日の夜に阿久津一也から『内密に会いたい』とメールが入っていたんだ」

『阿久津一也からメール？』

「そうだ。こっちでも調べたけど、間違いなく阿久津一也のスマートフォンから発信されたメールだった。この近くの基地局を経由しているので、大学の近くでメールしたものらしい。いまは電源が切られていて、どこにあるかは分かっていない」

『つまり、阿久津一也はこの街にいるってことか？』

「そのはずだ。すでに重要参考人として手配をかけている。ただ、まだ発見はできていない」

やはり、峰岸は阿久津一也に襲われたのか。いや、そうとも限らない。阿久津一也のスマートフォンを他人が使っている可能性はある。けれど……。

あまりにも脳を使いすぎて、頭痛がしてくる。

そもそも、なぜ犯人は峰岸の遺体を放置しなかった？　いや、もしかしたら遺体がないという ことは、峰岸はまだ生きているんじゃないか？　大量の出血をしながらも、なんとか犯人から逃げて、どこかに隠れて……。

その時、僕は視界の隅に違和感をおぼえ顔を上げる。しかし、抜けるような青空が広がっているだけで、特に異常はなかった。

気のせい？　……いや、違う。

僕は肉体の目ではなく、霊的な目を凝らす。少し離れた位置、はるか上空にうっすらと光の塊が見えた。その先には、あの十階建ての理科棟が見える。

あれは間違いなく地縛霊だ。しかもまだ輝きがかなり強いことを見ると、ここ最近、少なくとも数ヶ月以内に肉体から出た魂だ。

『おーい、そこの魂！』

僕は遠くを漂う魂に向かって言霊をかける。魂が大きく揺れるのが見えた。こちらに気づいたようだ。少しずつこちらから離れているのを見ると、警戒しているのだろう。

『警戒しなくていいよ。ちょっと訊きたいことがあるだけなんだ。もしかして君は、阿久津一也に殺されたんじゃないか』

僕が阿久津一也という名前を言霊で発した瞬間、魂が動揺したように点滅し出した。

ああ、やっぱりそうなのか……。

『君は峰岸誠の魂なんだろ。教えてくれ、一昨日の夜そこでなにがあったのか』

僕がさらに言霊で話しかけると、魂はびくりと震え、逃げるように僕から離れていく。

「にゃ……」

僕が慌てて次の言霊を飛ばす前に、魂はどんどんと遠ざかっていき、ついには理科棟の奥へと消えてしまった。僕に『我が主様』のもとへと行くよう説得されると思ったのだろうか。

しかし、「阿久津一也」と「峰岸誠」という名に強く反応したところをみると、さっきの地縛霊が阿久津に殺害された峰岸の魂だということは、ほぼ間違いないだろう。

動機は分からないが、阿久津はまだこの街のどこかに潜み、人を殺し続けている。

阿久津が逮捕され罰を受ければ、おそらくいま見た峰岸誠の魂と、椿橋に縛り付けられている小泉沙耶香の魂は『未練』から解放されるだろう。それに、これ以上阿久津の手によって命を奪われ、地縛霊となる者が増えることもなくなるはずだ。

さて、これからどうしよう？

またネコの集会に参加し、片っ端から記憶を覗き込もうか？　もしかしたら阿久津の潜伏場《せんぷく》所を偶然見ているネコがいるかもしれない。いや、それはあまりにも効率が悪すぎるか。

阿久津は警察が追っている。彼らは大量の人員を動員して、阿久津を探し出すだろう。阿久津の捜索は警察にまかせるべきだ。それより僕がやるべきは……。

『そうだ、柏村摩智子についてなにかインフォメーションはないか？』

僕は久住に問いかける。そう、柏村摩智子だ。警察はまだ柏村摩智子と阿久津一也の関係について知らないはず。僕と麻矢は彼女の捜索に全力を尽くすべきだ。……もし、彼女がまだ阿久津一也の手にかかっていなければの話だが。

「柏村……摩智子……？」久住はたどたどしくその名を口にした。

『なんだ、知らないのか？　小泉沙耶香が殺された事件を担当していたくせに。彼女の妹だよ』

「小泉沙耶香の妹？　彼女なら……」

「おい、久住。なにやってんだ？」

久住の背後から、男のだみ声が響いた。僕は慌てて茂みから出していた首を引っ込める。それと同時に、僕の干渉から逃れた久住がきょろきょろと左右を見回しはじめた。

「あっ、山田《やまだ》さん。どうかしましたか？」

「どうかしましたかじゃねーよ。ぼーっと突っ立って。ほれ、学生に聞き込みに行くぞ」

中年の刑事は久住に近づくと、その頭を軽くはたく。

久住は「あっ、はい」と首をすくめると、中年刑事と連れだって離れていった。僕は小さく舌を鳴らす。いいところで邪魔が入ってしまった。

まあいい、それでもかなりのことが分かった。とりあえず、麻矢の部屋に戻るかな。

阿久津一也は完全に暴走している。彼がどこに向かっているのか、もはや僕には分からなかった。ただ間違いないのは、この事件が終わりに近づいてきていることだ。

警察もとうとう阿久津を探しはじめた。その捜査網から阿久津が逃げ切るのは難しいだろう。この事件がどのような終わりを迎えるかはわからない。しかし、阿久津はもうすぐ自らが犯した罪の償いをすることになり、小泉沙耶香と峰岸誠の魂は『未練』から解放されるはずだ。きっとそのはずだ……。

なぜか胸の奥にどす黒い不安が湧き上がる。寒気を感じた僕は、大きく身を震わせた。じめじめとした茂みの中に長くいたせいで、体が冷え切ってしまった。早く帰るとしよう。

僕は茂みの中を駆け出す。なぜか足がいつもよりも重く感じた。

3

「じゃあ、やっぱり阿久津一也が峰岸っていう教授まで殺していたってこと？」

『うん、そうだと思う』

僕はカーペットの上で寝そべりながら、上目遣いにベッドに腰掛ける麻矢を見る。大学から帰ってきた僕は、午後の昼寝を終え、夕飯を食べたあと、麻矢との情報交換を行っていた。

「なんでそんなことをする必要があるの？　だって、阿久津一也の狙いって、『地下の研究室』で行われていた研究のデータを手に入れて、自分を治療することなんでしょ？」

『僕にもよく分からないよ。四月はじめまで阿久津は、「恋人との未来」のためならなんでもする、という状態だったんだと思うんだ。けれど、いまの阿久津はその目的を失っている。なのに、恩師であるはずの峰岸まで手にかけるなんて、わけが分からない。いまの阿久津は、あの「秘密の研究」の痕跡をすべて消し去ろうとしている気がする』

「痕跡をすべて……か」麻矢は視線を天井辺りに這わせる。

『ん？　どうかした？』

「……もしかしたらだけど、阿久津一也の目的がわかったかもしれない」

僕は身を起こそうとする。しかし、なぜか足に力が入らず、その場でよろけてしまった。

「どうしたのクロ。大丈夫」

『いや、なんでもないよ。ちょっとバランスを崩しただけ。それより阿久津一也の目的ってなんなの？』

「お金……じゃないかと思うの」

『お金？』

「そう、だってもし『地下の研究室』で本当にＨＩＶの新薬ができあがっていたら、それってすごいことでしょ。世界中の製薬会社が大金を払ってでも、それを手に入れたいと思うんじゃないかな？」

『……つまり、阿久津は研究結果を売って大金を手に入れるために、関係者を殺して研究の痕跡を消しているっていうこと⁉』

あまりにも突拍子もない話に、僕はめまいを感じる。

「もちろん、メインはその研究成果をもとにすぐに薬を作ってもらって、それで自分のＨＩＶ

の治療をすることだと思うわよ。けれど、それだけなら研究室に放火したり、峰岸教授を殺す必要なんてないでしょ。きっと恋人と別れた阿久津一也には、もうお金しか目的がなくなったのよ」

『百歩譲って、自分の命のためや恋人との未来のために人を殺そうとするのは理解できなくはないよ。けれど、金なんかのために人を殺すのかい？』

「世の中には、大金のためならなんでもする人って、いっぱいいるのよ」

眉間にしわを寄せた麻矢は、顔を左右に振る。たしかに言われてみれば、『道案内』をしていたころ、金銭にまつわるトラブルで殺された人間をそれなりに見てきた気がする。

『なんて馬鹿な話なんだ。金なんかのために他人を傷つけ、自分の魂を穢《けが》すなんて。いつかは人間は死ぬんだよ。その時、いくら大金を持っていても、なんの意味もないじゃないか』

「けれど、いっぱいお金を持っていたら、いろいろできることがあるでしょ」

『うまいものを食べたり、快適な場所に住んだり、容姿の良い異性と性的関係を結べるとかそういうことかい？　馬鹿馬鹿しい。全部、生き物としての命の危険を回避し、子孫を残すために肉体にインプットされた欲求、いわばプログラミングに過ぎないじゃないか。そんな欲求は微生物だって持っているよ。君たち人間はこの地球上で、一番複雑な脳と魂を与えられた存在なんだろ。それなのに、肉体の欲を満たすためにそんなことを……』

めまいがさらにひどくなり、僕はその場でこてりと倒れる。

「クロ!?　どうしたの？」

『いや、ちょっと興奮してめまいが……』

そう言霊を放って立ち上がった瞬間、胃から食道へと熱いものがこみ上げてきた。僕は体を大きくしならせ、数回えずく。口から茶色の物体が吐き出された。さっき食べたカリカリだ。

麻矢が大きく目を見開くと、僕に駆け寄り、背中を撫でてくれる。

「大丈夫、クロ⁉」

『大丈夫だよ。僕はネコだよ。ネコが吐くのは普通のことだろ』

「でも、いつも吐くのは毛玉じゃない。今日のとは違うでしょ。それに、体がすごく熱いよ⁉」

『……ネコは人間より体温が高いんだよ』僕は思考のまとまらない頭を振る。

「そうじゃなくて、いつものクロより体温が高いの。ねえクロ、体調悪いんじゃないの？」

体調？　そういえば、久住から話を聞いたあたりから、なんとなく体がおかしかった。

『ちょっとめまいがするし、体に力が入らないし、なんだかすごく寒いけど、大丈夫だよ』

「大丈夫じゃない！　絶対に病気になってる。このまえ、寒い中で雨に濡れたりするから」

麻矢は表情をゆがめながら、壁時計に視線を向ける。

「ああ、こんな時間じゃ動物病院閉まっているだろうし……」

「動物病院」という言葉を聞いた瞬間、本能的な恐怖が僕の全身を貫いた。いったいなぜだろう？　そのせいか、全身が細かく震え出す。

いや、これは動物病院への恐怖のせいじゃないな。なんだか、冷蔵庫の中にでも放り込まれたかのように寒い。

「……クロ、……震えてる」

『……寒いんだ。すごく寒い』

がたがたと全身を震わせながら、僕はカーペットの上で香箱座りをする。ちょっと体調を崩しただけでこんな苦痛を味わわなければならないとは、やはり肉体というのは不便なものだ。

そのとき、体全体がふわっと柔らかいものに包まれた。僕の体がカーペットから離れていく。ふり返ると、麻矢が僕の体をタオルで包んで持ち上げていた。

僕はだらりと四肢の力を抜き、なされるがままになる。麻矢は僕を胸に抱いたままベッドに横たわると、布団をかぶった。

「こうすれば少しは楽になる？」

麻矢は布団に顔を入れて、僕の顔を覗き込んできた。

『ああ、すごく楽だよ。……あったかい』

僕は目を細めると「にゃー」と鳴く。タオルを通して伝わってくる麻矢の体温が心地よかった。いつの間にか吐き気とめまいが消えている。

「そう、よかった」

安堵の息を吐いた麻矢は、僕と視線を合わせる。

「ねえ、クロ……」

『ん？　なんだい。麻矢』

「たしかに人間って、自分の欲のために人を傷つけたりする、汚い面はあるんだ。けれどね、そんな汚いところだけじゃなくて、優しいところもあるんだよ」

麻矢の言葉を聞きながら、僕は地上に降りてからの経験を思い出していた。

南郷純太郎は殺されたというのに、その犯人が罰せられることよりも、妻の苦悩を取り去ることを望んでいた。

千崎隆太は犯罪に立ち向かうことに、その人生のすべてを捧《ささ》げていた。

あの阿久津一也ですら、恋人のよりよい未来のためなら自らを犠牲にしようとした。

たしかに、人間はそのような尊《とうと》い一面も持っている。

反吐《へど》が出るほどの醜さや残忍さと、感動するほどの優しさと気高さ、その両方を内包する存在。本当に人間とはよく分からない。

僕は麻矢の温かさに包まれながら、ぼーっとする頭で考え続ける。

『道案内』をしていた頃、人間など僕にとっては『荷物』でしかなかった。しかし、こうやってネコの体を得てそばで暮らしてみると、たしかに人間というのはなかなか面白い存在だ。それを知ることができただけでも、地上に降りたかいがあったのかもしれない。

……地上に降りたかいがあった、か。僕は苦笑する。

あんなに地上での任務を毛嫌いし、早く『道案内』に戻りたがっていた僕がそんなことを思うなんて……。なぜこんなことになったのか、その原因は分かっていた。

僕はタオルの中でもぞもぞと体を動かし、布団から顔だけを出す。

「どうしたのクロ？　苦しいの？」麻矢が不安げに眉根を寄せた。

『いや、そんなことないよ。さっきよりずっと体調はいいよ』

麻矢だ。地上に降臨してからずっと僕と一緒にいて、僕に毎日カリカリをくれ、ブラッシングをしてくれ、頭を撫でてくれ、トイレをきれいにしてくれ、時々お刺身までくれる同居者。彼女とともに過ごした時間が、僕の人間に対する見方を変えてくれた。

『……ねえ、麻矢』

「ん？　なあに？」麻矢は柔らかく微笑んできた。

『これまでのこと、ありがとう』

「どうしたの急に？　病気で弱気になっちゃったとか？　大丈夫、死んだりしないよ」

『いや、麻矢がいなかったら、僕は地上で生きてはいけなかっただろうし、ここでの仕事もうまくできなかったと思うんだ』

麻矢と生活することで、人間という不思議な存在について少しは理解できたからこそ、僕は南郷純太郎、千崎隆太、そして桜井知美を救うことができたのだ。

「そんなの、友達なら当然じゃない」

『友達？』

「そうよ、私とクロは友達でしょ」

友達、あこの関係が『友達』というものなのか。『道案内』同士でも相手を（例えば丘の上で犬になっている彼などを）『友達』と呼ぶことはあった。けれど、それはあくまで『よく話をする同僚』以上のものではなかった。

本当の『友達』とはこのように、お互いのことを思いやり、心を通わせる関係のことなのか。新しい発見に、なぜか胸の奥が温かくなる。次第に瞼が重くなってきた。

『……ちょっと眠ってもいいかな』

「うん、ゆっくり眠って」

目を閉じた僕は、麻矢の体温に包まれながらゆっくりと眠りに落ちていった。


「にゃおおーん！」

健康って素晴らしい！

体調を崩した日から四日後の朝方、カリカリを食べ終えて窓辺に立った僕は、大きく雄叫《おたけ》びを上げた。丸三日体を休めたおかげで、体調は完全に回復していた。そのおかげで、カリカリもいつもより美味しく感じた。どうにも幸せな気分だ。

「クロ、無理しちゃダメよ。風邪ぶり返したら、また動物病院に行くことになるわよ」

『……ど、どうぶつびょういん』

その単語を聞いた瞬間、尻尾がぶわっと膨らむ。恐怖の記憶に、全身が細かく震えはじめた。

三日前、朝一番で麻矢は僕を動物病院という地獄へと連れて行った。多くのイヌやネコの悲鳴で満たされるその空間についた僕は、麻矢の持つキャリングケースの中で小さくなって震え続けていた（麻矢いわく「まさに借りてきたネコだった」ということだ）。

三十分ぐらいしてから、小さな部屋へと連れて行かれた僕は、獣医師という名の悪魔の使いに全身をまさぐられ、金属製の器機を当てられ、そしてあまつさえ非人道的なことに、背中に針を刺されておかしな液体まで注入されたのだ。

僕が元気になったのを見て、さっき麻矢は「治療が効いたんだね」とか言っていた。しかし、きっと体調が良くなったのは、そうしないとまたあそこに連れて行かれるという恐怖で、体が活性化したからではないかと思っている。

『だ、大丈夫だよ。今日は体調が良いんだ。すぐにでも外に出て、事件の調査ができ……』

そこまで言ったところで、僕はふわりと体が浮き上がるような感覚をおぼえてよろける。

「ほら、ふらふらしているじゃない。やっぱりまだ完璧じゃないんだよ」

『そ、そうかなあ……？　なんか、すごくハッピーな気分なんだけど』

「きっと病み上がりで体力は落ちているのよ。少なくとも今日一日はゆっくり体を休めておいて。また病気になったら心配だから」

そう言われると反論できない。

『……分かった。今日は大人しくしているよ』

僕は出窓の窓枠で香箱座りをすると、燦々《さんさん》と降り注ぐ日差しを毛皮に浴びながら外を眺める。

この三日間で、警察はどれほど阿久津一也に迫っているのだろう？　もしかしたら、すでに拘束している可能性もある。そうであれば一番良いのだけれど。

どうにか柏村摩智子について調べるつもりだったが、体調を崩してしまったせいで、この三日間動くことができなかった。麻矢も僕の看病で、ほとんどの時間部屋にいた。完全に出遅れてしまっている。もはや僕たちが柏村摩智子を探しても、その前に警察が阿久津一也を発見する可能性が高い。

今日は一日休み、明日また久住に会って捜査状況をたしかめよう。それでまだ阿久津一也がつかまっていないようなら、あらためて本格的に動き出すことにしよう。僕はこれからの行動を頭の中でシミュレートする。

麻矢はデスクの前に座ると、ノートパソコンを開いてぱちぱちとキーボードを打ちはじめた。まったりとした時間が流れていく。

日差しの暖かさも相まって、やけに瞼が重くなっていく。なんだか、これまでにないほど眠い。僕は大きくあくびをして目を閉じた。

うつらうつらしていた僕は、聞こえて来た物音に薄目を開ける。いつの間にかセーター姿に着替えた麻矢が、スプリングコートと小さなバッグを手にしていた。

『あれ？　どこかに出かけるのかい？』

僕が大きく船をこぎながら訊ねると、麻矢は僕に近づいて頭を撫でてくれた。

「うん、ちょっと用事があってね」

『気をつけるんだよ。まあ、こんな昼間なら大丈夫だと思うけど、念のため人通りの少ないところには行かないようにね。あと、ちゃんとスタンガンも持っていって』

僕がごろごろと喉を鳴らしながら言霊を飛ばすと、麻矢はくすりと小さく笑った。

「大丈夫、ちゃんと注意するから。クロってなんだかお父さんみたいね。それじゃあ……いってきます」

『いってらっしゃい』

僕はいまにも落下しそうな瞼を必死に上げながら、麻矢を見送る。麻矢は扉を開けたところで動きを止めた。

「ねえ、クロ」麻矢はふり返ることなく声をかけてくる。

『ん？　なんだい？』

「ありがとう。……これまでのこと、全部ありがとう」

ゆっくりとつぶやいた麻矢の声は、なぜか少し震えているように聞こえた。こちらに背中を向けているため、麻矢がどんな表情を浮かべているのか分からない。

僕が『なんのこと？』と質問する前に、麻矢はなにかを振り払うかのように顔を振ると、部屋から出て行った。扉の閉まる音が鼓膜を揺らす。

いったいどうしたんだろう？　なんとなく麻矢の態度がおかしかった気がする。

首をひねった僕は、大きくあくびをする。

まあいいや。帰ってきてから、また話をすればいいんだし。

いつになく強烈な睡魔が、頭の隅に湧いた違和感を押し流していく。僕は再び瞼を閉じ、睡魔に身をゆだねた。

……なにか話し声が聞こえる。意識が浮かび上がっていく。僕はゆっくりと目を開けた。夕日が窓から差し込み、僕の体を照らしていた。

もう夕方か……？　こんなに熟睡してしまうなんて、やっぱり病み上がりで体が休息を必要としていたのだろうか？

僕は前足を思い切り前に伸ばして全身をストレッチしながら、紅く染まった部屋の中を見回す。そこに麻矢の姿はなかった。

まだ帰っていないのか。僕は前足を舐めながら首をひねる。その時、外から話し声が聞こえてきた。どうやら、この声のせいで目が覚めてしまったらしい。僕はわずかに開いている窓から顔を出す。玄関の前に二人の男が立っていて、麻矢の母親となにか話していた。

「にゃ!?」僕は驚きの声を上げると、その場で小さくジャンプする。そこに知っている男がいた。いや、知っているなんてものじゃない。この前、僕が操った男だ。

所轄署の刑事である久住が、ペアを組んでいる刑事と二人で玄関先に立ち、麻矢の母親と顔を合わせていた。麻矢の母親は玄関扉を開け、二人を家の中へと招き入れる。

三人の姿が見えなくなっても、僕はその場から動けなかった。

なんで久住がこの家にやってくるんだ？

もしかしたら、この前、僕に操られたことに気づいて、僕を逮捕に……。いやいや、そんな馬鹿なことがあるわけない。

おかしな想像が浮かぶほどに過熱した頭を必死にクールダウンしながら、僕は久住がこの家に来た理由を考え続ける。

麻矢が轢き逃げされた件だろうか？　そうだとしても、なんで久住なんだ？　久住は峰岸殺しの容疑で、阿久津一也を追っているんじゃなかったか？

考えれば考えるほど、胸の中では正体不明の不安が膨らみ続けていく。

僕は窓枠からカーペットに飛び降りようとする。そのとき、また軽い浮遊感をおぼえ、僕は足を滑らせた。

「にゃにゃー!?」

窓枠から滑り落ちた僕は、慌てて空中で体勢を整えると、すぐそばにあるデスクの抽斗の取っ手を摑もうとする。うまく右前足が引っかかり、落下することは避けられた。

僕の体重がかかったせいで抽斗が勢いよく開き、中からいくつかの袋や瓶がこぼれ落ちる。

ああ、やっちゃった……。取っ手を離して着地した僕は、途方にくれる。それは僕の食べ物が入れてある抽斗だった。カリカリやおやつの袋などが散乱している。このままでは、僕がおやつを盗み食いしようとしたと思われてしまう。

けれど、この体じゃあ片付けるのも難しいしなぁ……。カリカリの袋を前足で押していた僕は、袋のわきに落ちている小さな瓶を見て目をしばたたかせる。それには『マタタビ粉末』と記されていた。

マタタビ？　ネコが摂取すると気持ちよくなるっていうあれか？　けれど、僕はそんなもの麻矢からもらったことは……。僕は肉球で瓶を転がす。裏側に『注意！　ネコによってはふらついたり、過剰に興奮したり、長時間眠ってしまうことがあります。少量から与えてください』と書かれていた。

あれ？　ふらついて、興奮して、長時間眠る……？　それって、今日の僕の症状のような……。眉間にしわを寄せてその瓶を眺めていた僕は、我に返って顔を上げる。

そうだ、いまはこんなことをしている場合じゃない！　久住がなにをしにこの家に来たのか調べなくては！　僕はカーペットの上を走り、ドアのノブへと飛びつく。レバー状のドアノブは僕の体重で回り、ゆっくりとドアが動いていく。わずかに開いた隙間に体を滑り込ませて二階の廊下へと出た僕は、隣の部屋の前を走り抜け、階段を下り、一階のリビングへと向かった。

リビングに入ると麻矢の母親が、ソファーに座った二人の刑事の前にコーヒーカップを置くところだった。

「あら、クロちゃん。また来たの？」

麻矢の母親は目をしばたたかせるが、僕を追い出そうとはしなかった。

「クロちゃん、これから刑事さんたちと大切なお話をするから、邪魔しちゃだめよ」

片手で盆を持った麻矢の母親は、僕の頭を軽く撫でる。

僕はＯＫという意味で「みゃーん」と一声鳴いた。最初から邪魔するつもりなどない。母親以上に、僕の方が刑事たちの話を聞きたいんだから。

「すみません。せっかく来ていただいたのに、麻矢は留守にしていまして。電話もしたんですけど、スマートフォンの電源も切っているみたいなんです」

盆を片付けたあと、麻矢の母親は刑事たちの対面のソファーに腰掛ける。

「いえ、気になさらないでください。こちらが急にうかがったんですから。それにしましても、本当にご無沙汰して申し訳ありませんでした」

久住が深々と頭を下げる。麻矢の母親は哀しげに微笑むと、かすかにあごを引いた。

ご無沙汰？　久住と麻矢の母親は知り合いだったのか？　ますますわけが分からない。

「それで、今日はどのようなご用件なんでしょう？」

「麻矢さんが轢き逃げされた事件について、新しい情報が分かりましたので、ご報告にまいりました」

麻矢の母親の質問に、久住は慇懃《いんぎん》に答えた。

ああ、やっぱり轢き逃げ事件についてだったか。僕は小さく安堵の息を吐く。なんで阿久津を追っているはずの久住たちが、そのことを報告しにきたのかは分からないが、轢き逃げの件について警察が報告に来ること自体は不思議じゃない。

きっとあの池を捜索し、麻矢をはねた車を発見したのだろう。

「先日、街外れの池に麻矢さんをはねたものに似た車が沈んでいったという、匿名《とくめい》の目撃情報が入りました。その情報をもとに池の周りを捜索したところ、たしかに池に向かって車が進んでいった痕跡がありましたので、捜索を行い、池の底から赤い軽自動車を発見しました。麻矢さんをはねた車で間違いないと思われます」

久住はゆっくりとした口調で言う。

「……それは誰の車だったんですか？　麻矢を轢き逃げした犯人は分かったんですか？」

久住の説明を聞いた母親は、硬い声で訊ねた。

「はい、分かりました」

久住はもったいつけるようにそこで言葉を切ると、大きく息をついたあと、その人物の名前を口にした。

「阿久津一也という人物の車でした」

あまりの驚きに、「にゃ⁉」と小さく声が漏れてしまう。

阿久津一也が麻矢をひき逃げした⁉　どういうことなんだ⁉

なにかの事件を起こして焦って逃げていた阿久津一也が、偶然麻矢をはねてしまったということなのだろうか？

頭の中で強引にこじつけるが、その想像は次の会話ですぐに打ち消される。

「阿久津一也はご存じですね？」

久住の言葉に、麻矢の母親は一瞬息を呑むと、痛みをこらえるような表情でうなずいた。

「はい、……知っています」

なんで麻矢の母親が阿久津一也のことを知っているんだ⁉　僕は目を見張る。

「つまり、阿久津君が麻矢を轢き逃げして、そのあと車を沈めて、どこかに逃げたということなんですか？」

麻矢の母親は弱々しい声でつぶやいた。

「奥さん、私たちはとある事件で阿久津一也の行方を追っていました」

それまで黙っていた中年刑事が、低くこもった声でしゃべりはじめた。

「事件……ですか？」

「ええ、ほんの数日前に起こった大学教授の失踪事件です。おそらく、それに阿久津一也が関わっていると思っていました。ですから昨日の朝、池の底から阿久津一也の車が見つかって、それが二ヶ月以上も前に轢き逃げに使われたと聞いた時は、いま奥さんが考えたようなことを思ったんです。二ヶ月前に阿久津一也は麻矢さんを轢き逃げし、車を池に沈めて証拠隠滅をはかったあと、どこかに逃亡したとね。けどね、……違ったんですよ」

「違ったといいますと……？」

「池から上がった車の運転席に、遺体があったんですよ。男の遺体が」

「遺体……」母親の喉から小さなうめき声が漏れた。

「池に二ヶ月以上も浸かっていたんで、魚やらエビ、カニやらに食い荒らされていて、ほとんど白骨化していたので、死因はまだはっきりとは分からないそうです」

生々しい説明に、麻矢の母親は頬を引きつらせた。そのことを気にするそぶりも見せず、中年刑事は言葉を続ける。

「ただ、先ほど歯の治療痕から身元が割れました。その遺体は……阿久津一也のものでした」

麻矢の母親は口元に手を当て、言葉を失う。しかし、僕が受けた衝撃はその比ではなかった。

……阿久津一也が死んでいた？　……二ヶ月以上も前に？

そんなはずがない！　そんなことあり得ない！

それなら、誰があの『地下の研究室』に放火し、峰岸を襲ったっていうんだ？

四日前に倒れたとき以上のめまいが襲いかかってくる。

「そ、それじゃあ阿久津君は……」

麻矢の母親が震える声でつぶやく。今度は久住が口を開いた。

「私たちは阿久津一也が故意か過失かは分かりませんが麻矢さんをはねたあと、池まで行って自分ごと車を沈めることで自殺をしたものと考えています。阿久津はなんといいますか……、かなり難しい病気に罹《かか》っていて、余命が短かったという調べがついています。だから、自暴自棄になっていたのではないかと思います」

たしかに、恋人との未来を失った阿久津が、自ら命を絶とうとするのは理解できなくはない。けれど、その前に阿久津は南郷純太郎を殺害し、実験のデータを盗んだはずだ。そんなことをしたすぐあとに、自殺などするだろうか？　それとも、実験データは結局手に入れられず、それで絶望したということなのだろうか？　なにかがおかしい……。

「待ってください。轢き逃げが故意かどうか分からないって、麻矢は偶然に、同じ大学を卒業して、しかも同じ会社で働いていた同僚にはねられたって言うんですか!?」

甲高い声で麻矢の母親が叫んだ瞬間、僕はさらに混乱の海に引きずり込まれる。

阿久津が麻矢の同僚？　なにを言っているんだ。たしか麻矢は銀行で働いていたはず……。

「奥さん、落ちついてください。私たちも偶然なんて思っていません。ただ、阿久津一也がなにを考えていたか、こちらにもまったく分からないんです」

中年刑事は自分の肩を揉みながら、ため息交じりに話す。

「正直申しますと、遺体の身元が確認される前までは、一年半前の事件にも阿久津一也が関わっている可能性も考えていました」

「沙耶香の事件のことですか⁉」

麻矢の母親は、甲高い声を上げてソファーから腰を浮かした。

僕は耳を疑う。いま、麻矢の母親はなんて言った？

さやか？　沙耶香の事件？　一年半前の事件？

……まさか⁉

雷に撃たれたかのような衝撃が、脳天から尻尾の先まで貫く。考える前に僕は肉球で床を蹴って駆け出していた。フローリングに足を取られて横滑りしながらも廊下を全力疾走し、全身のバネをつかって階段を二段飛ばしで駆け上がると、僕は目的地の前で急停止する。勢いがつきすぎつんのめるが、なんとか力を込めてバランスをキープした僕は、目の前にあるドアを見上げる。

麻矢の部屋のドアではなく、その隣にあるドア。麻矢の母親が「……いまは誰もいないの」とつぶやいていた部屋。

僕の小さな胸の中で心臓が激しく鼓動する。ここまで走ってきたからじゃない。このドアの奥にあるものを見ることが恐ろしいから。もし、僕の想像が当たっていたら……。

僕は唾を飲み込むと、さっき麻矢の部屋でやったように、ノブに飛びついてドアを開ける。

着地した僕は一歩一歩ゆっくりと足を動かしながら、開いた隙間に入っていった。

中には、八畳くらいの広さの空間が広がっていた。デスク、ベッド、本棚と、置かれている家具は麻矢の部屋と大差はなかったが、全体的にシックな色使いのものが多く、落ちついた雰囲気を醸《かも》し出していた。

ジャンプしてデスクに飛び乗った僕は、そこに飾られている写真立てを見つける。写真の中には二人の女性が笑顔で並んで立っていた。一人は満面の笑みを浮かべた麻矢だった。そして麻矢の隣では、すらりとしたスタイルの、黒髪をショートにした女性が柔らかく微笑んでいた。

このレディこそ、この部屋の主のはずだ。そして、彼女はおそらく……。

僕は首を回して部屋の中を見回す。夕日で紅く染め上げられた部屋の壁に、額がかかっていた。その中に収められている紙には大きく『卒業証書』とあった。そこに書かれている名前を見て、僕は絶望する。

『白木沙耶香』

その文字が僕の網膜に焼き付いた。

この部屋には白木沙耶香という女性が住んでいた。そして、白木沙耶香はその後、小泉昭良と結婚し、……小泉沙耶香になったのだ。

　ここは、一年半前に椿橋の上で殺害された小泉沙耶香がかつて使っていた部屋だ。そして麻矢こそ、阿久津一也の車にはねられ昏睡状態に陥っていた『白木麻矢』こそ、志半ばで命を落とした姉のあとを継いでサウス製薬に入り、あの『地下の研究室』でＨＩＶの新薬の研究を行っていた妹だった。

『柏村摩智子』なんていう人物は、もともと存在しなかったのだ。僕はずっと、探していた『小泉沙耶香の妹』と一緒に暮らしていた。なんて間抜けなんだ。

　千崎のノートになぜ、小泉沙耶香の妹として『柏村摩智子』という名前が記してあったのか。いま思えば、その理由はシンプルだ。

　丘の上のホスピスで千崎のノートを手に入れたとき、麻矢はそれを持ってトイレに行った。あのときに細工をしたのだろう。

『白木麻矢』に少し文字を足せば、『柏村摩智子』にすることができる。そうして麻矢は存在しない人物を僕に信じ込ませ、いま自分が使っている体が小泉沙耶香の妹だということを隠すことに成功した。千崎はかなりの悪筆だったので、文字に手が入っていることに気づくことができなかった。

　麻矢はきっと知っていたはずだ。『白木麻矢』が小泉沙耶香の妹で、サウス製薬の社員だと。部屋を調べて身分証や写真などを見たり、両親と話をすればすぐに分かることのはずだ。けれど、麻矢は僕にそれを隠した。

　まだ分からないことだらけだが、一つだけたしかなことがある。麻矢は、あの『白木麻矢』

の体を使っている魂は、記憶喪失なんかじゃなかった。

麻矢は最初からすべて計算ずくで動いていた。いま考えれば、僕が南郷純太郎と千崎隆太の地縛霊の『未練』を解決したのも、麻矢が彼らがいる場所に案内してくれたからだ。

麻矢は僕をコントロールして、あの『地下の研究室』に関連した一連の事件を調べさせたのだ。

……けれど、なぜそんなことを？　僕は息を細く吐いて、沸騰《ふっとう》しそうな脳細胞を必死にクールダウンしながら、状況を整理する。

いまもっとも重要なことは、麻矢が、『白木麻矢』の体を使っているあの魂が誰なのかということだ。すべて計算ずくで行動していたことを考えると、彼女は間違いなく『地下の研究室』の関係者だ。その中で、条件に合う人物は……。

ん？　彼女……？　まさか!?　体中の毛が逆立つ。

なんで僕は麻矢のことを女だと決めつけていたんだ!?　言霊には人間の声のように男女の違いはない。僕が麻矢を生前女性だった人間の魂だと思ったのは、その言葉づかいからだった。けれど、最初から騙すつもりだったなら、言葉づかいぐらいいくらでも変えられる。

もしかしたら、『白木麻矢』の体に入っている魂は、生前男性だったのではないだろうか？　そうだとしたら、一人だけ条件にぴったり合う人物がいる。

そう、たった一人だけ。

『麻矢が……阿久津一也？』

誰にともなく言霊を放った瞬間、足下が崩れて宙空に投げ出されたような気がした。

いま『白木麻矢』の体を使っているのが阿久津一也だと考えれば、すべてに説明がつく。僕は呆然と天井を眺めながら考える。

あの『地下の研究室』ではHIVの新薬が完成していた。阿久津はそれを手に入れ、自らのHIVを治療するとともに、その研究データを売って莫大な金を手に入れようとしていた。恋人との未来を諦めた阿久津には、それくらいしか生きる目的がなくなったから。

阿久津は南郷純太郎を殺害して研究データを手に入れる。しかし、南郷は念のために白木麻矢とデータを分けて持っていた。そのことに気づいた阿久津は、白木麻矢を車ではねて、残りのデータを奪おうとした。けれど、おそらく白木麻矢はデータを持ち歩いていなかったのだろう。結局、阿久津は自らを治療し大金を得るために必要なデータを手に入れられなかった。

絶望した阿久津は、車ごと池に入って自ら命を絶った。そして、その魂は強い『未練』によって地上に縛り付けられ、最後のデータを持っているはずの白木麻矢が昏睡しているそばに漂っていた。そんななか、僕が現れたのだ。

言霊で叫びながらカラスに追われている僕を助けた阿久津の魂は、記憶喪失を装ったうえで白木麻矢の体を使って生き返らせてくれと僕に頼んだ。女のふりをしたのはきっと、その方が白木麻矢の体に入れてくれる可能性が高くなると思ったからだろう。

そして、……僕はまんまと騙され、阿久津一也を生き返らせてしまった。

二ヶ月ぶりに体を得た阿久津は、『白木麻矢』の体と名を借り、再び研究データを手に入れようと動き出す。

ああっ、そうだ！　僕はその場に伏せると、両前足で頭を抱える。

僕は頼まれて『白木麻矢』の記憶を、その体を使っている魂にダウンロードしてしまった。

阿久津が手に入れていない残りの研究データのありかを、『白木麻矢』は知っていたはずだ。

それこそが麻矢の、阿久津の目的だったと考えれば、すべて納得がいく。

『白木麻矢』の記憶を得た阿久津は、僕とともにあの『地下の研究室』へと向かった。

そういえばあのとき、なんで研究室のドアがロックされていないのかと不思議に思ったものだが、なんのことはない、『白木麻矢』の記憶から暗証番号を知った阿久津が、僕に気づかれないようにロックを外したのだ。

研究室の外にあった誰かが訪れていた痕跡、あれは『白木麻矢』の記憶をダウンロードされる前に阿久津が研究室への侵入を試み、失敗した跡だったのだろう。

そして、あの研究室のパソコンから目的のデータを盗み出した阿久津は、最後の仕上げとして、そこで行われていた研究の痕跡を消しにかかる。研究室に放火し、研究についてわずかに知っていた峰岸を殺害したのだ。

全部僕のせいだ。僕が軽い気持ちで会ったばかりの魂を、白木麻矢の体に入れたりしたから……。そんな軽率な行動をとらなければ、少なくとも峰岸誠が殺されることはなかった。

身を裂かれるような自責の念が僕をさいなむ。

麻矢が、いや阿久津がもはやこの家に帰ってくることはないだろう。必要な研究データはすべて手に入れた。あとはそのデータをどこかの会社に売って、大金を手に入れるだけだ。逃亡することを気づかれないように、僕の朝食のカリカリにマタタビを混ぜて、こんな夕方まで眠らせたのだ。

あの体の奥底に眠っている『白木麻矢』本人の魂が目覚めれば、間借りしているだけの阿久津の魂は追い出されるはずだ。けれど、自分を殺そうとした人間の魂が体に入り込んでいては、『白木麻矢』の魂はずっと体の奥底で眠ったままかもしれない。そうなれば、阿久津はずっとあの体を使い続けられることになる。肉体が寿命を迎えるまで。

……どうすればいいんだ？　僕は顔を覆っていた前足をどける。視界に小泉沙耶香と白木麻矢が写っている写真が飛び込んでくる。満面の笑みを浮かべる白木麻矢を見て、この地上に降りてからの思い出が頭の中ではじける。

麻矢……。僕をカラスから救ってくれ、僕とともに生活し、僕の面倒をみてくれ、僕のことを『友達』と言ってくれた人。僕に向けられたあの優しい笑顔はすべて偽物だったのだろうか？　そのペルソナの裏で、僕のことをあざ笑っていたのだろうか？

僕は目の前の写真立てに向かってネコパンチを繰り出す。肉球によってはじき飛ばされた写真立ては、床に落ちて乾いた音を立てた。

僕はぷるぷると顔を左右に振る。八つ当たりをしている場合じゃない。なんとかして麻矢を、阿久津一也を追わなくては。『白木麻矢』の体に魂を入れた張本人の僕なら、強引にその魂を体から引きはがすこともできるはずだ。そうすれば少なくとも、あの体をずっと阿久津一也に使われるということはなくなる。

『白木麻矢』だけでもどうにか救う。それが僕にできる唯一の贖罪《しょくざい》だ。けれど、いったいどうやって……。

麻矢がこの家を出てからすでに数時間が経っている。麻矢がどこに向かったか、僕には知る術《すべ》がない。

ああ、なんで僕はネコなんかになってしまったのだろう。もし僕が犬だったなら、警察犬のように匂いを嗅いで、麻矢のあとを追うこともできたというのに。

ん？　犬……？

『犬、いる！』

僕はデスクから大きくジャンプして、出窓の窓辺に着地する。ガラス窓を通して、遥か遠くに小高い丘が見えた。

4

『なんで私がこんなことをしないといけないんだ……』

アスファルトの地面に鼻先を近づけたレオが、言霊でぶつぶつとつぶやく。僕はそんな彼の周りを飛び跳ねた。

『君のせいで僕はこんな姿になっているんだ。その償いだよ。そんなことより早く』

四時間ほど前、家を飛び出した僕は一直線に、街外れにある丘の上へと向かった。ネコの足には少々遠すぎる距離を必死に走って、そこに立つホスピスにたどり着いた僕は、庭で寝そべっているレオを見つけると、麻矢の追跡を依頼したのだった。

ネコも人間に比較すればはるかにすぐれた鼻を持っているが、犬の嗅覚はそれをはるかに超越するらしい。匂いを追って麻矢がどこへ行ったのか探すことができるかもしれない。

最初、レオは面倒くさそうに渋っていたが、必死に頼み込む僕の様子を見て重大な事態だと悟ったのか、最終的には追跡を了解してくれた。そうして、レオとともに麻矢の家に戻った僕は、追跡を開始した。しかし、レオの追跡速度は僕が期待するよりもスロウなものだった。

『いったい何時間かかっているんだよ。まだ見つからないのかい？　急いでくれ』

鼻をクンクンと動かしながら、亀の進むような速度で前進していくレオを、僕は急《せ》かす。

『無茶言うな。これでも必死に頑張っているんだ。私は警察犬のように専門の訓練を受けたわけじゃないんだからな。あと、飛び跳ねるのはやめてくれ。気が散る』

顔を上げたレオは、不満げに僕をにらんだ。

『分かっている。分かっているんだよ、君が全力でやってくれていることは。けれど、……できるだけ急いで欲しい』

たしかに彼の集中力を乱すべきではない。僕はうつむいて尻尾を垂らす。

レオは再び地面に鼻先を近づけながら、横目で僕を見てきた。

『麻矢だっけ？　あの女性は君の友達だったんだろ。なんで彼女のあとを追っているんだ？　彼女となにかあったのか？』

『……君には関係ないことだよ』

そう、これは僕の問題だ。自分の失敗は自分で償わなければならない。

『先に地上に降りた先輩として忠告しておくぞ。あんまり一人……一匹で思い詰めない方がいい。なにかつらいことがあったら、友達と相談したり……』

『僕には友達なんかいない！　ほっといてくれ！』

胸に満ちている黒い感情を言霊にのせて、僕はレオにぶつける。彼は一瞬、目を見開いたあと、小さくため息をついて追跡を再開してくれた。

力を貸してくれている相手に向かって八つ当たりをしてしまうなんて……。自己嫌悪が容赦なく襲いかかってくる。

僕とレオは言霊を交わすことなく進んでいく。そのうちに、周囲の風景になんとなく見覚えが出てきた。

ここってもしかして……。僕の想像は、曲がり角を折れた瞬間、数十メートル先にあるものを見て確信に変わる。それは晴明大学の裏門だった。

真っ直ぐに柵状の門に近づいたレオは、大きな体を窮屈そうに縮めながらその下をくぐった。続いて門をくぐってキャンパス内に入った僕は、きょろきょろと辺りを見回す。

麻矢がこのキャンパス内に？　いったいなぜ？

疑問で立ち尽くす僕を尻目に、レオは進んでいく。匂いが強くなってきたのか、そのスピードは次第に速くなっていった。

『……ここだな』

数分、大学キャンパス内を歩いたところで、レオは一棟の建物の入り口で足を止め、数十分ぶりに言霊を飛ばしてきた。

『ここに……』

僕は首をそらしてその高い建物を見上げる。それは見覚えのある建物だった。晴明大学理科棟。桜井知美が屋上で阿久津一也の告白を受けいれた場所。

なんでこんな場所に……？　首をひねりながらも、僕は心の隅でどこか納得していた。阿久津にとって、ここは特別な場所のはず。麻矢の正体が阿久津なら、ここでなにか重大なことをしようとしてもおかしくない。

『ありがとう、助かったよ』僕は礼を言うと、建物へと近づく。

『ん？　もういいのか？』

『うん、ここからは僕の問題だからね。君は丘の上に帰ってもらってかまわないよ』

『……そうか。それじゃあ、そうさせてもらうよ』

レオは小さく鼻を鳴らすと、身を翻して離れていった。

そうだ。これは僕の問題だ。どんな危険があるかもわからないのに、関係ない彼まで巻き込むわけにはいかない。僕一人で始末をつけなくては。

　正面玄関のドアの前までできた僕は辺りを見回す。このドアには鍵がかかっていないはずだが、これを開けるには僕の力は弱すぎる。僕は建物の周りを歩きはじめる。

　あった！　建物の側面、数メートルの高さにある小窓が開いていた。僕はそのそばを走っている雨水管をよじ登ると、開いた小窓に飛び込む。着地したのは薄暗い階段だった。僕は顔を上げると、屋上に向かって駆け出す。

　軽く息が上がってきたころ、屋上へと続く扉が見えてきた。桜井知美の記憶の中で見たときには閉まっていた内開きの扉が、いまは開いている。

　僕は目を細めた。ドアノブにロープが巻きついている。それに、ドアの上の方には見慣れないプレートのようなものが取り付けられていた。

　あれはいったいなんだ？　一瞬、不吉な予感が胸をよぎるが、足を止めることができなかった。本当にこの屋上に麻矢がいるのか、一秒でも、一瞬でも早くたしかめたかった。

　僕は開いた扉に向かって大きくジャンプする。

「んにゃ⁉」

　屋上に飛び出した僕は、あわてて急ブレーキをかける。扉の外はまるで動物園の檻のように、四方が鉄柵に囲まれていた。見上げると、上部も鉄柵に覆われている。

　桜井知美の記憶の中では、こんなものは無かったはずだ。正面の鉄柵は扉状に開く構造になっているようだが、そこは大きな南京錠《なんきんじょう》がかかっていた。

僕は目をしばたたかせながら、鉄柵の扉状になっている部分に近づく。そこをロックしている南京錠は、回転式数字盤を合わせるタイプだった。

この鉄柵なら人間が通るには狭すぎるだろうが、僕の体なら十分に通り抜けることが……。

「クロ!?」

鉄柵を肉球で触れていた僕は、かけられた声に体を震わせる。声が聞こえてきた方向に耳を向け、続いて首を回してそちらを見る。

檻の外側、階段室の陰に隠れるように、麻矢が立っていた。その手にはロープが握られている。

麻矢の顔を見た瞬間、僕は動けなくなる。押し寄せる混沌とした感情の波が、僕の思考を凍り付かせた。

「……なんでクロが？　……どうやってここが分かったの？」

呆然とつぶやく麻矢を見ながら、僕は深呼吸をくり返す。嵐が吹き荒れているかのようだった胸の中が、少しずつ凪《な》いでいく。僕は鉄柵の隙間を通って出ると、ゆっくりと麻矢の前に移動した。

『僕を……騙していたんだね？』

僕は麻矢の目を見ながら言霊を飛ばした。

「な、なんのこと……」麻矢の声が上ずる。

『君は記憶喪失なんかじゃなかった！　最初から「白木麻矢」が小泉沙耶香の妹で、あの「地下の研究室」の研究員だって知っていたんだ。けれど、そのことを僕に知られたくなかったから、「柏村摩智子」なんていう架空の人物をでっち上げたんだ』

感情が高ぶり、言霊が早くなっていく。麻矢は唇を固く結んだまま、なにも言わなかった。

『誰かに轢かれかけたっていうのも嘘なんだろ。すべて芝居だったんだ。そして、僕を騙して「白木麻矢」の記憶を手に入れた君は、あの「地下の研究室」で目的のものを手に入れた。「白木麻矢」が隠していた、ＨＩＶ新薬のデータを。そうなんだろ⁉』

言霊を放ち終えた僕は荒い息をつく。心臓が拍動《はくどう》する音が鼓膜まで揺らす。

ここにいたっても僕はまだ、かすかに希望を持っていた。自分の想像がすべて間違いだという希望を。麻矢が「それは違う」と言ってくれる希望を。

緊張で全身を細かく震わせながら、僕は麻矢の答えを待つ。

「クロ……私は……」

「シャーッ！」

一歩足を踏み出した麻矢に向かって、僕は威嚇の声を上げる。麻矢はびくりと体を震わせた。

『近づくな！　今日、僕にマタタビを盛って、その隙に姿をくらまそうとしたんだろ？　その場で答えるんだ。そうしないと、僕は君をその体から引きはがす。脅しじゃないぞ』

僕と麻矢は数メートルの距離を置いて見つめ合う。先に目を逸らしたのは麻矢だった。麻矢はうつむくと、弱々しい声で言った。

「……ごめんなさい。……あなたの言うとおりよ」

絶望が心を黒く染めていく。全部僕の勘違いかもしれないという、儚い希望が砕け散る。

「最初クロに会ったときは、どうすれば目的を果たせるかしか考えていなくて、思わず嘘をついちゃったの。あなたと暮らしているうちに、何度も本当のことを言おうと思ったけど、私のしようとしていることに反対されるかもと思ったら……、怖くて……。それにクロを危険なことに巻き込みたくなかったの。だからマタタビを……。これは、私が自分で解決するべき問題だから」

麻矢はシャツの裾《すそ》を両手で摑みながら言うと、潤んだ目で上目遣いに僕を見る。その姿は親に叱られた幼児のようだった。

白々しい。いまさらそんな態度で騙されるもんか！

『反対される？　当たり前だろ。「地下の研究室」に放火して、峰岸誠を殺すなんてことに、僕が賛成するとでも思ったのか⁉』

僕は体を低くして身構える。もうこれ以上話すことはない、一刻も早く麻矢を、いや阿久津一也を『白木麻矢』の体から引き離してしまおう。

「なっ……⁉　ちょっと待って。私はそんなことしてない！」

顔を跳ね上げた麻矢は、顔を左右に振る。

『いまさら誤魔化そうとしたって無駄だ。もう全部分かっているんだ。阿久津一也！』

「あくつ……かずや？」麻矢はたどたどしくその名を口にする。

『そうだ麻矢、君の正体は阿久津一也だ』

「ち、違う！　私は阿久津一也なんかじゃない！　クロ、誤解よ」

『その女言葉もやめるんだね。もう騙されないよ。お前はその体から出て行くんだ』

「お願いクロ、話を聞いて！」

『黙れ！』

僕は言霊で叫ぶと、精神を集中させて麻矢と視線を合わせる。その瞬間、麻矢の顔がゆがんだ。歯を食いしばりながら、麻矢は僕の干渉に耐えようとする。

無駄な抵抗をしないで、さっさとその体から出ていけ！　僕はさらに魂への干渉を強める。

「ダメ……。いまはまだダメなの……。私は……阿久津一也じゃ」

麻矢は頭を抱えると、喉の奥から声をしぼり出す。まったく、往生際が悪い。

『諦めるんだ。阿久津一也じゃなかったら、自分は誰だって言うんだ』

あと少しで『白木麻矢』の体から、阿久津の魂を排除できる。僕はさらに干渉を強めた。

「わ、私は……」

蚊の鳴くような声でつぶやくと、麻矢は崩れ落ちるようにその場で膝をつく。その時、麻矢がぎこちなく顔を上げ、僕を見てきた。助けを求めるような視線に射貫かれ、僕は思わず魂への干渉を弱めてしまう。その瞬間を逃さず、麻矢は大きく息を吸い込んだ。

「私は阿久津一也じゃない！　私は沙耶香！　小泉沙耶香よ！」

『小泉……沙耶香？』

麻矢が放った予想外の言葉に、僕は「にゃ⁉」と甲高い声を出してしまう。

「そう。私は一年半前に橋の上で刺し殺された小泉沙耶香なの！」

荒い息をつきながら、麻矢は必死に僕に語りかけてくる。

『そ、そんなの嘘だ！　僕は椿橋で、地縛霊になっている小泉沙耶香の魂を見たんだ。また騙そうとしているんだろ』

「それは私じゃないの。たぶん、あの人……。私の夫の小泉昭良の魂よ」

僕は息を呑む。たしかにあの橋にいる地縛霊は、自ら小泉沙耶香と名乗ったわけじゃない。『小泉沙耶香』の名を出したら激しく反応したので、小泉沙耶香の魂なのだと思ったのだ。あれは小泉昭良が、最愛の妻が殺された場所で地縛霊となっていたものだった？　たしかに道理は通っている。

『き、君が小泉沙耶香だとしたら、なんで妹の体に入ろうなんて思ったんだ？』

混乱しながら、僕は言霊を放つ。

「この子を守るため。……全部そのためにやったことなの」

麻矢はふらふらと立ち上がりながら話しはじめる。

「あの晩、『地下の研究室』から帰る途中、……私は後ろから誰かに刺された。犯人が誰か分からないまま、橋の上から捨てられて……。まだやらなくちゃいけないこともあったのに……。だから私はクロが言う『未練』に縛られて、あてもなく街中を彷徨いはじめたの。噂で昭良さんも死んだことを聞いた。すぐに私を殺したのと同じ犯人に殺されたと思ったけど、私にはどうすることもできなかった。昭良さんも私と同じように彷徨っているかもと思って探したけど、結局見つけられなかったの。あの橋には近づけなかったから。あそこだけは怖くて……」

ああ、千崎の記憶を見たあと、椿橋のところまで僕が行こうとしたとき、麻矢が真っ青な顔をして断ったのはそういう理由だったのか……。

いや、まて。まだ麻矢が小泉沙耶香だと決まったわけじゃない。阿久津一也が僕を騙そうとしている可能性だって、まだ十分にあるんだ。

僕は警戒を解くことなく、麻矢の言葉に耳を傾ける。

「昭良さんはもう成仏したんだと思いこんでいた。そして、半年ぐらい前から私は、実家の辺りを中心に漂うようになっていて、そろそろ成仏してもいいかなって思いだしていたの。殺されて、犯人も分からないのは悔しかったけど、妹が私の研究を引き継いで完成させてくれそうだったから、それを見届けたら終わりにして、昭良さんが先に行っている場所に向かおうと思っていた。けれど、そんな時に妹が車にはねられて、意識不明になった……」

麻矢は表情をゆがめると話を続ける。

「たんなる轢き逃げじゃないってすぐに気づいた。きっと、私を殺した犯人が妹も殺そうとしたんだって。妹が生きていることを知ったら、犯人はきっとまた殺そうとする。どうにかして守らないと。そう思った私は、また街を彷徨いはじめたの。そうしたら、南郷会長まで死んでいるのを知った。そして事件を追っていた刑事さんが、サウス製薬で地縛霊になっているのも。そんなときにクロ、あなたが現れたの……」

『……そうだとしたら、なんではじめて会ったとき、そのことを言わなかったんだ』

僕はすっと目を細める。

「だって、クロがあの『道案内』の仲間だって言ったから……。『道案内』ってこっちがいろいろ説明しても全然耳を貸してくれないで、『我が主様のもとへ行け』とか言うだけじゃない。だから、クロもそうだと思って……」

言い訳するように言う麻矢を、僕は糾弾《きゅうだん》できなかった。たしかにあのとき事情を聞いたとしても、僕は「それは僕にまかせて、君は『我が主様』のもとに行きなよ」と突き放していただろう。

あのときの僕には、人間が他人を想う気持ちなど、まったく理解できなかったのだから。

「この体に入って生き返ってからも、私はあなたを利用し続けた……。南郷会長とか千崎刑事の魂の『未練』をあなたに解かせて情報を得ることで、私を殺し、妹をはねた犯人を探していったの。……ごめんなさい」

弱々しく頭を下げる麻矢を僕は見上げる。冷たい風が、僕の黒い毛並みを乱していく。

『白木麻矢』の体に入っているのは、小泉沙耶香なのか、それとも阿久津一也なのか。葛藤《かっとう》と逡巡が頭の中を満たす。どうすればいいんだ？　どうやったら判断できる？

なにかヒントがないだろうか？　この数週間の麻矢と過ごした日々を思い起こす。その瞬間、胸の奥が温かくなった。僕は大きく目を見開く。

……ああ、そうか。ヒントなんていくらでもあるじゃないか。

僕は息をつくと、麻矢に向かって言霊を飛ばす。

『麻矢、いや……沙耶香。僕の方こそごめん。変な疑いをかけて』

麻矢と名乗っていた魂、小泉沙耶香は大きく目を見開いた。

「私のこと……信じてくれるの？」

『だって、僕たち「友達」なんだろ。友達はお互いを信じるもんじゃないか』

僕に向けられていた柔らかい眼差し。頭を撫でてくれた温かい手。そして病気になった僕を心から心配してくれていた様子。これまでの数週間、一緒に過ごしてきた経験のすべてが、いまの話が真実だと僕に確信させてくれた。

これは合理的な判断ではないのかもしれない。すべてが僕を信頼させるための演技だったという可能性だって、否定はできないはずだ。けれど、白木麻矢の体に入っているのが、阿久津一也だという疑いは、もはや僕の頭から完全に消え去っていた。

この地上に降りてきた頃の僕なら、きっと沙耶香を心の底から信用することはできなかったはずだ。レオが予言していたとおり、人間と、沙耶香と接しているうちに、僕は変わっていったのだろう。

この変化が好ましいものなのかどうか、僕には判断できない。けれど、沙耶香の言葉を信じられることが、沙耶香との間に見えない絆を感じられることが、なぜか僕には嬉しかった。

「……私のこと、許してくれるの？」

沙耶香は僕を見下ろしながら、震える声で訊ねてくる。僕は沙耶香の足元に自分の頬をこすりつけた。

『そうだね。今度またお刺身を買ってきてくれたら許すよ』

「買ってくる！　これが終わったら、クロが食べられないくらい、いっぱい買ってくるから！」

沙耶香はひざまずくと、痛いほど強く僕の体を抱きしめてきた。僕は力を抜いて、沙耶香の温かさに包まれる。

数分抱きしめてくれたあと、沙耶香はゆっくりと僕を屋上に下ろした。僕は沙耶香の顔を見上げる。

『じゃあ、あらためて教えて。沙耶香はなんでここに？　ここでなにをするつもりなの？』

「そんなことより、クロは早くここから逃げて。ここは危険なの」

微笑んでいた沙耶香の表情が曇る。僕は大きく尻尾を左右に振った。

『なにを言っているんだ！　危険なら、沙耶香を一人残していけるわけないだろ。沙耶香は僕の「友達」なんだから！　僕もここに残るから、なにをするつもりなのか教えてくれ』

「……本気なの？」

沙耶香の問いに僕は大きくうなずいた。たしかに合理的に考えたら、僕がここで危険を冒す必要はないのかもしれない。けれど、沙耶香を置いて一匹で逃げるなんて、いまの僕には絶対にできなかった。

数秒、潤んだ目で僕を見つめた沙耶香は、表情を引き締めるとすぐわきにある鉄柵に触れた。

「犯人をおびき出して、ここに閉じ込めるつもり」

『犯人をおびき出す？』

「この鉄柵、去年設置されたものなの。深夜にこの屋上に忍び込んで、逢い引きしたり宴会したりする学生が増えたから、扉に鍵をつけようって案が出たんだ。けれど、それだと天文学科の観測に支障が出るっていうから、こうやって空の観察はできるように檻みたいなのをつくって、そこに鍵をつけることにしたの」

『ああ、そうなのか。どうりで桜井知美の記憶では、こんなものなかったわけだね。けれど、沙耶香はどうやって柵の外に出たんだい？』

「鉄柵の扉を閉めている鍵、番号式の南京錠でしょ。片っ端から番号を合わせて、開けた人がいたのよ。それで、理系の教員にしか教えられていない鍵の番号が、ごく一部の学生にだけ出回っていたの」

『……その一人が白木麻矢だったたってことか』

「そう、クロに麻矢の記憶を引き出してもらったとき、この鉄柵のことも、鍵の番号も分かった。だから、ここに犯人を閉じ込めることを思いついたんだ」

沙耶香は階段室の扉を指さす。

「そこには簡易式の鍵を取り付けてある。このロープを引いて階段室の扉を閉じれば、取り付けた鍵がかかって扉は自動的にロックされる。即席の牢獄が完成するっていうわけ」

沙耶香は落としていたロープを拾って、再び握りしめる。

『そこに犯人を閉じ込めて、どうするつもりなんだ？』

「もちろん、警察に引き渡すわよ。けれどその前に、データを取り戻す」

低い声で沙耶香は言った。

『データ？』

「そう、犯人が南郷会長から奪ったデータ。それと、私があの地下研究室から持ち出したデータを合わせれば、研究データはすべてそろう。それを世界に向けて発表するの。そうすれば、私と麻矢の悲願が達成できる」

沙耶香はロープを持ったまましゃがみ込むと、床に置いたバッグの中からノートパソコンとスタンガンを取り出した。

『ちょ、ちょっと待ってくれ。悲願ってなんのことだい？　もう少し詳しく説明してよ。そのデータっていうのは、ＨＩＶの新薬についてなんだよね』

こんがらがってきた僕が首をひねると、沙耶香の表情に暗い影が差す。

「私が学生時代にボランティアで回ったアフリカの地域では、たくさんの人がエイズで命を落としていた。大人だけじゃなく、子供もたくさん……。ＨＩＶは薬さえ飲んでいれば、数十年は発症を抑えられる病気になっている。けれどその人たちは、お金がなくて薬が買えないの。そういう問題をなくすために、いろいろな活動がされているけれど、まだ全然足りない」

沙耶香の言葉に熱が入ってくる。

「そんな光景を見てきたから、大学院ではＨＩＶの治療薬について研究したの。べつにすごく優秀な研究者だったわけじゃないけど、峰岸教授が熱心に指導してくれて、研究に打ち込むことができた。そして偶然、本当に偶然にＨＩＶの新薬のヒントになるかもしれない物質を発見できたの。リンパ球の表面にあるタンパク質に結合する物質。それが結合しているリンパ球には、ＨＩＶが感染できないことが分かった。しかも、かなり安く作ることができたのよ」

『それが、「地下の研究室」で行われていた実験だね』

僕の質問に沙耶香はうなずいた。

「峰岸教授が知り合いだった南郷会長に私を紹介してくれたの。そのころ、社長を退任したばかりだった南郷会長は、昔のように研究をやりたいと思っていた。そして、話を聞いてくれたあの人は、私の考えに賛同してくれた。私と昭良さんを二人とも雇ってくれて、あの『地下の研究室』で一緒に研究をはじめたの」

『なんで、わざわざ隠れて研究をしたんだ。そんなに素晴らしい研究なら、大々的にやればいいじゃないか』

僕が質問を重ねると、沙耶香は哀しげに首を左右に振った。

「私はできるだけ多くのＨＩＶ感染者に薬を届けたかった。だから、可能な限り安く提供できる薬にしたかったの。そのためには特許料を上乗せしたくなかった」

『特許料？』よく分からない単語に、僕は「にゃ？」と声をあげる。

「薬を開発するのには、普通はすごいお金がかかるの。その開発費を回収するために、他の会社がその薬を作って売る場合、開発した会社は『特許料』っていうお金をもらえる仕組みになっているのよ。でもその分、薬の値段は高くなる」

『また金の問題なのか……』

「そう、お金の問題なの。南郷会長と私たちは、薬ができたらそれを世界中に公開して、特許料を取らないつもりだった。そうすれば、薬の値段を安く抑えられるから。けれど、それはサウス製薬にとっては、莫大な利益を失うことになる。サウス製薬は十分に大きくなったし、経営も良好だから、いまは世の中の役に立つことをしたいと南郷会長は思っていたけど、そんなことが会社の株主なんかにバレたら大変なことになるでしょ」

『株主？　なんなんだ、それは？』

「あんまり気にしないで。会社が儲かったら得する人たちのことよ。それで、南郷会長から適当な役職をもらった私たちは、『地下の研究室』で研究を続けて、ある程度研究が進んだところでそれを発表しようとした」

『新薬ができたってわけか？』

「ううん。完全にできたわけではないけれど、基本的な理論だけでも発表しようってことになったの。その理論をもとに、他の人が画期的な発見をする可能性もあったから」

『それだと、自分たちで薬を開発して、薬を安く提供するという最初の計画とは外れるんじゃないか？』

「たしかにそうだけれど、その頃は研究がちょっと行き詰まっていたのよ。やっぱり隠れてやっている研究じゃあ、かけられる費用も設備も十分じゃなかったから。南郷会長とも相談して、そのままやって薬ができないくらいなら、基本理論を公開して、もっと大きな機関でも研究してもらった方がいいかもってその時は思った。特許料が上乗せされても、これまでの抗ＨＩＶ薬よりはかなり安価にできるのは間違いなかったから」

『……けれど、その発表はできなかったんだね。君が、……小泉沙耶香が刺し殺されたから』

「そう、ここからは麻矢の記憶だけど、私が死んだことで発表はできなくなったの。そして昭良さんも私を殺した容疑がかけられたうえに殺された。だから、南郷会長は事件以来、ものすごく慎重になったのよ。他の製薬会社の影に怯えて」

『他の製薬会社？』

「さっきも言ったでしょ。あの研究を独占できれば、莫大な利益が出る可能性があるって。だからどこかの製薬会社が、私たちの研究を発表前に奪い取るために私を殺して、その罪を昭良さんになすりつけたのかもしれない。南郷会長はそう疑ったのよ」

『そんなことがあり得るの？』

僕がぱちぱちとまばたきをくり返すと、沙耶香はつらそうに眉根を寄せた。

「普通に考えたらあり得ないわよね。けれど、わずか一週間のあいだに研究員の二人が異常な死に方をしたのよ。疑心暗鬼になるのも当然でしょ。だから、研究を完成させてから、それを一気に世界に発表する方針にした。南郷会長は、以前から私に連れられて時々『地下の研究室』にやって来ていた麻矢を新しい研究メンバーに加えて研究を進め、完成に近づくとデータを分割して、自分と麻矢のそれぞれが管理するようにした。万が一、どちらかのデータが奪われても大丈夫なように。そして、とうとう研究結果を発表できる段階になった。けれど……」

『南郷純太郎は殺されて、データを奪われた』

僕がセリフのあとを継ぐと、沙耶香はゆっくりとうなずいた。

「そう、南郷会長のデータは奪われた。けれど、麻矢が隠していたもう半分のデータは、私があの『地下の研究室』から持ち出したの。犯人はこのデータが欲しくてたまらないはず。だからこれをエサに犯人をおびき出して、逆にあっちが持っているデータを奪い取る」

沙耶香は軽く頬を紅潮させながら言うと、ポケットの中から小さな直方体の器機を取り出す。『地下の研究室』に行ったとき、沙耶香が手にしていたものだ。たしか、USBメモリーとか言ったっけ？

沙耶香の話を聞いたことで、事件の全容が見えてきた。しかし、計画通りに事態が進むだろうか？　そもそも沙耶香は……。

『ちょっと待って。そもそも沙耶香は誰が犯人だと思っているわけ？』

「阿久津君、……阿久津一也よ。あいつが私、昭良さん、そして南郷会長を殺して、麻矢を車ではねたの」

ああ、やっぱりそうか。沙耶香はまだ阿久津の遺体が上がったことを知らないんだ。

『沙耶香、阿久津は……』

「私の責任なの……。私が阿久津君をあの『秘密の研究』に誘った。大学卒業前のアフリカボランティアから帰ってきた阿久津君が、学生時代に私がＨＩＶ治療薬の研究をしていたからか、『どこか、ＨＩＶの新薬を研究している会社はありませんか？』って相談してきたの。私はアフリカの現状を見た彼が、私と同じような気持ちを抱いてくれたんだと思って、南郷会長に相談をして彼を研究の助手として雇った。それがすべての間違いだった。まさか阿久津君自身がＨＩＶに感染しているなんて思わなかったのよ！」

沙耶香は両手の拳を握りしめる。

「私が最初に研究を発表するっていったら、彼はものすごく反対した。どこかからＨＩＶ患者を見つけてきて、その人にまだ未完成の薬を投与するべきだって言ってきたの。まだその時点では、人間への安全性がまったく確立していなかったから、そんな人体実験みたいなことできないって断って、彼を研究からはずそうとした。いま考えれば、阿久津君は自分に投与するつもりだったのね」

ああ、なるほど。人体実験うんぬんのやりとりは、そういう流れで出たものだったのか。

「今年に入って研究が最終段階に入って、南郷会長と麻矢がデータを全世界に向けて発表する準備を整えはじめたときも、阿久津君は反対して会長に噛みついた。彼はサウス製薬で治験《ちけん》をして欲しかったの。そうすれば、自分も治験を受けられると思ったから。けれど、阿久津君がＨＩＶに感染していることを知らない南郷会長は、それを受けいれなかった。最近成長してきているとはいえ、それほど資本力のないサウス製薬では、大規模な治験をするような余裕はなかったし、それをすれば特許を取らないで薬を安くするっていう最初の計画が破綻するから。そして、阿久津君に不信感をもった南郷会長は、重要なデータを彼から隠すようになった」

沙耶香の顔が険しさを増す。

「今年の四月、研究を一通り終えて、データを世界に向けて発表するだけの段階になった頃に、南郷会長が亡くなった。すぐに南郷会長が殺された可能性を考えた麻矢は、『地下の研究室』に行くと、扉の暗証番号を変えて自分だけが入れるようにして、そこにUSBメモリーを隠したの。そして、なんとか南郷会長が持っていたデータを見つけようと探しはじめた。けれど……」

『その数日後に自分もはねられて、意識不明になってしまったというわけだね』

「そう。すべては阿久津一也が、研究データを奪うためにやったことなのよ」

僕は怒りで紅潮する沙耶香の顔を見上げる。

『……阿久津一也が犯人なのは間違いないのかい？』

「絶対に間違いない！　最初は私も信じられなかったわよ。可愛がっていた後輩がこんなことをするなんて。けれど、クロが昭良さんが殺された状況を解明してくれた時、阿久津君が怪しいと思ったの。阿久津君がＨＩＶに感染していたことを知って、その疑いは強くなった。そして、麻矢の記憶を見たとき確信したの。阿久津一也がすべての犯人だって」

『どうしてそう言い切れるんだい？』

「この前、はねられた時のことはなにも覚えていないって言ったけど、あれは嘘なの。麻矢ははねられる寸前にふり返って、一瞬だけ車を見ていた。古い型の赤い軽自動車。あれは阿久津君が乗っていた車よ。絶対に間違いない！　彼は麻矢をはねたあと、自分の車を池に沈めて証拠隠滅したのよ」

その時の妹の記憶がフラッシュバックしたのか、沙耶香は胸を押さえる。そんな沙耶香の顔を僕は真っ直ぐに見る。

『沙耶香、落ちついて聞いてくれ。……阿久津一也はもう死んでいるんだ』

「……は？」僕のセリフの意味が理解できなかったのか、沙耶香は呆けた声を漏らした。

『池から車を引き上げたことを、ついさっき久住が報告に来たんだ。たしかにそれは阿久津一也の車で、それが白木麻矢をはねたことは間違いなかった』

「それじゃあ……」

沙耶香がなにか言おうとしたが、僕は右の前足を上げてそれを制する。

『話はそれで終わりじゃないんだ。その車内から白骨化した遺体が見つかった。そして、歯形を照合した結果、それは阿久津一也の遺体だと確認された』

「なっ!?　そんなことあるわけ……」沙耶香は言葉を失う。

『おそらく、阿久津は研究データを奪うために白木麻矢をはねたんだろう。けれど、研究データを手に入れられなかった阿久津一也は絶望して、その後すぐに自分ごと車を池に沈めて命を絶ったんだ』

「じゃあ、『地下の研究室』に放火したり、峰岸先生を殺したのは……？」

頭痛でもするのか、沙耶香は片手で額を押さえる。

『分からない。全然分からないよ』

僕は首をゆっくりと左右に振った。重苦しい沈黙が辺りに満ちてくる。沙耶香は大きくかぶりを振った。

「やっぱりそんなわけない。阿久津君は絶対に生きているはずよ。だって私は、フリーのメールアドレスから彼の携帯電話のアドレスにメールを送ったのよ。残りのデータが欲しければ、自分が持っているデータを今夜この屋上に持って来いって。そうしたら、『了解。ただし周りに警察がいれば、こちらのデータは破壊する』って返信があったの」

阿久津がメールに返信した？　そう言えば、峰岸が失踪する寸前、阿久津の携帯電話から峰岸にメールが送られていたと久住が言っていた。

誰かが阿久津の携帯電話を使っているということだろうか？　それとも、本当に阿久津は生きているのだろうか？

「車の中の遺体は、歯の治療痕で確認しただけなんでしょ。その歯のデータが改竄されていたのかも。前もって他人に、阿久津一也の名前で歯の治療をさせていたとか……」

かなり苦しいが、その可能性もゼロではない気はする。だとしたら……。

考え込んでいた僕の耳がぴくりと動く。沙耶香も顔を跳ね上げて階段室の方を向く。かすかにだが足音が聞こえてきていた。階段を上がってくる足音が。

沙耶香は腕時計に視線を落とすと、僕に向かって囁くように言う。

「午前零時。……約束した時間よ」

僕はごくりと唾を飲み下す。もはや、阿久津一也の生死に関して考えても仕方がない。すぐにその答えは出るのだから。

僕と沙耶香は階段室の陰で息を殺し、出入り口に視線を注ぎ続ける。足音はしだいに大きくなっていく。ついに人影が現れた。コートを羽織ったかなりの長身。その顔はマスクとサングラスに覆われていて、人相を確認することができない。肩には小ぶりなリュックサックがかかっていた。

男は階段室から出ると、ゆっくりと周囲を見回す。その瞬間、沙耶香は手にしていたロープを勢いよく引いた。階段室の扉が勢いよく閉じ、それと同時に簡易錠がガチリという音とともに扉をロックする。即席の檻が完成した。

檻の中に閉じ込められた男は、ゆっくりとこちらに振り向いた。

「……久しぶりね、阿久津君」

階段室の陰から出た沙耶香の声は震えていた。目の前に自分を殺したかもしれない男がいる。動揺するのも当然だ。

沙耶香はロープから手を離し、バッグからスタンガンを取り出す。

「あなたはもう、その檻から出られない。大人しく南郷会長から奪った研究データを渡して。おかしな動きをしたら、このスタンガンで大人しくさせるわよ。研究データさえ渡したら、簡易錠の番号を教えてあげる」

沙耶香は、あくまで男が阿久津であるという前提で話をすすめる。

『データを渡したら、本当にそいつを逃がすつもりなのか⁉』

驚いた僕は、沙耶香だけに聞こえるように言霊を飛ばす。沙耶香は横目で僕を見ると、小さく顔を左右に振った。

ああ、これがブラフというやつか。データを手に入れたら、警察を呼ぶつもりなんだな。

しかし、そううまくいくだろうか？　もしその男が阿久津一也だったとしたら、簡単にデータを渡すわけがない。そのために何人もの命を奪ったのだから。

僕は緊張に身をこわばらせながら、男の行動を見守る。男は肩にかけていたリュックを地面におくと、その中に手を入れた。沙耶香はスタンガンの電極を男に向ける。

「ゆっくりよ。ゆっくりリュックから手を出して！」

沙耶香の指示通り、ゆっくりとリュックから引き抜かれた男の手には、小さな器機が握られていた。ＵＳＢメモリーだ。

「それをこっちに投げて。中身を確認したら、簡易錠の番号を教えてあげるから、警察が来る前にどこかに消えて、二度と私の前に姿を見せないで」

沙耶香は手のひらを上に向けて左手を差し出す。男はほとんどためらうことなく、ＵＳＢメモリーを沙耶香に向かって放った。沙耶香はそれをキャッチする。

……おかしい。いくらなんでも、うまくいきすぎている。その男が阿久津一也だとしたら、そんな簡単にデータを渡すわけがない。

いいようのない不安が、胸の中で膨らんでいく。もしかしたら僕は、なにか大きな勘違いをしているのではないだろうか？

ＵＳＢメモリーを受け取った沙耶香は、ジーンズのポケットから自らのＵＳＢメモリーも取り出すと、床に置いてあったノートパソコンに飛びつく。

「クロ、阿久津君を監視していて！　変な動きをしたら教えて」

屋上に正座し、かぶりつくようにパソコンを操作しながら、沙耶香は僕に言った。

男が僕の方を向き、サングラス越しに視線を送ってくる。サングラスから覗く男の眉がかすかに上がった。ネコに監視を頼んだことを不思議に思っているのだろう。

僕はその瞬間、男の魂への干渉を試みた。久住ほど簡単にはいかないだろうが、もしこの男をうまくコントロール下に置くことができれば、安全に事態を進めることができる。サングラス越しでも、視線さえしっかり合わせれば……。

「んにゃー！」

次の瞬間、僕は悲鳴を上げて飛び退《し》さっていた。着地に失敗して、横倒しに着地すると、再び体のバネを使って大きく宙に飛ぶ。傍目《はため》から見たら、かなりコミカルな動きだっただろう。

男から大きく距離をとったところで、僕は身を低くして「シャー！」と威嚇の声をあげる。

魂への干渉にトライした瞬間、なにか黒くて煮えたぎっているように熱いものが逆流してきた。あともう少しシンクロを試みていたら危なかった。

この男……魂がとてつもなく穢れている。高位の霊的存在である僕すら飲み込んでしまうほどに。これまで人生で、どれだけのことをしてきたんだ？　少なくとも、目の前に立つ男が一連の事件の犯人であることには、もはや疑いの余地はなかった。

「クロ、どうしたの？　大丈夫!?」

『うん、大丈夫。それより早く』

僕は沙耶香を急かす。ここまで魂が穢れている男が、このまま黙っているとは思えない。

沙耶香はうなずくと、パソコンの側面に二つのUSBメモリーを差し込み、目を見開きながらキーボードを打ちはじめる。しだいにその顔に歓喜の表情が浮かんでいった。

「本物よ！　間違いない、南郷会長が持っていたデータよ！」沙耶香は両拳を握り込んだ。

本物？　なにか裏があると思っていた僕の心配は、杞憂《きゆう》だったのだろうか？

「あとは、このデータをメールに添付して、世界中の研究者に送るだけ……」

興奮で頬を紅潮させながらパソコンの操作を続けた沙耶香は、大きく手を振りかぶると、ひときわ強くキーボードを叩いた。その瞬間、潮が引くように沙耶香の顔から笑みが消えていく。

「なんで？　なんで送れないわけ？　なんで圏外になっているの!?」

沙耶香は何度も指先をキーボードに叩きつける。

「……これのせいだよ」

はじめて男が声を出した。マスク越しのくぐもった低い声。その声は、桜井知美の記憶の中で聞いた阿久津一也のものとは、明らかに違っていた。

男はリュックの中からトランシーバーのような器機を取り出すと、屋上に置いた。

「電波妨害装置だよ。これが作動している限り、この辺りはワイヤレスネット回線も携帯電話も使えない」

「あ、あなた……。誰なの……？」

沙耶香も、男が阿久津一也ではないことに気づいたらしい。表情が引きつっていた。

「分からないかな？」男はからかうように言うと、軽く肩を震わせる。

「誰でもいいから、はやくその機械を止めて。さもないと、警察を呼ぶわよ」

沙耶香は震える声で叫ぶ。

「警察？　携帯電話も使えないのにどうやって？」

「こ、ここから大声を出せば気づいてもらえるかもしれないでしょ。峰岸先生の事件があったから、教員棟には警察が待機しているはず」

「ここから教員棟までは、かなり距離がある。気づいてもらえるかな？」

「叫び続けていればいつかは気づいてくれるわよ。あなたはそこから出られないんだから」

沙耶香は息を荒らげながら怒鳴る。男はゆっくりと鉄柵の扉状になっている部分に近づくと、そこをロックしてる南京錠を手に取った。

「な、なにを……」

沙耶香が震える声を絞り出した瞬間、カチャリという音とともに南京錠が外れた。沙耶香の喉から小さな悲鳴が漏れる。男は扉を開くと、檻から出てきた。

『なんで？　なんであいつが南京錠の番号を知っているんだ!?』

僕はあわてて沙耶香の足下に寄り添い、言霊を飛ばす。

「分からない。知っているはずないのに……」

ノートパソコンを胸に抱きながら、沙耶香は後ずさりをする。男はゆっくりと近づいてくると、数メートルの距離を空けて立ち止まった。

「なんだ、麻矢君。まだ気づかないのか？　いつも言っていただろ、君は注意力が散漫なところがあるって。研究者としては大きな欠点だよ」

男は押し殺した声で笑った。その声にどこか聞き覚えがあった。必死に記憶をたどる僕は、隣に立つ沙耶香の体が細かく震えていることに気づく。

「うそ……そんなはず……」

沙耶香が顔を左右に振ると、男は帽子を脱いだ。白髪まじりの髪が露わになる。続いて、男はマスクとサングラスも顔から外した。その下から現れた顔を見て、僕は啞然とする。

「やあ、麻矢君。久しぶり」

男は、晴明大学薬学部教授の峰岸誠は、朝の挨拶でもするかのように軽い口調で言った。たしかに、この大学の教員である峰岸なら、南京錠の番号を知っていても不思議ではない。けれどなんで……。

「な、なんで峰岸先生が……？　阿久津君に殺されたはずじゃあ……」

片手で口を押さえながら、沙耶香は僕が思ったのと同じ疑問を口にする。峰岸は小馬鹿にするように鼻を鳴らした。

「いやいや、逆だよ。私が阿久津君を殺したんだ」

あまりにもあっさりと語られた衝撃的な事実に、僕と沙耶香は同時に息を吞む。そんな僕らを前にして、峰岸は唇の両端を上げた。

「まだ分からないのかい？　本当に君は想像力がないね。全員私が殺したんだ。阿久津君も南郷会長も小泉昭良君も、そして……君のお姉さんもね」

沙耶香は喉の奥からうめき声を出し、胸を押さえる。一年半前に刺された心臓の辺りを。

僕は先日、理科棟の近くで見た地縛霊を思い出し、顔をしかめる。あれは峰岸の魂などではなかった。きっと、あれこそが阿久津一也の魂だったんだ。峰岸に殺された阿久津は、恋人との思い出の場所であるあの理科棟で地縛霊となっていたのか。

「な、なんでそんなことを……」沙耶香の声は弱々しくかすれていた。

「なんで？　君のお姉さんが私の研究を盗んだからだよ。私は自分の研究を取り戻したんだ」

峰岸の顔が険しくなる。

「嘘です！　私は先生の研究を盗んでなんかいません！」

沙耶香は声を嗄らして叫ぶ。峰岸はいぶかしげに眉根を寄せた。

「君の話じゃない。君の姉、沙耶香君の話だ。リンパ球の表面のタンパク質に取りついて、HＩＶの感染を阻害する物質を創り出すことができるかもしれない。そのアイデアは私が長年考えていたものだ。彼女はそのアイデアを盗んだんだよ」

「それは世界中で考えられていたアイデアでしょ。その物質を探そうとしていた研究者なんていくらでもいる！　たしかに偶然かもしれないけど、あの物質を見つけ出したのは私。あなたなんかじゃない！」

興奮した沙耶香が嚙みつくように言うと、峰岸の表情がぐにゃりと歪んだ。

「黙れ！　私は長年、あの物質を探してきたんだ！　あくまで私の研究があったからあの物質は発見できたんだ！　それをあの女は、自分の手柄のように発表しようとしやがって」

峰岸は声を荒らげると、すぐわきの柵に拳を打ちつける。重い音が屋上に響き渡った。

「そんな理由で……、そんな理由で私を殺したっていうの？」

沙耶香は再び胸を押さえながら、うめくように訊ねる。

「君を殺した？　さっきからなにを言っているんだ？　麻矢君、知っているかい？　君の姉は恥知らずにも、うちの研究室での研究として、論文を提出したいと言ってきたんだよ」

「それは、サウス製薬での研究だってことにすると、特許のこととかいろいろ問題になると思ったから……。だから、業務外での研究ってことにしたかっただけで……」

苦しげに沙耶香が言うと、峰岸は大きく舌を鳴らした。

「君の姉もそんなことをごちゃごちゃと言っていたよ。けどな、私には分かっていたんだ。あの女は私を馬鹿にしたかったんだよ。あの画期的な論文の筆頭著者として自分の名前を載せ、そして私の名前を共著者として後ろに載せることで、自分の方が私より上だと見せつけようとしたんだ！」

僕は口を半開きにして峰岸の話を聞いていた。べらべらとしゃべっているが、要するに教え子の成功がねたましかっただけだ。たかがそれだけのことで、「息子や娘のように思っている」と語っていた教え子の命を奪うなんて、なんてねじ曲がった自尊心なんだ。

峰岸は興奮を抑えるためか、大きく息を吐くと天を仰いだ。その顔にじわじわと、恍惚《こうこつ》の表情が浮かんでいく。

「君の姉を刺したときのことは、昨日のことのように思い出せるよ。何日も計画を練って、完璧にやり遂げた。完璧な計画だった……。あの手に残った感触……」

記憶を反芻しながら妖しげに微笑む峰岸に、僕は吐き気すらおぼえる。

「なんで、昭良さんまで……」沙耶香の顔からは血の気が引き、蒼白になっていた。

「ああ、昭良君のことか。しかたがないじゃないか、スケープゴートが必要だったんだから。昭良君は最適だった。少し前に夫婦で生命保険に入ったことを聞いていたし、私を心から信用しているうえ、性格が単純で操りやすかったからね。彼を犯人に仕立て上げることを決めてから、前もっていろいろ準備を整えたんだよ。夫婦仲がかなり危機的だという噂を流したりしてね。予定通り、彼は警察に疑われた。そこで僕が相談に乗ったんだ」

峰岸は得意げに話し続ける。きっとねじ曲がった自尊心にあふれたこの男は、この一年半、自分の犯した完全犯罪を誰かに自慢したくて仕方がなかったのだろう。その舌は油がさされたかのように滑らかだった。

「まずは彼に、阿久津君が沙耶香君を殺した犯人だと思い込ませた。阿久津君と沙耶香君が研究のことでもめていたのは、彼も知っていたからね。事件当日に、阿久津君から『とんでもないことをした』と連絡が入ったと嘘を吹き込んだら、面白いほど簡単に信じてくれたよ。あとは自ら妻の敵をとろうとしている昭良君に、地下の研究室と研究棟が繋がっていることを利用したアリバイ工作を提案したんだ。なんの疑いもなく乗ってきたよ。よっぽど沙耶香君を愛していたんだろうねえ。私が沙耶香君を殺した犯人だとも知らずに」

峰岸は心から楽しげに言う。怒りのためか、青ざめていた沙耶香の顔に血の気が戻ってくる。いまにも峰岸に殴りかかりそうだ。

還暦が近いとはいえ、峰岸は男で体格もいい。いくらスタンガンを持っていても、まだ十分には体力が戻っていない沙耶香が勝てる見込みは薄い。

『沙耶香、落ちつくんだ。落ちついて隙を見つけるんだよ』

僕が言霊で諭す。沙耶香は血が滲みそうなほど強く唇を嚙むと、わずかにあごを引いた。

「……あの『地下の研究室』のこと、知っていたんですね」沙耶香は低い声でつぶやく。

「ん？　ああ、もともとあそこが南郷会長の個人実験室だったことは知っていただろ。私はその頃、一緒に研究した仲間さ。当然知っている。ちなみに、あそこで新しい抗ＨＩＶ薬の研究をしていることは、阿久津君と南郷会長の両方から聞いていたんだよ。彼らは昭良君以上に、私に全幅の信頼を寄せてくれていたからね」

峰岸は得意げに微笑みながら言葉を続ける。

「あの日、阿久津君が自分の家にいないことは知っていた。その頃、彼は週末にいつも恋人の家に泊まっていたからね。阿久津君のアパートに押しかけ、力尽くでも自白させようと思っていた昭良君は、落ち込んで地下の研究室経由でサウス製薬の研究棟に戻って来たよ。そこを私が……」

峰岸は立てた親指を首筋に当てると、一文字に切るような仕草を見せる。沙耶香は固く目を閉じて顔を背けた。

『沙耶香、なにか方法を考える。だから時間を稼いでくれ。峰岸にもっと喋らせるんだ』

沙耶香はいまにも泣きそうな顔を向けてくる。これ以上、峰岸の話を聞くことが苦痛なのだろう。その気持ちは痛いほどによく分かった。けれどいまはなによりも、考える時間が必要だ。

「私を……、ううん、姉さんを殺したあとも、あなたは姉さんの研究結果を自分の名前で発表したりはしていなかったはず。それはなんでなんですか？」

必死に沙耶香が質問を口にすると、峰岸は唇の片端をあげる。

「当たり前じゃないか。そんなことをすれば当然、君や南郷会長からクレームがつくだろ。下手をすれば、沙耶香君の殺害について、私に疑いの目が向くかもしれない。だから、私は名誉よりも実をとったのさ」

「実をとる？」

沙耶香は眉間にしわを寄せる。峰岸は両手を広げて肩をすくめた。

「本当に察しが悪いね。金だよ、金。あの研究は莫大な利益を生む。何十億かけてもあの研究を欲しがる製薬会社はいくらでもあるはずだ。だから私はずっと待っていたんだよ。南郷会長と君が、売れるレベルになるまで研究を完成させるのを。実験の進捗《しんちょく》状況は阿久津君から随時入っていた。そして今年の三月、とうとう実験が完成したことを阿久津君が教えてくれた」

「……その阿久津君まで殺したんですか？」

「ああ、彼は四月になってすぐのあの日の深夜、突然私のもとにやってくると教えてくれたんだ。自らがＨＩＶに冒され、そのせいで恋人と別れたこと。そして新薬は完成しているのに、サウス製薬ではその治験をせずに、世界に向けて新薬の情報を公開するつもりだということをね。そこまでの情報を得ることができれば、もう彼に用はないだろ。それどころか、彼を生かしておけば、その後の私の計画に支障をきたす可能性が高い。だから、彼を慰めながら椅子に座らせると、背後からロープで首を絞めたんだよ。まあ、ある意味私は彼を苦しみから救ってあげたとも言えるね」

峰岸はおどけるように言う。最後まで桜井知美にも言わなかった自らのＨＩＶ感染を、阿久津は峰岸にはカミングアウトしたのか。よほど信頼していたのだろう。しかしこの男は、その信頼を逆手にとった。

「その後の計画って、南郷会長と……私を殺すってことですか」

沙耶香が必死に質問を重ねると、峰岸はごく自然に「ああ、そうだよ」とうなずいた。

「阿久津君の話では、実験データは南郷会長と君が二分割して肌身離さず持っているということだったからね。だからまず南郷会長の鞄からデータを奪ったあと、隠しておいた阿久津君の車で君をはねたんだ。けれど、君がデータを持っていなかった時は焦ったよ。そのまま君が死んだら、二度とデータが手に入らないかもしれない。だからその場から去った後、私が救急車を呼んだんだよ。感謝して欲しいね」

「か、感謝……？」

沙耶香は怒りのためか言葉を詰まらすと、拳を握って一歩足を踏み出す。しかし、峰岸の舌

とができる」

「その後すぐに、阿久津君の車は彼の遺体ごと池に沈めたよ。君をはねたあと自殺をしたように見せかけるためにね。これで、必要なら車ごと彼を発見させ、スケープゴートに仕立てることができる」

峰岸が語る事件の全容は、すべてが用意周到で、あまりにも合理的だった。人間性がまったく感じられないほどに……。

「君が意識を取り戻すのを、ずっと待ったんだよ。データの隠し場所には予想がついていた。あの地下の研究室だってね。君の意識がない間に何回か侵入を試みたが、暗証番号が変えられていて入れなかった。だから、入り口に隠しカメラを設置して、意識を取り戻した君があの研究室に戻るのを待っていた。長かったよ、この二ヶ月半は。けれど、意識を取り戻した君は、予想通りにあの研究室に戻った」

「……放火したのも先生なんですか？」

「ああ、君がデータを持ち出したら、あの部屋には用はないからね。逆にあの部屋の資料を誰かに見られたら、私が売るつもりのデータがあそこで研究されたものだって知られる可能性もある。リスクは少しでも減らさないと」

「じゃあ、自分が阿久津君に襲われたように見せかけたのは……？」

沙耶香がその質問を口にすると、はじめて峰岸の表情が歪んだ。

「……急ぐ必要があったんだ。今日君の誘いに乗ったのもそのせいだ。本当ならもっとじっくり物事を進めていくつもりだった。けれど数日前、突然刑事がやって来て、阿久津君やサウス製薬と私の関係について根掘り葉掘り聞いてきた」

僕の耳がぴくりと動く。僕が久住を操って話を聞きに行ったときのことだ。

「あの聞き方は、たんに阿久津君が失踪しているからじゃない。あの刑事は間違いなく、私のことを疑っていた。事件についてなにか感づいていたんだ」

違う！　思わず言霊で叫びそうになる。僕はあのとき、峰岸を疑ってなどいなかった。もし僕が話を聞きに行っていなかったら、こんな危機的状況にはなっていなかったのか……。後悔が胸を焼く。

「だから、予定通り阿久津君をスケープゴートにして、姿を消すことにしたんだよ。そうすれば、一時的に捜査を混乱させて、私から疑いの目を逸らすことができる。その間に、君からデータを奪えばいい。阿久津君の携帯電話は私が保管していたからね。大学の近くで一瞬だけ電源を入れて、教授室に置いた私の携帯電話にメールを送った。その後、教授室に戻った私は、自分の静脈《じょうみゃく》に点滴針を刺して、五百ミリほど血液を抜いて部屋にばらまいたんだ。残りの血はこの数ヶ月間に前もって抜いて保管しておいたものだ。しっかり検査をすれば、いつかはそのこともバレるかもしれないが、その場で抜いた血も混ざっているから時間は稼げる」

得意げに話し続けていた峰岸もさすがに語り疲れてきたのか大きく息を吐くと、皮肉っぽい笑みを浮かべる。

「しかし、君から連絡があったのはさすがに驚いたよ。まあ私の計算通り、南郷会長を殺した犯人は阿久津君だと思っていたみたいだけどね。阿久津君が逃亡していると見せかけるために、わざわざ隣の県で彼の携帯の電源を入れたら、君からのメールに気づいたんだ。こちらから出向くつもりだったのに、手間が省けたよ。……さて、もう知りたいことはないだろう。そのデータを渡してくれ」

峰岸は沙耶香に向かって手を差し出す。

「このデータを手に入れてどうするわけ？　あんな失踪の仕方をしたんだから、普通に大学に戻ることはできないでしょ！」沙耶香はパソコンを背中に隠しながらさけぶ。

「当たり前じゃないか。これで戻ったら、どんなに鈍感な警察だって私を疑う。もう私は『峰岸誠』に戻る気はないよ」

「な、なにを……？」

「全部準備はできているんだよ。とある海外の製薬会社にそのデータを渡せば、その引き替えに、私の海外の隠し口座に大金が振り込まれることになっている。金が手に入り次第、新しい戸籍を買って、顔も変えるつもりだよ。もちろんその手はずも整えている。あとは一生遊んで暮らせばいいだけさ。金さえあれば、この世でできないことはないんだ。こんなうだつの上がらない地方大学の教授よりも、はるかに有意義な生活が待っている」

峰岸は表情を緩ませた。きっとこれからの人生を思い描いているのだろう。

「もうすぐ警察が来るわよ！」

唐突に沙耶香が大声を上げた。緩んでいた峰岸の顔が一瞬で引き締まる。

「……なにを言っているんだ？」

「一人で犯人の相手をするなんて、危ないことするわけないでしょ。警察には前もって連絡してある。この建物は監視されているの。私が合図すれば、すぐに駆けつけてくれる」

ブラフだ。沙耶香はそんなことしていない。けれど、もし峰岸がいまの話を信じれば、あわてて逃げ出そうとする可能性もある。

峰岸はうつむくと口元に手をやった。

信じたのか？　そう思った瞬間、口を押さえた指の隙間から、小さな笑い声が漏れはじめる。

「君は絶対に警察には連絡していないよ。そうさせないために、私は警察を介入させたらデータを破壊すると、メールで脅しをかけたんだから。沙耶香君と君が必死になって完成させた研究、それを失うリスクを君は絶対におかさない。もし私が間違っているというなら、いますぐに合図をして警官を呼んだらいい」

確信に満ちた口調で言う峰岸の前で、沙耶香は黙り込む。完全に峰岸の方が上手《うわて》だった。

「諦めてデータを渡しなさい。私が唯一心配していたのは、君がここに自分が持っているデータを持ってこない可能性だった。その場合、面倒なことになる。君を拉致《らち》して、痛めつけてデータの場所を教えてもらう必要があったからね。けれど、そんなことにならなくて良かったよ。私が檻に閉じ込められたふりをして、こちらのデータを渡したら、その場で自分のと合わせて本物か確認してくれた」

最初、檻に閉じ込められたふりをしたことまで計算ずくだったのか。峰岸の先を読む能力に、僕は寒気すら感じる。

「……クロ」

沙耶香はほとんど口を動かすことなく、小さな声でつぶやいた。人間よりはるかに敏感な僕の耳は、その声を拾い上げる。

『なに？　なにかいい方法を思いついた？』

僕が訊ねると、沙耶香は横目で、鉄柵の奥にある妨害電波を発生させている装置を見る。

「クロなら柵の隙間を通れるでしょ。気づかれないようにあの装置の電源を切って」

『それはできるかもしれないけど……、そんなことをしてもデータを送れるだけで、君が危険なことにかわりはないだろ』

「データを転送したら、あいつはもうデータを奪う意味がなくなる。そうしたら逃げるかも」

『そんなわけない。君は峰岸のやったことをすべて知っているんだ。奴は絶対に君を殺すつもりだ！』

「うん、そうだね。分かっている。けれど、それに関しては『奥の手』があるの。私は大丈夫。だからお願い。あの装置の電源を切って」

奥の手がある？　本当だろうか？　本当にこの場を乗り切る方法などあるのだろうか？

「なにをぶつぶつ独り言を言っているんだ」峰岸がいぶかしげに目を細める。「いいからそのパソコンを渡しなさい。大人しく渡せば危害を加えないと約束する」

なにが危害を加えないだ。絶対に殺すつもりのくせに。僕が眉間のしわを深くしていると、沙耶香が僕に一瞥をくれた。

……しかたがない、やるしかない。

「ほ、本当にこれを渡せば、私を殺したりしませんか?」

沙耶香は震える声で言いながら、背中側に隠していたパソコンを再び胸の前に持ってくる。芝居で峰岸の気を引いて、僕から注意を逸らす気だ。

僕は峰岸に気づかれないように沙耶香の足下をゆっくりと移動すると、鉄柵の隙間に体を滑り込ませる。すぐ目の前に電波妨害装置が置かれている。

どうやる? どうやれば電源が切れるんだ? 焦りながら、僕は装置を観察する。その側面に『電源』と記されたボタンがあった。

これだ!

「にゃ!」

僕は小さく気合いの声を上げると、両前足で挟み込むように装置に肉球をぶつける。ボタンが押し込まれた瞬間、ビーッと大きな音が鳴った。きっと、電源が落ちた音だろう。

「なっ⁉ ネコ⁉」

その音でようやく僕の行為に気づいた峰岸が、驚きの表情を浮かべて僕を見る。それはそうだろう。ネコが狙ったように(というか実際狙ったのだが)装置の電源を落としたのだから。

『沙耶香! いまだ!』

僕は言霊で沙耶香に向かって叫ぶ。沙耶香は歯を食いしばると、キーボードのボタンを押そうとした。ボタンさえ押せば、沙耶香と麻矢が姉妹で紡いできたデータは世界中に拡散され、彼女たちの望み通りに使われる。

「ふざけるなぁ！」

沙耶香の指先がキーボードに触れる寸前、駆け寄った峰岸の右手が沙耶香の手からパソコンを叩き落とした。返す刀で峰岸は手の甲を沙耶香の頬に打ち込む。大きく吹き飛ばされた沙耶香は、鉄柵に頭を叩きつけられ、力なくその場に倒れる。

『沙耶香！』

僕はあわてて言霊を飛ばす。しかし、沙耶香は「ううっ」と唸《うな》るだけで返事はなかった。

考える前に体が動いていた。僕は全速力で鉄柵の隙間を抜けると、四肢に思い切り力を込め、峰岸の顔に向かってジャンプする。右前足を振りかぶった僕は、爪を出した。

しかし爪が届く前に、峰岸はまるでバレーのアタックでもするかのように、無造作に掌底《しょうてい》を僕に叩きつけた。あっさりとはじき返された僕は、鉄柵に激突すると、沙耶香のすぐそばに落下する。

全身がばらばらになったかのような衝撃、痛みで呼吸すらできない。なんとか顔を上げた僕の目が、コートの懐からサバイバルナイフを取り出す峰岸の姿をとらえる。

ああ、もうダメだ。絶望が血液にのって全身の細胞を冒していく。

峰岸はデータを手に入れる前に、沙耶香を殺すつもりなのだろう。僕にはそれを止めることができない。

なんて僕は無力なんだ。

「クロ……」沙耶香が弱々しい声でつぶやく。

「聞いて。お願いがあるの……」

『沙耶香！　大丈夫!?　お願いってなに!?』

僕は必死に言霊を飛ばす。まだなにか僕にやれることがあるのだろうか？

「私をこの体から、麻矢の体から出して」

苦痛に顔をゆがめながら、沙耶香は言葉を紡いでいく。

『出してって……。君がその体から出ても、峰岸は「白木麻矢」の体を殺すよ。なんの意味もない』

もしかしたら、刺される痛みを感じたくないからそんなことを言っているのだろうか？　けれど、そんなことをすれば、白木麻矢がその苦痛を味わうことになるかもしれない。意識がないとはいえ、他人に殺されるという苦痛は魂に刻み込まれる。沙耶香がそんなことを言い出すなんて……。

やはり人間は、最後の最後には自分のことしか考えられないのだろうか？　沙耶香がそんなことを言うのを聞きたくなかった。

しかし、僕の予想は次の沙耶香の一言で裏切られる。

「私をこの体から出して、そのあとすぐに消滅させて」

『なっ!?』とんでもない提案に、僕は言葉を失う。

「クロ、前に言っていたでしょ。その気になれば魂を消滅させられるって。そうしたら、衝撃で周囲の人間が半日は意識を失うって」

たしかにそのとおりだ。でも……。

『でも、そんなことをしたら沙耶香が……』

「私はいいの。お願いだから麻矢を守って！　私はそのために生き返ったんだから！」

『いいって、消滅してしまうんだよ。完全な消滅、なにもなくなってしまうんだぞ！』

これが沙耶香の言っていた『奥の手』なのか？　けれど、そんなことできるわけがない。

僕はぷるぷると顔を左右に振る。沙耶香はゆっくりと手を伸ばし、僕の頭を撫でてくれた。

「ごめんね、こんなつらいことさせて。けれど、友達だからこそお願いするの。こんなこと、クロにしか頼めないから。私に麻矢を守るっていう最後の仕事をさせて。それさえできれば、私は満足だから」

沙耶香は微笑んだ。この数週間、いつもそうしてくれたように。

これしかないのか？　僕は『友達』として、沙耶香の最期の望みを叶えてやるしかないのか？

僕が迷っているうちにも、ナイフを持った峰岸は、嬲《なぶ》るかのようにゆっくりと近づいてくる。

「そのネコのことを心配しているのかな？　大丈夫だ、一緒に殺してあげるよ」

その顔には、妖しい笑みが浮かんでいた。魂が穢れに穢れたこの男には、もはや人を殺すことが快感ですらあるのかもしれない。このままでは、沙耶香は嬲り殺しにされる。

僕は目を硬く閉じると、沙耶香の魂を肉体から離すために精神集中させようとする。

『……扉を開けろ』

唐突に、どこからか言霊が聞こえて来た気がした。僕はあわてて目を開けて周囲を見回す。

気のせいか？

『早く扉を開けるんだ！』

いや、気のせいなんかじゃない。この言霊は……。

『沙耶香、階段室のドアをロックしている鍵の番号は？』

僕は立ち上がりながら沙耶香に言霊を飛ばす。

「な、なにを言っているの、それより早く私をこの体から……」

『いいから早く！』

僕は言霊で怒鳴る。その剣幕に圧倒されたのか、沙耶香は軽く身をそらすと「よ、四一六……」とつぶやいた。

次の瞬間、僕は走り出す。鉄柵をすり抜け、全身の痛みに必死に耐えながら、階段室の扉に取り付けられた簡易錠に飛びつくと、『4・1・6・Enter』と順番で押した。ガチリと錠が外れる音が響いた。錠から手を離した僕は、今度はドアノブにしがみつき、必死にそれを回す。ドアが奥に向かってゆっくりと開いていった。

「うおぉん！」

重い咆哮《ほうこう》が響き渡ると同時に、ドアから黄金の毛並みの獣が飛び出してきた。彼は開いている鉄柵の扉から屋上に出ると、そこでターンを描き、目を大きく見開いて立ち尽くしている峰岸に飛びかかる。

　黄金の獣の、レオの鋭い牙が、峰岸の右腕につき立てられた。

　峰岸は「がぁああ!?」と苦痛のうめき声を上げると、手にしていたナイフを落とす。

『なんで君がここに？　丘の上に帰ったんじゃ……？』

　峰岸の腕に噛みつき続けているレオに、僕は言霊を飛ばす。

『帰ろうとしたけど、途中で引き返してきたんだ。お前の思い詰めた態度が気になったからな』

『な、なんでわざわざそんなことを……？　これは僕の仕事で、手伝ってくれても君の実績にはならないじゃないか』

『実績？』

　峰岸に振り払われたレオは、数歩後ずさって身構えると、不思議そうに言霊を飛ばしてくる。

『実績なんて関係ない。仲間の手伝いをするのに理由なんていらないだろ』

『そんなの合理的じゃない……。そんなのまるで……』

　なぜか言霊が震えてしまった。ただそれだけの理由で、彼が危険を冒してくれるなんて……。

『まるで、人間みたいだろ。私はお前より長く人間と暮らしてきたからな。おかしな影響を受けてしまったんだよ』

　少し口の端を上げながら僕に一瞥をくれると、レオは顔をゆがめて腕を押さえている峰岸に再び飛びかかる。僕の十倍は体重がある大型犬の体当たりを食らった峰岸は、レオとともにその場にもんどり打つ。

『ほら、この男はどうにか足止めしておくから、お前は自分のやるべきことをやれ』

峰岸に馬乗り（いや、犬乗りか？）しながら、レオは言霊を飛ばしてくる。

やるべきこと。僕がいまやるべきこと。

『沙耶香！』

レオと峰岸の格闘を呆然と眺めている沙耶香に、僕は鋭く言霊を飛ばす。沙耶香は大きく体を震わせて僕を見た。

『いまだ！　いまの隙にデータを送信するんだ！』

沙耶香は目を見開くと、数メートル先に落ちているパソコンに向かって走り出した。

パソコンを手にした沙耶香は、せわしない手つきでキーボードを打ちはじめる。峰岸に叩き落とされた衝撃で、また設定をし直さないといけないのかもしれない。

「やめろ！　ふざけるな！」

沙耶香の行動に気づいた峰岸が、金切り声を上げる。しかし、牙を剥いたレオにのしかかられ、起き上がることはできなかった。

左手でパソコンを持った沙耶香は、右手で操作を行いながら、峰岸と距離をとるように後ずさっていく。やがて、沙耶香の腰が屋上の端にあるフェンスに触れた。沙耶香は顔をゆがめながらキーボードを打ち続ける。

「どけぇ！」

峰岸は怒声を上げると、レオを無造作に蹴り剝がした。大きく蹴り飛ばされたレオは、「キャイン！」と情けない声を上げて床にたたきつけられる。

峰岸は這うようにして落としたナイフに近づくと、それを左手に握った。顔を上げた峰岸の視線が、屋上の隅にいる沙耶香をとらえる。歯茎が剝き出しになるほどに唇をゆがめると、峰岸は沙耶香に向かって走り出した。

『危ない！』

言霊で叫ぶと同時に、僕はコンクリートを蹴っていた。

力では人間や大型犬にかなわないが、俊敏性ならネコの方がはるかに上だ。僕は一息で峰岸に追いつくと、その腰辺りに飛びつき、体をよじ登っていく。沙耶香にすべての意識を集中させているのか、峰岸が僕に気づくことはなかった。

肩辺りまでよじ登った僕は、思い切りジャンプして峰岸の顔の前に飛び出す。唐突に目の前に浮き上がった僕を見て、峰岸は目を剝いた。その瞬間、背後からターンというひときわ強くキーボードを叩いた音が聞こえた。

「できた！　送信できた！」

沙耶香の歓喜の声を聞きながら、僕は右前足を大きく振りかぶる。

お前の負けだよ。

胸の中で峰岸に語りかけながら、右前足を思い切り振り抜いた。

ネコの最大の武器である鋭利な爪が、峰岸の目元を真一文字に薙《な》ぐ。たしかな手応《てごた》えが肉球まで伝わってきた。

「があぁ！」

峰岸は右手で顔を覆って叫び声を上げる。しかし、視覚を失ってもなお、その足が動きを止めることはなかった。

『沙耶香、避《よ》けろ！』

着地した僕は、ふり返りながら沙耶香に言霊を飛ばす。パソコンから顔を上げた沙耶香は、ナイフを片手に迫ってくる峰岸を見て小さく悲鳴をあげると、とっさに横に飛んだ。僕の爪で視覚を失っている峰岸がその動きに反応することはなかった。

数瞬前まで沙耶香が立っていた空間に、峰岸は思いきり左手に持っていたナイフを突き出すと、勢いを殺すことなく腰をフェンスにぶつけた。

バランスを大きく崩し、峰岸の体は腰を支点にして前方へと傾いていく。僕にはその光景をただ見つめることしかできなかった。

「あ、あ、あ……」

察しの良い峰岸は、視覚を奪われていても自分がいまどんな状態なのか分かったのだろう。助けを求めるかのように伸ばした手は、虚空を摑むことしかできなかった。ヤジロベエのようにゆっくりと、峰岸の体が頭側に、フェンスの外側へと傾いていく。

次の瞬間、とうとう峰岸はフェンスの外へと転げ落ち、地面までの数十メートルの距離を重力に引かれていく。

峰岸の上げた絶叫が小さくなっていき、そして重い音が響いた。

『……終わったな』

ふり返ると、いつの間にかレオがそばにいた。

『うん、そうだね』

僕はフェンスから身を乗り出し、下を覗き込む。地面に手足がおかしな方向にねじ曲がった峰岸の体が見えた。あの様子じゃあ、おそらく即死だろう。

『あの男のことはよく知らないが、「我が主様」のところへいけそうか？』

『いや、……無理だろうね』

レオの質問に、僕は首を左右に振る。基本的に、人間が死ぬと『道案内』がやって来て、『我が主様』のもとへと導こうとする。けれど、ごく希《まれ》にそれができない魂が存在する。生きている間に穢れ過ぎてしまった魂だ。強い穢れに冒された魂に『道案内』は接触することができない。なら、そのような魂がどうなるのか。

……『奴ら』が処理するのだ。

僕は峰岸の遺体を眺め続ける。やがて、峰岸の体から魂が浮かび上がった。

その魂は醜かった。普通の魂は光沢のある光の球のように見えるものだが、峰岸の魂の表面は黒い粘液のような物質に覆われ、細かく蠕動をくり返していた。

これが、自らの欲求のためだけに人を殺し続けてきた人間の魂か。僕が冷然と眺める中、峰岸の魂は倒れている自らの体の周りをふわふわと漂いはじめる。まだ自分が死んだことが理解できていないのだろう。

そして、『奴ら』が現れた。

倒れている峰岸の体の下から、黒い触手のようなものが伸びはじめる。僕は視線を逸らしそうになるのを必死に耐える。峰岸の死には僕にも責任の一端がある。僕にはこれを見届ける義務がある。

触手に気づいたのか、峰岸の魂が逃げるように浮上しようとする。しかし、その前に触手の一本が素早く動き、峰岸の魂に突き刺さった。峰岸の魂が大きく震える。魂に痛覚はないはずだが、峰岸が苦痛を感じているのは間違いなかった。

串刺しになり動けなくなった峰岸の魂に、『奴ら』は容赦なく続けて突き刺さっていく。『奴ら』がなんなのか、僕は詳しくは知らなかった。あんな恐ろしいものについて、知りたくもなかった。ただ、穢れきった魂を処理してくれる存在、それだけ分かっていれば十分だった。

峰岸に突き刺さった『奴ら』は、ゆっくりと融合すると、一本の棒状になる。やがてその先端部分が大きく下に向けて開いた。その姿はキノコのようだった。キノコの笠の部分が垂れ下がっていき、柄の部分に突き刺さっている魂を緩慢な動きで包み込もうとする。峰岸の魂は逃れようとしているのか、ぶるぶると震えるが、串刺しにされては逃げようもなかった。

笠の部分が峰岸の魂をゆっくりと飲み込んでいく。一瞬、断末魔の絶叫を聞いた気がした。

峰岸の魂の処理を終えた『奴ら』は、夜の闇に解けるように消えていく。そして、遺体だけがそこには残された。

すべてを見届けた僕は、後ずさりをすると床に座り込み、大きく息を吐いた。興奮で忘れていた体の痛みが襲ってくる。その時、唐突に体に腕が回された。驚いた僕がふり返ると、すぐそばに涙を流した沙耶香の顔があった。

「クロ、クロ、クロ……」

僕を抱きしめた沙耶香は、小さく嗚咽を漏らしながら僕の名前を呼び続ける。僕は体から力を抜く。

『沙耶香、データは送れた？』

沙耶香はこくこくと何度もうなずくと、僕の背中の毛に顔をうずめる。

『さて、それじゃあ私はそろそろ帰るよ。あんまり長い間屋敷をあけていたのが見つかったら、おやつ抜きになってしまうからな』

レオがゆっくりと階段室に向かって歩きはじめる。

『レオ！』

階段室の扉に入りかけたレオに、僕は声をかける。レオは足を止めてこちらを向いた。

『……ありがとう。本当に助かった』

『お礼なら、今度しゅうくりいむでも持ってきてくれ』

口の端をわずかに上げると、レオはドアの中に消えていく。黄金色の尻尾が挨拶でもするように、大きく左右に揺れた。

僕は沙耶香の腕の中で身をよじってふり返ると、正座をしている沙耶香の膝を両前足の肉球で揉む。

『それじゃあ沙耶香、そろそろ帰ろうか。僕たちの家に』

沙耶香はゆっくりと僕の体に回していた腕を解くと、涙で濡れた顔に微笑みを浮かべた。いつも僕に向けてくれている微笑みを。

「うん、帰ろう。……私たちの家に」

# エピローグ

『沙耶香、大丈夫かい？』

僕は隣を歩く沙耶香に声をかける。

「うん……、大丈夫……」

沙耶香はうなずくが、その表情は硬かった。

晴明大学理科棟の屋上で峰岸誠と対峙してから、すでに二週間が経っていた。この二週間で、一連の事件を取り巻く状況は大きく変化していた。

まず、殺されていたはずの峰岸が理科棟の屋上から転落死したことで、警察はかなりの混乱状態に陥ったらしい。もちろん、僕と沙耶香は屋上での痕跡を消して家に帰ったので、その死に『白木麻矢』が関わっていることは、警察には知られていなかった。

さらに、麻矢がはねられた時のことを思い出したことにして、「車に乗っていたのは峰岸誠だった。峰岸は私を見下ろして『お前も姉夫婦や阿久津と同じように、俺に殺されるんだよ』と言っていた」と証言した。そのことによって、「峰岸誠が小泉夫妻と阿久津一也の殺害犯で、自らの死を偽装して逃げようとしたが、逃げられないと悟って自殺をした」という方向で、警察は考えはじめているらしい。

この前、捜査状況を説明しに家にやって来た久住は、「峰岸誠を被疑者死亡で送検する」とかなんとか言っていた。詳しいことはよくわからないが、沙耶香から聞いたところ、犯人らしき人物が死んでいるから、なあなあで終わらせるといった感じらしい。きっと、それが一番良いのだろう。

沙耶香が二週間前に送信した研究データは、世界中の研究者たちから大きな反響を呼んでいるらしい。沙耶香がそのデータに添付した「これで安価な薬をつくり、貧困で治療を受けられないＨＩＶ感染者を可能な限り救ってほしい」というメッセージに、多くの人々が感銘を受け、すでにいくつかの製薬会社を中心にプロジェクトが計画されているということだ。

もちろん、誰がそのデータを送ったのかかなり話題になっているらしいが、沙耶香が名乗り出ることはなかった。それで良いのだろう。名を揚げることが沙耶香の、そして『白木麻矢』の目的ではなかったのだから。

ああ、そう言えば、先週僕は桜井知美の魂にまた少し干渉して、彼女を晴明大学理科棟の屋上へ呼び寄せた（もちろん、あの鉄柵の扉は開けておいた）。そこに漂っている阿久津一也の魂と会わせるために。

すでに阿久津一也の死亡を知っていた知美は、数分間屋上でどこまでも哀しげにたたずんでいた。しかし、彼女に気づいた阿久津一也の魂が近づいてくると、知美ははっと顔を上げた。

阿久津の魂は知美の前で、明るく輝きながら漂っていた。知美はまるでその姿が見えているかのように、微笑みながら涙を流し、なにか魂に向かい話し続けた。その姿を、僕と沙耶香は階段室の中からそっと見守った。

数十分、知美と寄り添ったあと、阿久津の魂は僕の同業者（あの不快な『道案内』だ）に導かれ、ゆっくりと天へと昇っていった。知美は涙で濡れた目で、その姿を見守り続けていた。

こうして、地縛霊となっていた阿久津を（殺人犯と疑ってしまった罪滅ぼしの意味も込めて）『我が主様』のもとへと送ることに成功した僕と沙耶香は今日、次に救うべき地縛霊のもとへと向かっていた。

しかし、その場所に近づくにつれ沙耶香の足取りは重くなり、顔は青ざめていった。

本当に大丈夫だろうか？　僕が不安を感じていると、とうとう目的地が見えてきた。

椿橋。一年半前、沙耶香が峰岸によって殺害された場所だった。

沙耶香の足が止まる。僕が視線を上げると、青く変色した沙耶香の唇が細かく震えていた。

自らが無残に刺し殺された場所。地縛霊だった時も、絶対に近づかなかった場所。

いきなり背後から刺され、ゴミのように橋下に投げ捨てられた記憶が沙耶香をさいなんでいるのだろう。

『沙耶香……。無理をしなくてもいいよ。もしきついようだったら……』

僕が言霊をかけると、沙耶香はこわばった表情のまま、首を左右に振った。

「……あそこで、あの人の魂が地縛霊になっているのよね」

『ああ、そうだよ。君の夫、小泉昭良はあそこにいる』

沙耶香は目を固く閉じると、唐突に自分の頬を両手で張った。ぱーんという小気味いい音が響く。

「クロ、行こう!」

沙耶香は気合いの籠もった声で言うと、大股で椿橋に向かって歩き出した。僕は沙耶香の隣を歩く。

椿橋の中央辺りまで進んだ沙耶香は、おずおずと欄干に手をつく。

「それで、あの人は……」

そこまで言ったところで、沙耶香は言葉を止めた。

僕は意識を集中させる。いつの間にか、沙耶香の目の前に魂が漂っていた。小泉昭良の魂が。先日見たときは輝きを失っていたその魂は、いまはまぶしいほどに輝いていた。きっと気づいたのだろう。白木麻矢の体の中に、妻の魂が入っていることに。

魂が見えないであろう沙耶香に僕は、夫の魂がすぐ目の前にいることを告げようとする。しかし、その前に沙耶香が震える唇を開いた。

「……ねえ、クロ。……ここにいるわよね。あの人、……ここにいるよね?」

沙耶香は両手をゆっくりと上げると、愛おしそうに目の前に漂う魂に触れる。

『ああ、そうだよ。そこにいるよ』

僕は苦笑しながら言霊を飛ばす。まったく、南郷夫婦の時も、阿久津一也と桜井知美の時もそうだったが、なんで見えないはずの魂がいることを感じ取れるのだろう。

まあ、これが人間同士の絆というものなのだろうか？　やっぱり人間とは不思議な存在だ。

沙耶香は額を夫の魂に触れさせた。

「……ごめんね、昭良君。ずっとこんなところに一人にして。ずっと、私のことを想っていてくれたのに……」

沙耶香は目を閉じると、嗚咽混じりに謝罪の言葉を口にする。小泉昭良の魂はそんな妻を慰めるかのように、柔らかく点滅をくり返した。

……さて、そろそろ行くかな。

僕は身を翻すと、ゆっくりと歩き出す。これからは夫婦二人の時間だ。邪魔するのは野暮だろう。それに、僕はこれから大切な仕事の準備をしないといけないのだ。

とても大切な仕事の準備を……。

僕は後ろをふり返ることなく歩きはじめた。

三十分ほどかけて、ゆっくりと帰路を歩いてきた僕は、いつものように窓の隙間から白木麻矢の部屋に入る。窓際から下りてカーペットに着地した僕は、首を回して部屋を見回す。

地上に降りてからずっとこの部屋に住んでいる。けれどなぜか、今日は普段と違って見えた。

その時、背中にぞわりとした感触を覚えた僕は、眉間にしわを寄せながら精神を集中させる。

目を凝らすと、天井辺りに光の霞が漂っていた。……またあの同業者か。

『なんの用だ。邪魔だから出て行ってくれ』

僕は苛立ちを隠すことなく言霊を放つ。

『なんの用だとはお言葉だな。せっかく部下の様子を見に来てやったのに』

返ってきた言霊は、あの同業者のものとは違っていた。僕は驚いて「にゃ⁉」と声を漏らす。

『ぼ、ボス⁉』

そう、そこにいたのは、僕をこの地上に送り込んだ上司だった。

『ああ、そうだよ』

『な、なんでこんなところに？』

『だから、様子を見に来たっていっているじゃないか。なかなか頑張っているようだね。いまもまた、新しい地縛霊を「我が主様」のもとに送れる状態にしているんだろ？』

小泉昭良の魂のことだろう。僕は小さくうなずく。

『お前の働きは想像以上だよ。短期間でかなりの地縛霊の「未練」を解いてきた』

そこまで言うと、上司はどこか楽しげに揺れた。

『そこで、その功績を考慮して、もしお前が希望するなら、すぐに「道案内」に戻らせてやってもいいぞ』

『本当ですか⁉』

僕は思わず身を乗り出す。ボスは『ああ、本当だよ』と言霊を放った。

いますぐに、もとの仕事に、『道案内』に戻れる。もちろんすぐに受けるべきだ。それこそ、僕の目標だったのだから。

受けるべきだけれど……。

『……お断りします』

僕はほとんど迷うことなく返事をしていた。

『ほう。いいのかい』

上司の言霊から驚きは感じられなかった。まるで、僕が断ることが分かっていたかのように。

『ええ、もう少し地上にとどまって、人間を観察してみようと思います。それに、大切な仕事があるんです』

『大切な仕事か。それは「我が主様」から指示された以外の仕事ということかな？　お前自身が見つけ出した？』

『はい、そうです』

僕は大きくうなずく。『道案内』として、魂を導くためだけの存在として創り出された僕が自ら『仕事』を見つけるなんて、そんなこと本来は赦《ゆる》されるわけがない。けれど、僕はこの仕事を最後までやり遂げたかった。それが……。

『それが、僕がこの地上に存在する理由のような気がするから』

僕が胸を張って言霊を飛ばすと、上司は満足げに点滅した。

『地上で存在する理由か。まるで人間のようなことを言うね。良いだろう。その仕事とやらを全力でやり遂げるんだ。「我が主様」のしもべとしてね』

『はい！』

僕が大きく言霊で返事をすると、上司はゆっくりと上昇していく。

『それじゃあ、励むんだぞ』

『あ、ちょっと待ってください！』

僕に呼び止められた上司は上昇を止めた。

『ん？　なんだ？』

『あの、お願いがありまして……。できれば、あのがさつな同業者ではなく、あなたに……』

『ああ、分かっているよ。彼女は私が責任を持って案内しよう』

僕がおずおずと言霊を飛ばすと、上司はすぐに引き受けてくれた。僕は大きく安堵の息を漏らす。

『さて、それじゃあ私はいったん消えるぞ。彼女が帰ってくるみたいだからな。お前にとって大切な「友達」が』

おどけるような言霊を残して、上司は天井へと吸い込まれて見えなくなる。それを合図にしたかのようにドアが開き、沙耶香が部屋に入ってきた。

「ただいま、クロ」

沙耶香は微笑む。まだ少し充血している目を僕に向けながら。

『お帰り、沙耶香』

僕はゆっくりと沙耶香に近づくと、その足下に体をすりつける。

「クロ。さっそくだけど……決心が鈍らないうちにお願いできる？」

沙耶香は僕の頭を撫でてくれた。僕は目を固く閉じてうなずいた。

枕元に立った僕は、ベッドに横たわる沙耶香に声をかける。沙耶香はやや緊張した面持ちでうなずいた。

『準備はいいかい？』

「このあと私、『我が主様』のもとってところに行くんだよね。迷ったりしないかな？」

緊張を誤魔化すように、沙耶香は言う。

『大丈夫だよ。すごく優秀な「道案内」に頼んでおいたから。きっと沙耶香をうまくエスコートしてくれるよ。だから安心して』

「そこに行ったら、私はどうなるの？」

沙耶香は不安が色濃く滲む声で訊ねてくる。

『なにも心配することはないよ。沙耶香はここよりも幸せになれるよ。僕が保証するよ』

「そっか。友達が保証してくれるなら、安心ね」

沙耶香の顔がかすかにほころんだ。

「ねえ、クロ。手を握ってもいい？」

沙耶香はかすかに震える手を差し出してくる。僕はそのうえに右前足を置いた。

『手じゃなくて、前足だけどね』

「ふふ……、肉球がぷにぷにで気持ちいい」

沙耶香の顔に笑みが浮かぶ。その手の震えが止まった。沙耶香は僕の目をまっすぐに見る。

「それじゃあクロ。お願い」

『……うん』

僕は沙耶香と目を合わせたまま、ゆっくりと精神を集中させる。

「ねえ、クロ。……私、クロと会えて本当に良かったよ。クロと友達になれて良かった」

『ああ、僕もだよ』

僕は口元に力を込めながら言う。そうしないと鳴き声が、いや、泣き声が漏れてしまいそうだった。

「クロ……、ありがとう……」

沙耶香が目を閉じてそうつぶやいた瞬間、白木麻矢の体から魂が浮かび上がった。沙耶香の魂が。

沙耶香の魂は、以前見たときよりもはるかに美しかった。その表面はピンク色に淡く輝き、まるで宝石を見ているようだった。

『なんだか、魂に戻るのすごく久しぶりな気がするな』

沙耶香は相変わらず流暢な言霊を操ると、僕の周りをゆっくりと飛んだ。

『もう、思い残すことはないね？』

僕は目を細めて沙耶香の魂を眺めながら、言霊を飛ばす。

『うん。……クロ、麻矢のことをお願いね』

『ああ、分かっているよ。この肉体が命を失うまで、僕は君の妹の隣で、彼女を守り続けるよ。それが、僕の「仕事」だからね』

そう、僕が見つけた新しい『仕事』。

『ありがとう。じゃあ私、……行くね』

沙耶香はゆっくり近づいてくると、僕の鼻先に触れた。

『沙耶香。また会おう』

『うん、……またね』

沙耶香はその言霊を残すと、窓の外に出て、雲一つない青空に向かってゆっくりと、本当にゆっくりと昇っていった。

僕は出窓の窓枠に立って、沙耶香の姿を見送り続けた。

その姿が見えなくなるまでずっと……。

「ん……」

小さな声が聞こえて、僕はふり返る。見ると白木麻矢がかすかに体を動かしていた。

僕は窓辺からベッドに飛び移ると、麻矢の二の腕を揉む。麻矢はゆっくりと目を開いた。

「んにゃー」

僕は一声鳴いて挨拶をする。すぐそばにいる僕の方を向くと、麻矢は不思議そうにまばたきした。

「なんでネコちゃんがこんなところに……」

そこまで言ったところで、麻矢は言葉を止め、なにかを思い出すように視線を彷徨わせる。

「……お姉ちゃん」

小さな声でつぶやいた瞬間、麻矢の瞳から涙があふれ出た。

僕は麻矢に近づくと、頬を伝う涙を舌で舐めとる。

「ふふっ、くすぐったいよ。ねえ君、なんて名前なの？」

麻矢は柔らかく微笑みながら、僕の頭を撫でてくれた。沙耶香がいつもやってくれたように。

それじゃあ自己紹介をしよう。僕の名前はクロ。

君の優しい姉、僕の大切な友達につけてもらった大事な名前だよ。

僕は胸を張ると、にゃーと大きく鳴いた。

二〇一五年七月　光文社刊

光文社文庫

黒猫《くろねこ》の小夜曲《セレナーデ》

著者　知《ち》念《ねん》実《み》希《き》人《と》

2018年1月20日　初版1刷発行

発行者　鈴木広和
印刷　慶昌堂印刷
製本　ナショナル製本

発行所　株式会社　光文社
〒112-8011　東京都文京区音羽1-16-6
電話（03）5395-8149　編集部
8116　書籍販売部
8125　業務部


ISBN978-4-334-77598-8　Printed in Japan



組版　萩原印刷

光文社文庫　好評既刊

風の殺意・おわら風の盆　西村京太郎
マンション殺人　西村京太郎
十津川警部「荒城の月」殺人事件　西村京太郎
新・東京駅殺人事件　西村京太郎
祭ジャック・京都祇園祭　西村京太郎
迫りくる自分　似鳥鶏
雪の炎　新田次郎
名探偵に訊け　日本推理作家協会編
現場に臨め　日本推理作家協会編
暗闇を見よ　日本推理作家協会編
驚愕遊園地　日本推理作家協会編
奇想博物館　日本推理作家協会編
象の墓場　楡周平
痺れる　沼田まほかる
アミダサマ　沼田まほかる
犯罪ホロスコープⅠ　六人の女王の問題　法月綸太郎
犯罪ホロスコープⅡ　三人の女神の問題　法月綸太郎

いまこそ読みたい哲学の名著　長谷川宏
やすらいまつり　花房観音
時代まつり　花房観音
まつりのあと　花房観音
二進法の犬　花村萬月
私の庭　北海無頼篇（上・下）　花村萬月
いまのはなんだ？　地獄かな　花村萬月
スクール・ウォーズ　馬場信浩
CIRO　浜田文人
機密　浜田文人
善意の罠　浜田文人
利権　浜田文人
ロスト・ケア　葉真中顕
絶叫　葉真中顕
「綺麗な人」と言われるようになったのは、四十歳を過ぎてからでした　林真理子
私のこと、好きだった？　林真理子
東京ポロロッカ　原宏一

光文社文庫　好評既刊

ヴルスト！ヴルスト！ヴルスト！　原　宏一
母親ウエスタン　原田ひ香
彼女の家計簿　原田ひ香
密室の鍵貸します　東川篤哉
密室に向かって撃て！　東川篤哉
完全犯罪に猫は何匹必要か？　東川篤哉
学ばない探偵たちの学園　東川篤哉
交換殺人には向かない夜　東川篤哉
中途半端な密室　東川篤哉
ここに死体を捨てないでください！　東川篤哉
殺意は必ず三度ある　東川篤哉
はやく名探偵になりたい　東川篤哉
私の嫌いな探偵　東川篤哉
白馬山荘殺人事件　東野圭吾
11文字の殺人　東野圭吾
殺人現場は雲の上　東野圭吾
ブルータスの心臓　東野圭吾

犯人のいない殺人の夜　東野圭吾
回廊亭殺人事件　東野圭吾
美しき凶器　東野圭吾
怪しい人びと　東野圭吾
ゲームの名は誘拐　東野圭吾
夢はトリノをかけめぐる　東野圭吾
あの頃の誰か　東野圭吾
ダイイング・アイ　東野圭吾
カッコウの卵は誰のもの　東野圭吾
虚ろな十字架　東野圭吾
さすらい　東山彰良
イッツ・オンリー・ロックンロール　東山彰良
ワイルド・サイドを歩け　東山彰良
ラム&コーク　東山彰良
野良猫たちの午後　ヒキタクニオ
約束の地（上・下）　樋口明雄
ドッグテールズ　樋口明雄